Drohnenopfer

Karl von Horsten, der wohlhabende Filialleiter der Salamander-Bank, ist ein hochrangiges Mitglied der Wuppertaler Freiwerker-Loge. Beim wöchentlichen Training mit seinem geliebten Hund wird er aus heiterem Himmel von einer Drohne erschossen. Mathilde Krähenfuß, Augenzeugin und engagierte Hobby-Detektivin, beginnt zu ermitteln…

Autorin

Tanja Heinze, 1975 in Wuppertal geboren, lebt und arbeitet in dieser Stadt bis heute. Sie studierte Philosophie an der Bergischen Universität Wuppertal.

Romane bei BoD

Das Lächeln der Teddybären,
BoD Norderstedt, ISBN: 978-3-7448-7795-4

Im Garten des Lebens,
BoD Norderstedt, ISBN: 978-3-7448-6564-7

Götterdämmerung,
BoD Norderstedt, ISBN 978-3-7460-9070-2

Drohnenopfer,
BoD Norderstedt, ISBN 978-3-7528-0751-6

TANJA HEINZE

Drohnenopfer

Roman

Bibliografische Information der Deutschen Nationalbibliothek
Die Deutsche Nationalbibliothek verzeichnet diese Publikation in der
Deutschen Nationalbibliografie; detaillierte bibliografische Daten sind
im Internet über http://dnb.dnb.de abrufbar.

Erste Auflage September 2018
© 2018 Tanja Heinze
Satz, Umschlaggestaltung, Herstellung und Verlag:
BoD – Books on Demand
ISBN 978-3-7528-0751-6

Umschlagfoto: Fotostudio Hosenfeldt Wuppertal
Umschlaggestaltung: Tanja Heinze und BoD
Lektorat: Dr. Norbert Brieden

Montag, 28. Mai 2018

Mathilde Krähenfuß saß zufrieden auf der Bank und genoss die Sonne. Ihre Mischlingshündin Lotte lag zusammengerollt zu ihren Füßen. Liebevoll betrachtete die freie Mitarbeiterin der Ronsdorfer Gazette die Hündin, deren schwarzes Fell im Sonnenlicht glänzte. Ihre Blesse, Schwanzspitze, Vorder- und Hinterläufe waren weiß. Diese Fellzeichnung veranlasste Mathildes afrikanische Haushälterin immer wieder dazu, sie mit der Märchenfigur des gestiefelten Katers zu vergleichen. Mathilde und Lotte hatten heute ein gutes Hundetraining absolviert. Wenn es ihr eben möglich war, nahm sie an dem wöchentlichen Training für Fortgeschrittene teil. Sie seufzte wohlig und streckte ihre Beine aus. Die Mittagssonne ließ die Temperaturen weiter ansteigen, und kleine Schweißperlen bildeten sich auf ihrer Stirn. Einige wenige Augenblicke noch wollte sie still sitzen bleiben und den Hunden vor ihr beim Spielen auf der weitläufigen Wiese zusehen. Ein Blick auf die goldene Armbanduhr, ein Erbstück, das ihren Neffen, Kriminalhauptkommissar Herbert Mucke, regelmäßig zu spöttischen Bemerkungen veranlasste, verriet ihr, dass es kurz vor eins war. Ihre Augen wanderten zu der Afghanischen Windhündin. Das große, würdevolle, cremefarbene Tier hatte Mathildes Meinung nach erstaunliche Fortschritte gemacht. Der Name Lady passte vorzüglich zur edlen Hündin. Im Augenblick ließ sie sich vom Boxerrüden des Herrn von Horsten beschnüffeln. Mathilde musste schmunzeln, während sie dem wesentlich kleineren Rüden dabei zusah, wie er um die zurückhaltende Hündin herumtänzelte. Ihre Blicke schweiften gen Himmel, der sich blau und mit Schäfchenwolken überzogen präsentierte. Das Wetter in Wuppertal zeigte sich heute von seiner schönsten Seite. Mathilde beschloss, eine Wolkenformation zu fotografieren. Sie griff in ihre Handtasche, suchte eine Weile und fand schließlich ihr Smartphone. Seit einigen Monaten war sie stolze Besitzerin eines BlackBerrys. Den Touchscreen ergänzend, war es am unteren Rand mit einer kleinen Tastatur ausgestattet, die ihr das zügige Schreiben von Ad-hoc-Nachrichten erleichterte. Sie zoomte die Wolken näher heran. Plötzlich stutzte sie und kniff die Augen zusammen, um besser sehen zu können. Vom Waldrand her, der die große Wiese von der Kleingartenanlage am Hang abgrenzte, näherte sich ein merkwürdiges Flugobjekt, das wie ein fliegendes Ei aussah.

„Was ist das denn?", entfuhr es ihr überrascht. Langsam näherte sich das Objekt, das sich als Drohne entpuppte. Mathilde bemerkte, dass diese etwas an Flughöhe verlor und scheinbar auf die zwei Hunde zusteuerte. „Aufpassen", rief sie aufgeregt, sprang auf und querte den kleinen Weg von der Bank zur Wiese. „Aufpassen", schrie sie erneut. Ihr Blick war nach oben gerichtet, während sie ihre Schritte beschleunigte. Wie wild fotografierte sie drauf los. Eine kleine Klappe öffnete sich am ovalen Körper des Flugobjektes, das von Nahem an eine Spinne erinnerte. Vier Flügel standen wie Gliedmaßen vom Drohnenkörper ab. Keiner der Menschen auf der Wiese schien den Anflug der Drohne zu bemerken. Irgendetwas gefiel Mathilde an der Situation nicht. Ihre Intuition witterte Gefahr.

„Das ist doch…", sagte sie heiser und fotografierte weiter. Plötzlich ging alles ganz schnell. Ein Schuss ließ Menschen und Tiere auf der Wiese zusammenfahren. Panik machte sich breit. Sie sah Karl von Horsten zusammenbrechen und die anderen Hundebesitzer verängstigt nach allen Seiten davonlaufen. Einige wenige ließen sich entsetzt auf den Boden fallen, um sich klein zu machen. Ohne dabei anzuhalten, drückte sie die Taste, welche auf der Stelle in der Friedrich-Engels-Allee im Polizeipräsidium Alarm auslösen und ihren Standort übermitteln würde. Anschließend wählte sie den Notruf.

„Ein Mann ist von einer Drohne angeschossen worden. Wir sind auf der Hundewiese hinter dem Fernmeldeturm am Westfalenweg. Soweit ich es überblicken kann, gibt es einen Verletzten", ratterte sie die Informationen herunter. Energisch beendete sie das Gespräch. Das Adrenalin schoss durch ihre Adern. „Bitte alle Hunde anleinen", schrie sie den aufgelösten Hundehaltern zu. „Machen Sie den Tatort frei, und warten Sie. Der Notarzt und die Polizei werden bald hier sein." Vor dem reglos auf der Wiese liegenden Herrn von Horsten sank sie auf die Knie. Er hatte die Augen weit aufgerissen, doch kein Glanz kündete in ihnen mehr von Leben. Mathilde umfasste mit ihren Fingern sein Handgelenk und fühlte nach Pulsschlägen. „Nichts", murmelte sie. Aus einer Wunde auf der Stirn strömte Blut. Rund um den Kopf des Mannes war der Rasen rot gefärbt. Sie hielt ihr Ohr ganz nah an den geöffneten Mund von Horstens. „Auch nichts", sagte sie resigniert. Trotzdem begann sie mit Wiederbelebungsversuchen. Eine Weile drückte sie fest und rhythmisch mit ihren Händen auf von Horstens Brustkorb. Zwischendurch atmete sie kräftig in seine Nase. Blut lief ihr über die Stirn. Nach fünf Minuten gab sie niedergeschlagen auf. Erschöpft erhob sie sich und sagte traurig zu den Hundebesitzern, die sich in einem weiten Kreis um die Leiche aufgestellt hatten: „Herr von Horsten ist tot."

„Ich will hier weg", rief Melanie Meyer weinend. Zitternd hielt sie ihren weißen Königspudelrüden an der Leine. „Was ist, wenn das Ding zurückkommt?"

„Wir stehen hier auf dem Präsentierteller, Frau Krähenfuß", fügte Tillmann Borde hinzu.

Ein schreckliches Jaulen unterbrach die Einwände. Max, der Boxerrüde Karl von Horstens, war zu seinem toten Besitzer gelaufen. Er beendete das Jaulen und leckte wie verrückt an der Einschusswunde.

„Max", rief Mathilde und hastete zu dem Hund. Sie fasste ihn am Halsband und versuchte, ihn von der Leiche wegzuzerren. Das Leid des Tieres zerriss ihr fast das Herz - und zeigte ihr, dass alles grauenvolle Wirklichkeit war.

„Danke, Herr Knoche", sagte sie zu dem hilfsbereiten, älteren Herrn, der Lotte an die Leine genommen hatte. „Es war sehr aufmerksam von Ihnen, sich um meine Hündin zu kümmern." Sie befestigte den zweiten Karabinerhaken der Hundeleine am Halsband des Rüden.

Eine Handykamera schoss nacheinander mehrere Fotos. Fassungslos wandte Mathilde ihr Augenmerk dem Fotografen zu. Ihre Stimme bebte, als sie mahnend zu ihrem Kollegen von der Westdeutschen Zeitung sagte: „Harry, hör damit auf. Warte, bis die Polizei am Tatort ist."

„Sind schon vor Ort", kommentierte Harald Junker trocken die geräuschvoll auf den kleinen Parkplatz hinter den Bänken einfahrenden Wagen. „Außerdem habe ich nur den Horizont fotografiert, hinter dem die Drohne verschwand."

Erleichtert rannte Mathilde den Beamten und den Sanitätern entgegen. Lotte und Max liefen Seite an Seite neben ihr her.

„Die Adlerkralle zieht das Verbrechen an wie ein Magnet das Metall", sagte der achtundzwanzig Jahre alte Florian Vogel zu Herbert Mucke. Der mit Sommersprossen übersäte, große Rotschopf stand trotz seiner jungen Jahre hoch in der Gunst des Kriminalhauptkommissars. „Was mag Schlimmes geschehen sein?"

„Nenn Tante Mathilde nicht immer so", erwiderte Herbert, sich mühsam ein Grinsen verkneifend. Liebevoll betrachtete er seine herbeieilende Tante. Ihre graumelierten, kurzgeschnittenen Haare klebten am Kopf, sie trug ein türkisfarbenes Shirt und eine Dreiviertelhose in derselben Farbe. Auf der Bank, an der sie schließlich aufeinandertrafen, lagen ihr Sonnenhut und ihre Handtasche. Wie immer war ihre Brille auf die Nasenspitze gerutscht, ihr Gesicht war vor Aufregung oder von der Sonne gerötet.

„Herbert", keuchte sie. „Ich habe Fotos von der Drohne gemacht."

„Was für eine Drohne?", fragte Florian erstaunt, Mathilde ein Papiertaschentuch reichend. „Hier, nehmen Sie. Ihre Stirn ist voller Blut."

„Mathilde", sagte Herbert besorgt. „Bist du verletzt? Was ist passiert?"

Mathilde fasste sich an die Schläfen. Erst jetzt spürte sie die Nässe.

„Ich bin unverletzt", antwortete sie. „Beim Wiederbelebungsversuch bin ich mit dem Blut des Ermordeten in Kontakt gekommen. Ich war derart von Stresshormonen überflutet, dass ich einfach nur gehandelt habe. Karl von Horsten wurde vor wenigen Augenblicken erschossen. Von einer Drohne."

„Wo ist der Verletzte?", mischte sich der Notarzt ungehalten in das Gespräch ein. Er war in Begleitung zweier Sanitäter, die Defibrillator und andere Geräte in den Händen hielten.

„Es gibt keinen Verletzten. Der Mann ist tot. Folgen Sie mir", forderte Mathilde die Beamten und das Notarztteam auf.

„Was ist das für ein Hund?", fragte Herbert verwundert. Max trottete mit herunterhängender Rute neben Lotte her.

„Max ist der Hund des Toten", klärte Mathilde ihren Neffen auf.

„Ach du lieber Himmel", sagte der junge Sanitäter entsetzt, als sie am Tatort angekommen waren. Sein schmales Gesicht wurde ganz blass. Er schwankte kurz, würgte und übergab sich.

„Es ist sein erster Einsatz", erklärte der Notarzt nachsichtig und machte sich mit dem anderen Sanitäter ans Werk.

„Es stimmt. Der Mann ist tot", informierte er nach eingehender Untersuchung die Anwesenden. „Hier kommt jede Hilfe zu spät."

„Darf ich ein Foto von der Leiche machen?", fragte Harald Junker ungeduldig.

„Wer ist das?", wollte Herbert kopfschüttelnd von Mathilde wissen.

„Ein Kollege von der Westdeutschen Zeitung. Kommt oft zum montäglichen Hundecoaching", erklärte diese. „Wenn du keine Zeitungsartikel wünschst, solltest du ihm das jetzt mitteilen. Aber meiner Meinung nach ist diese Straftat von öffentlichem Interesse."

„Wir werden später darüber sprechen", antwortete Herbert zögerlich. „Zunächst muss ich mir einen Überblick verschaffen."

„Gesicht abdecken", ordnete der Arzt an, und der immer noch bleiche, junge Sanitäter nahm mit zittrigen Fingern ein Abdecktuch aus einem Koffer. „Herr Mucke, dieser Mann ist mit einem gezielten Stirnschuss getötet worden. Er muss unmittelbar nach dem Eindringen der Kugel tot gewesen sein."

„Er wurde von einer Drohne erschossen", warf Mathilde ein. Sie merkte, dass ihre Knie zu schlottern begannen. „Ich habe Fotos davon gemacht."

„Du wirst sie mir nicht zur Verfügung stellen, Krähenfüßchen, nehme ich an", sagte Harry augenzwinkernd, was ihm einen bitterbösen Blick des Hauptkommissars einbrachte. Unauffällig fotografierte er die abgedeckte Leiche.

„Eine Drohne schießt nicht von allein", bemerkte Herbert energisch. Er zwirbelte seinen braunen Schnurrbart. „Die Frage ist: Wer hat sie gesteuert? Ich werde Jörg Tauben von der Spurensicherung anrufen. Florian, du bleibst hier, sicherst den Tatort und befragst die Leute. Mathilde, du bist Augenzeugin. Was kannst du mir über den Verstorbenen sagen?"

„Der Tote heißt Karl von Horsten", erklärte die Gefragte. „Er war fast jeden Montag beim Hundetraining. Sein Hund war sein ein und alles. Ich muss mich setzen, Herbert." Ohne Rücksicht auf ihre Hose zu nehmen, setzte sie sich auf den Rasen.

„Alles in Ordnung, Frau Krähenfuß?", erkundigte sich Florian Vogel besorgt. „Soll ich Ihnen etwas Wasser besorgen?"

„Schon gut", wiegelte Mathilde ab. „Ich muss nur einen Moment sitzen." Sie atmete mehrmals tief ein und aus. „Herbert, ich sehe im Internet nach", sagte sie, auf den Touchscreen ihres BlackBerrys tippend. „Karl von Horsten lebte im Briller Viertel. Anscheinend war er verheiratet. Im Telefonbuch steht: Karl und Erika von Horsten."

„Danke, Mathilde. Schaffst du es, mit mir dorthin zu fahren und den Hund abzugeben?", fragte Herbert behutsam. Selten hatte er seine Tante derart aufgewühlt erlebt. „Gib mir bitte die Telefonnummer der Ehefrau", forderte er sie leise auf.

Er wählte die Nummer und führte ein kurzes Telefonat.

„Über den Tod ihres Ehemannes habe ich sie nicht aufgeklärt. Aber sie wird mit dem Schlimmsten rechnen, davon gehe ich aus", stellte er fest. Er reichte seiner Tante die Hand, um ihr aufzuhelfen. „Mein Dienstwagen parkt direkt neben deinem Auto. Du kannst mit den Hunden bei mir mitfahren. Ich werde dich später zum Parkplatz zurückbringen."

Als Herbert an der Katernberger Straße anhielt, war es halb drei. Die Sonne knallte auf das Autodach. Zum

Glück hatte die Klimaanlage die Innentemperatur rasch runtergekühlt, und Mathilde konnte Lotte reinen Gewissens für kurze Zeit im Wagen lassen.

„Bevor wir reingehen, möchte ich deine Aufnahmen von der Drohne sehen", verlangte Herbert, während er sich vom Sicherheitsgurt befreite. Mathilde, die auf der Rückbank zwischen den zwei Hunden saß, öffnete mit zitternden Fingern die Fotogalerie ihres Smartphones und reichte es nach vorne.

„Dein BlackBerry macht gestochen scharfe Aufnahmen", stellte Herbert sachlich fest. „Wirklich gute Bildqualität, ich kann jedes Detail erkennen. Die Drohne ist relativ groß."

„Die Bilder habe ich mir in dieser schrecklichen Situation natürlich nicht angesehen. Ich kannte von Horsten zwar nur flüchtig, aber dieses alptraumartige Erlebnis geht mir an die Nieren", bemerkte Mathilde, die sich seufzend nach vorne beugte, um besser sehen zu können.

„Das ist ein Quadrokopter", murmelte Herbert.

„Ein Quadrokopter?", fragte Mathilde, die ihre liebe Not damit hatte, die beiden Hunde zu bändigen.

„Ein Quadrokopter besitzt vier Rotoren", erklärte Herbert. „Ab einem gewissen Gewicht muss seit Oktober 2017 jede Drohne mit einer Plakette oder einem Aluminiumaufkleber gekennzeichnet sein. Davon finde ich hier keine Spur, obwohl das Ding bestimmt mehr als drei Kilogramm wiegt. Aber ich bin kein Drohnenexperte. Leite mir die Bilder weiter, damit ich sie den Spezialisten zur Verfügung stellen kann."

„Herbert", sagte Mathilde aufgeregt. „Blättere zwei Bilder zurück. Ich meine, etwas gesehen zu haben."

Langsam bekam sie ihr Zittern unter Kontrolle. Die ihr angeborene Neugierde gewann die Oberhand.

Herbert vergrößerte das Bild auf dem Touchscreen, indem er es mit Daumen und Zeigefinger auseinanderzog.

„Das sieht aus wie eine Miniatur-Deutschlandflagge, neben der die Buchstaben PXA stehen und die Ziffer 2", sagte er überrascht. „Na immerhin, das ist besser als nichts."

„Siehst du, Herbert, auf dem letzten Bild ist die Klappe geöffnet. Daraus lugt ein kleines Rohr hervor", rief Mathilde aus, Max energisch auf die Sitzbank zurückschiebend.

„Schade, dass du den Schuss nicht festhalten konntest", bemerkte Herbert. Er drehte sich zu seiner Tante um und nickte zufrieden. „Dir kleben zum Glück keine Blutreste mehr an der Stirn. Frau von Horsten wird gleich geschockt genug sein, ohne dass ein Zombie vor der Haustür steht." Er öffnete die Fahrertür und stieg aus dem Wagen.

„Lotte, warte hier. Frauchen kommt gleich wieder", hörte er Mathilde liebevoll sagen. Trotz der widrigen Umstände lächelte er. Er legte ihr eine Hand auf die Schulter und sagte: „Großartiger Einsatz von dir. Ich bin sehr stolz auf dich, Tante Mathilde."

„Was für einen Beruf hat von Horsten ausgeübt, weißt du das?", erkundigte sich Herbert, der staunend die imposante, moderne Villa des Verstorbenen betrachtete. Der von der Denkmalschutzbehörde als ›Briller Viertel‹ ausgewiesene Südteil von Wuppertal zeigt eines der größten gründerzeitlichen Villengebiete Deutschlands. Hier wurden unter anderem Else Lasker-Schüler und Hans Knappertsbusch geboren. Die Altbauten dominieren das Erscheinungsbild, einige wenige Neubauten fügen sich harmonisch in die Umgebung ein. Die Villa, die Mathilde und Herbert begutachteten, war quadratisch konzipiert und bestand aus zwei Etagen. Die Wohnebenen wurden komplett von einem Balkon und einer Terrasse umrahmt, von denen aus man gewiss eine schöne Aussicht auf den labyrinthisch angelegten Garten hatte. Auch dieser schien das Anwesen zu umrunden.

„Ich habe keine Ahnung", erwiderte Mathilde kopfschüttelnd. Sie betätigte die Türschelle.

Es dauerte nicht lang, bis Erika von Horsten ihnen öffnete.

„Von Horsten", sagte die kleine Frau leise, Mathilde die Hand reichend und dem Beamten zunickend.

„Guten Tag, Frau von Horsten, Hauptkommissar Herbert Mucke. Mathilde Krähenfuß von der Ronsdorfer Gazette", sagte Herbert mit einem Seitenblick auf seine Tante.

Erika von Horsten nickte stumm. Mathilde löste den Karabinerhaken von Max' Halsband, und der Boxer flitzte an Frau von Horsten vorbei ins Innere der Villa.

„Max? Wo ist mein Mann? Was ist geschehen?", fragte Erika von Horsten mit bebender Stimme.

Herbert nahm seine Mütze ab und sagte ernst: „Frau von Horsten, wir haben leider eine schlechte Nachricht für Sie." Mit wenigen Worten schilderte er der schwankenden Frau die Ereignisse des Mittags. Mathilde stützte sie und ging mit ihr durch die Eingangshalle in ein Zimmer, das die Hausherrin als Esszimmer bezeichnete. Alles war von schlichter Eleganz und bis auf wenige Farbtupfer in Schwarzweiß gehalten.

„Nehmen Sie doch bitte am Esstisch Platz", hauchte die Ehefrau des Verstorbenen.

Mathilde betrachtete sie eingehend. Erika von Horsten trug ihr Haar kurz, und es war tizianrot gefärbt. Die kleinen, goldenen Ohrstecker passten zur Halskette und zum Armreif. Das cremefarbene, ärmellose Sommerkleid besaß die für Gucci typischen roten und schwarzen Streifen an der Taille, welche mit den in Falten gelegten Besätzen an Kragen und Ärmel harmonierten.

„Hatte Ihr Mann Feinde, Frau von Horsten?", fragte Herbert nach einer Weile vorsichtig.

Schweigend schüttelte Erika den Kopf.

„Nicht dass ich wüsste", sagte sie. Eine Träne rann über ihr bleiches Gesicht. Sie rang sichtlich um Fassung. „Meinen Sie, der Schuss galt wirklich Karl?"

„Natürlich können wir das in diesem Moment noch nicht mit Gewissheit sagen, doch die Wahrscheinlichkeit dafür liegt bei über 90%", antwortete Herbert leise. Er drehte die Mütze in seinen Händen hin und her.

Er bräuchte mal Urlaub, dachte Mathilde im Stillen.

„Es sieht nicht nach einem Terroranschlag aus, sonst hätte es deutlich mehr Opfer gegeben", fuhr Herbert fort. „Das Gleiche gilt für einen Amoklauf, der fast auszuschließen ist."

„Jemand muss die Drohne gesteuert und den Schuss ausgelöst haben", mischte sich Mathilde ein.

„Ich kann es nicht glauben", schluchzte Erika. Sie verbarg das Gesicht hinter ihren Händen. Ihre Schultern begannen unkontrolliert zu zucken. Mathilde legte behutsam den Arm um sie, und Herbert schaute betreten zu Boden. Er hasste diesen Teil seiner Arbeit. Nach einigen Minuten hörte der Tränenfluss auf.

„Verzeihen Sie mir, dass ich Sie in dieser Situation mit Fragen quälen muss", sagte Herbert ernst. „Welchen Beruf übte Ihr Mann aus?"

„Er ist", Erika brach ab und wischte sich mit einem Stofftaschentuch über die Augen, schwarz umrandet von verlaufener Wimperntusche. „Er war Filialleiter bei der Salamander-Bank-AG in Barmen. Dort arbeitet im Übrigen auch meine Tochter Barbara."

„Ist sie ein Einzelkind?", fragte Mathilde nach.

„Wir haben eineiige Zwillingstöchter", gab Erika Auskunft. Sie biss sich auf die zuckende Unterlippe. „Andrea ist nach Amerika ausgewandert. Sie lebt mit ihrem Freund in New York."

„Wohnt Barbara bei Ihnen im Haus? Wird sie sich um Sie kümmern? Möchten Sie, dass wir Ihre Tochter informieren?", erkundigte Herbert sich behutsam.

„Sie wohnt zusammen mit ihrem Freund in Cronenberg", antwortete Erika.

„Sollte Ihnen irgendetwas einfallen, eine merkwürdige Erinnerung, ein ungewöhnliches Gespräch, rufen Sie mich bitte unter dieser Telefonnummer an", sagte Herbert. Er reichte Erika seine Visitenkarte und setzte seine Mütze wieder auf.

„Können wir Sie allein lassen?", wollte Mathilde wissen. Sie hatte das Gefühl, als würde ihr ein Stein im Magen liegen.

„Leider gibt es viel zu tun. Benötigen Sie ärztliche

Hilfe?", wollte Herbert wissen. Er erhob sich und steckte die Daumen in die Gürtelschlaufen.

„Nein, nein", murmelte Erika. „Ich werde Barbara anrufen und Andrea eine Nachricht per Skype zukommen lassen. Ist es möglich, dass ich meinen Mann ein letztes Mal sehen kann?"

„Natürlich. Sie müssen Ihren Mann identifizieren", antwortete Herbert. „Ein Beamter wird sich bei Ihnen melden."

Die drei erhoben sich und gingen zurück durch die Eingangshalle zur Haustür.

„Eine Frage hätte ich noch", sagte Erika, die Tür öffnend. „Frau Krähenfuß, schreiben Sie nicht mehr für den Wupperspiegel?"

„Seit meiner Berentung bin ich freie Mitarbeiterin bei der Ronsdorfer Gazette", beantwortete Mathilde die Frage. „Ganz möchte ich auf meinen Beruf nicht verzichten, dafür liebe ich ihn zu sehr."

„Werden Sie über den Mord an meinem Mann berichten?", erkundigte sich Erika zaghaft. Auf Mathilde wirkte sie fast etwas verängstigt. Sie warf ihrem Neffen einen fragenden Blick zu. Dieser nickte. „Ja, das werde ich. Es ist meine Aufgabe, die Bevölkerung zu informieren."

Die Haustür fiel ins Schloss. Schweigend gingen Mathilde und Herbert zurück durch den Sonnenschein zum Einsatzwagen, in dem eine freudig mit ihrer Rute wedelnde Lotte auf sie wartete.

„Erika?", flüsterte Simone Ehrenberg vorwurfsvoll. „Du weißt doch, dass ich während der Arbeit nicht telefonieren darf."

18

„Simone", erwiderte Erika mit tränenerstickter Stimme. In der einen Hand hielt sie das Telefon, die andere umfasste eine bis zur Hälfte mit Whiskey gefüllte Kaffeetasse. „Karl ist tot."

„Frau Ehrenberg", hörte Erika eine strenge Männerstimme sagen. „Keine privaten Telefonate in diesen Räumen. Möchten Sie eine Abmahnung?"

„Er ist soeben beim Hundetraining ermordet worden", wimmerte Erika. Sie nahm einen großen Schluck Whiskey. Wärme breitete sich in ihrem Inneren aus. Sie hatte heute fast nichts gegessen, und die beruhigende Wirkung setzte fast augenblicklich ein.

„Frau Ehrenberg, haben Sie mich verstanden?", hörte sie den Mann fragen.

„Ich muss auflegen", sagte Simone schnell. „Es wird nicht wieder vorkommen, Herr…"

Mehr hörte Erika nicht. Simone hatte die Verbindung unterbrochen.

Im Autoradio lief wie immer WDR 4. Mathilde mochte das abwechslungsreiche Programm dieses Radiosenders. Sie versuchte, sich abzulenken, sich auf die Musik zu konzentrieren. Doch sie konnte nicht verhindern, dass vor ihrem inneren Auge immer wieder die Bilder von der Drohne und der Leiche Karl von Horstens auftauchten. Während ihrer Laufbahn als Politjournalistin beim Wupperspiegel hatte sie über viele schreckliche Begebenheiten berichten müssen, aber Tatzeugin eines Mordes war sie bisher noch nicht gewesen. Sie bog von der Opphofer Straße ab und fuhr etwas zu schnell zur Mirker Höhe, der Wohnsiedlung, in der ihr kleines Haus stand.

Diese Wohnsiedlung war aus einer ehemaligen Kleingartenanlage entstanden, die Häuser waren klein und ungewöhnlich. In den Vorgärten standen ovale Tanks, Behälter für das Flüssiggas, mit dem die Anwohner ihre Häuser beheizten. Wie immer bei ihrer Heimkehr hatte sie auch heute das Gefühl, die wirkliche Welt zu verlassen und eine Miniaturwelt zu betreten. Nach einem Lottogewinn mit Ende vierzig hatte sie das Knusperhäuschen erworben und es nach ihren Vorstellungen umgestaltet. Zeitgleich hatte sie ihre afrikanische Haushälterin eingestellt. Die zehn Jahre jüngere Martha Awolowo war ihr mit den Jahren eine gute Freundin geworden. Auch nach Mathildes Berentung hatte sie ihr nicht gekündigt.

Sie parkte ihren Wagen in der Auffahrt vor der Garage, da diese zu klein war für den Berlingo, den Mathilde liebevoll Ingo nannte. Mathilde nutzte die Garage als Abstellort für all die Dinge, die sie eigentlich nicht benötigte, aber trotzdem nicht entsorgen wollte. Martha bezeichnete die Garage als Rumpelkammer und regte sich immer wieder furchtbar über die Unordnung darin auf.

Mathilde stieg aus und bedeckte Ingos Frontscheibe mit einer zitronengelben Sonnenschutzfolie. Zufrieden öffnete sie anschließend den Kofferraum und ließ ihre hechelnde Hündin ins Freie. Kurz darauf betrat sie ihr Haus. Leise brummte die Klimaanlage. Sie genoss die angenehme Raumtemperatur. Es duftete einladend nach Kaffee und selbst gebackenem Kuchen. Lotte rannte augenblicklich zum Wassernapf, der auf einem Handtuch direkt neben der Tür platziert war, durch die man ins Wohnzimmer gelangte. Die Raumaufteilung war ungewöhnlich. Beim Eintreten gelangte man direkt in die

Küche; verließ man diese, erreichte man das Wohn-/Arbeitszimmer. Dessen Wände waren in Gelb und Orange gestrichen, Farben, die Mathildes Meinung nach für gute Laune und einen klaren Kopf sorgten. Ein schmaler Flur führte zum Badezimmer, und über eine Treppe kam Mathilde in die zweite Etage, die lediglich ihr winziges Schlafzimmer beherbergte.

„Martha?", rief Mathilde fragend. „Wo bist du?"

Mittlerweile war es vier Uhr, und Mathildes Magen machte sich mit lautem Knurren bemerkbar. Sie war verwöhnt. Martha servierte ihr jeden Nachmittag süße Köstlichkeiten und abends deftige Hausmannskost. Trotz ihrer afrikanischen Herkunft war sie auf die deutsche Küche spezialisiert. Jedoch wurde Mathilde von Marthas zahlreichen Schwestern häufig mit afrikanischen Spezialitäten versorgt.

Neugierig lugte Mathilde in den Backofen. *Apfelkuchen*, dachte sie trotz des schockierenden Erlebnisses begeistert. Ihren hervorragenden Appetit behielt sie in allen Lebenslagen. Sie legte ihre Handtasche auf den Küchentisch und betrat das Wohnzimmer. Auch hier war von ihrer Haushälterin nichts zu sehen. Die Tür der großen Voliere, die fast die gesamte hintere Wohnzimmerwand bedeckte, stand weit offen.

„Sauber, sauber, sauber", hörte sie ein lautes Krächzen.

„Nein, Peter, einmal noch Wasser", vernahm sie Marthas resolute Stimme.

„Wasser, Wasser, Wasser", krächzte es erneut.

Paul, dachte Mathilde grinsend. Sie konnte die Stimmen ihrer beiden Graupapageien unterscheiden. Martha sagte zwar immer wieder, dass Mathilde das nur vorgebe, man könne die beiden nicht an ihren Stimmen erkennen, doch Mathilde war dazu in der Lage. Sie setzte sich an ihren Computer und fuhr ihn hoch. Anschließend schloss sie ihr BlackBerry an und lud ihre Aufnahmen von der Drohne auf den PC. Sie öffnete ein Word-Dokument und speicherte es unter dem Arbeitstitel ʼDrohnenopferʼ ab. Gerade war sie mit ihren Notizen fertig geworden, als Martha im Wohnzimmer erschien. Auf ihren schwarzen, krausen Haaren glänzten Wassertropfen, sie hielt den kleinen Duschkäfig mit den Papageien in der Hand.

„Hallo, Mathilde", sagte sie fröhlich, während sie die erleichterten Vögel zurück in ihre Voliere ließ. Martha bot einen erfrischenden Anblick. Die korpulente Frau trug ein rosafarbenes Sommerkleid mit gelben Tupfen, ihre roten Kreolen wippten an ihren Ohrläppchen.

„Du ahnst nicht, was heute beim Hundetraining los war", erwiderte Mathilde statt einer Begrüßung.

„Was ist passiert? Du bist ganz blass um die Nase und musst etwas essen", sagte Martha fürsorglich. „Ich serviere rasch den Kuchen. Anschließend musst du mir alles berichten."

Es dauerte nicht lang, bis die zwei Frauen an dem runden, mit buntem Patchwork bedeckten Tisch saßen.

„Bei allen afrikanischen Tiergeistern und der Jungfrau Maria, du wirst doch nicht mehr mit Lotte dorthin gehen?", ereiferte sich Martha, nachdem sie aufmerksam Mathildes Schilderung gelauscht hatte. Sie bedeckte ihre Kuchenstücke großzügig mit Sahne.

„Warum nicht?", erwiderte Mathilde, ein Stück Apfelkuchen in den Mund schiebend. „Das war ein gezielter

Angriff auf Herrn von Horsten, da bin ich mir sicher. Es gibt keinen Grund, Angst zu haben."

„Du mit deinem grenzenlosen Optimismus", entgegnete Martha mit gerunzelter Stirn. „Wie kannst du dir sicher sein?"

„Ich vertraue meinem Instinkt, liebe Martha", antwortete Mathilde kauend. „Bisher hatte ich noch immer einen guten Riecher."

„Dass du überhaupt noch riechen kannst, wo dir doch ständig deine Brille auf der Nasenspitze hängt", neckte ihre Haushälterin sie. „Du musst zum Optiker."

„Hm", brummte Mathilde.

Eine Zeit lang aßen sie schweigend. Schließlich bemerkte Mathilde: „Ich werde jetzt meinen Artikel für die Gazette verfassen."

Dienstag, 29. Mai 2018

Wuppertals erstes Drohnenopfer!

Jetzt ist es passiert! Eine Drohne erschießt einen Wupper-taler!

Von Mathilde Krähenfuß

ELBERFELD. Gestern um 13 Uhr wurde einem fünfund-fünfzigjährigen Mann seine Mittagspause, die er wie so oft montags zum Hundetraining nutzte, zum Verhängnis. Von den meisten Anwesenden unbemerkt, näherte sich ein weißer Quadrokopter seinem Opfer. Eine Augenzeugin, die der Ronsdorfer Gazette ihr Bildmaterial zur Verfügung ge-stellt hat, beobachtete, wie sich eine Klappe am Körper der großen Drohne öffnete und ein Rohr aus dem Inneren glitt. Anschließend fiel ein einzelner Schuss, der mit Zielsicherheit den Mann mitten in die Stirn traf. Er war sofort tot. Nach Angaben der Polizei werde wegen Mordverdachts ermittelt.

In den kahlen, mit Neonlicht beleuchteten Gängen tief unter der Erde war es kühl. Frank Piroget hatte soeben den Aufzug verlassen, der die Wissenschaftler nach un-ten brachte. Doch Piroget nahm die kühle Luft nicht wahr. Er war außer sich vor Wut. In seiner Hand hielt er zusammengerollt die heutige Ausgabe der Ronsdor-fer Gazette. Im Stillen dankte er Gott dafür, dass sein Wohnsitz in Wuppertal war. Hier in dem Randgebiet von Velbert-Neviges wurde die Ronsdorfer Gazette nicht verteilt. Er eilte an den geschlossenen Türen der Labore vorbei zu seinem Büro am Ende des Flures im UG 2. Dort angekommen setzte er sich augenblicklich an den Schreibtisch und rief, noch während sein Computer hochfuhr, in der Technikabteilung im UG 4 an.

„Jansen", meldete sich der diensthabende Cheftechniker.

„Sehen Sie auf der Stelle nach dem Prototyp XAlien2", bellte Piroget ohne Begrüßung in den Telefonhörer.

„Nach XA2?", erwiderte Paul Jansen überrascht und ging gehorsam mit dem Telefon in der Hand ans rechte Ende des sichelförmig um die riesige Arbeitsfläche gebauten Raumes. Er schritt vorbei an den kleinen Boxen, die allesamt verschlossen waren und nur mittels Identitätskarte und Sicherheitscode geöffnet werden konnten. „Die Arbeit daran ist doch vorläufig zurückgesetzt."

„Sie sollen nicht fragen, sondern sich die Drohne ansehen. Sofort!", sagte Piroget scharf.

Paul Jansen klemmte das Telefon zwischen Kinn und Schulter und schob seine Identitätskarte in den schmalen Schlitz über der Tastatur, in die er hastig den achtstelligen Sicherheitscode eingab. Nur wenige Sekunden später öffnete sich die Klappe, die rund und aus Stahl war. Hier unten nannten Paul und seine Kollegen die Boxen scherzhaft 'Wäschetrockner'. Nur dass statt Kleidung im Inneren der Boxen Drohnen auf ihren Einsatz warteten.

„Prototyp XAlien2 liegt ordnungsgemäß in der Sicherheitsbox", gab er Auskunft.

„Wann wurde die Box zum letzten Mal geöffnet?", fragte Piroget, mit den Fingern nervös auf den Arbeitstisch klopfend.

„Herr Piroget", erwiderte Paul erstaunt. „Die Drohne wurde seit acht Wochen nicht mehr aus der Box entfernt.

Habe ich eine Arbeitsanweisung falsch verstanden? Wir arbeiten bereits an Prototyp XSirus3."

Langsam wurde es Paul ungemütlich. Eigentlich hatte er heute ausnahmsweise einen guten Tag. Seine Frau war nach dem Familienurlaub auf Ibiza für einige Tage zu ihrer kranken Mutter in die Schweiz gereist, und er konnte in seiner Freizeit ungestört seinem Hobby frönen. Schon jetzt freute er sich darauf, in die Damenwäsche zu schlüpfen und den feinen Stoff der Strumpfhose auf seiner Haut zu spüren.

„Wie erklären Sie es sich, dass ich heute ein Foto vom Prototyp XAlien2 in einer Wuppertaler Tageszeitung entdeckt habe?", fragte Piroget aufgebracht. Sein Gesicht begann zu glühen, und er würde Ramipril einnehmen müssen, das Bedarfsmedikament gegen seine Bluthochdruckspitzen. Sein Arzt hatte ihm geraten, das starke Übergewicht zu reduzieren, mehr Sport zu treiben und den Stress zu mindern. Stark Schlaganfall-gefährdet sei er, hatte Dr. Finn ihn gewarnt.

Paul begann zu schwitzen. Eine unangenehme Erinnerung drängte sich ihm auf.

„Ein Foto von einer Drohne aus unserer Einrichtung?", stammelte er verunsichert.

„Fragen Sie nicht, sondern beantworten Sie meine Frage. Und das in meinem Büro. Jetzt sofort", befahl Piroget mit lauter Stimme, während er eilig das Medikament mit etwas Wasser aus dem Wasserhahn schluckte.

„Was ist los, Paul?", fragte Nina Reck ihren Vorgesetzten. Sie wischte sich mit dem Ärmel ihres silberfarbenen Kittels über die Stirn. Anschließend drehte sie eine Schraube an dem vor ihr liegenden, ovalen Körper fest.

„Piroget hat angeblich ein Foto von XA2 in einer heutigen Tageszeitung gesehen", erklärte er kopfschüttelnd. Seine Finger zuckten nervös.

„Das kann nicht sein", erwiderte Nina, in ihrer Arbeit innehaltend.

„Wenn doch, sind hier unten bald einige ihren Job los", entgegnete Paul bitter. „Mache mir sofort Kopien von den Dienstplänen der letzten acht Wochen."

Piroget wird immer fetter, dachte Paul abfällig, das lieblos eingerichtete Büro seines obersten Vorgesetzten betrachtend. Kein Bild schmückte die Wände, keine Blume brachte etwas Leben in den Raum. *Das Zimmer ist so kahl wie Pirogets Kopf.*

„Guten Tag, Herr Piroget", sagte er so freundlich, wie es ihm in dieser Situation möglich war.

„Titelseite", entgegnete der Chef der militärischen Forschungsstation. Er schmiss die Zeitung auf den Tisch.

Paul warf einen Blick auf die Gazette und wurde unter seiner vom Urlaub gebräunten Haut blass.

„Aber, aber, aber…", stotterte er fassungslos. „War das ein Einsatz? XAlien2 genügt doch unseren Erwartungen nicht, warum…?"

„Fragen Sie nicht so hirnlos", unterbrach Piroget den großen, schlanken Mann Mitte dreißig ungehalten. „Natürlich war das kein militärischer Einsatz, Sie…", er holte tief Luft. Sein Puls raste, und er hörte das Blut in seinen Ohren rauschen. „Können Sie mir bestätigen, dass die Drohne auf diesem Bild unser Prototyp XAlien2 ist?"

Paul hielt sich das Bild direkt vor seine Brille. Er nickte zustimmend. „Ja", sagte er mit leiser Stimme. „Das ist unsere Drohne, und das Rohr, das nach außen gerichtet ist, ist…"

„Ich möchte, dass Sie rausfinden, was bei Ihnen in der Abteilung vorgeht", sagte Piroget drohend. „Oberste Geheimhaltungsstufe. Der Mord an einem Zivilisten ist gegenüber unserem Forschungsauftrag bedeutungslos. In drei Stunden möchte ich jeden Mitarbeiter aus jeglicher Abteilung im Konferenzsaal UG 1/2 sehen. Und mit jedem Mitarbeiter meine ich auch die Kranken und die Beurlaubten. Informieren Sie alle Abteilungsleiter. Haben Sie mich verstanden? Die Kriminalpolizei darf den Herkunftsort der Drohne nicht ermitteln. Ich bin mir sicher, Sie wissen Ihren Arbeitsplatz zu schätzen. Irgendjemand aus unseren Reihen muss die Drohne entwendet, zweckentfremdet und sogar zurückgebracht haben. Für jemanden von außerhalb ist das so gut wie unmöglich. Finden Sie den Schuldigen. Das Übel muss ausgemerzt werden."

Als die Tür ins Schloss gefallen war, entnahm Frank Piroget seiner Hosentasche einen Schlüssel. Damit öffnete er die unterste Schreibtischschublade. Er griff hinein und holte ein Smartphone hervor, das mit Hilfe eines dünnen Kabels mit dem Akku verbunden war. Er verwendete die Kurzwahlfunktion.

„Ja, Frank, was gibt's?", nahm Mark Cramer im UG 6 das Gespräch an.

„Mark, wir haben ein Problem", sagte Frank ernst. Er erstattete seinem Partner Bericht. „Du weißt, was das bedeuten kann?"

„Wenn das publik werden sollte, haben wir hohen Besuch zu erwarten", stellte Cramer fest.

„Und der wird hier alles auf den Kopf stellen und Dinge finden, die nichts mit unseren militärischen Forschungsaufträgen zu tun haben."

„Zunächst werde ich unsere Security-Abteilung damit beauftragen, herauszufinden, wer der Ermordete ist", erklärte Frank. Er atmete tief durch und hoffte auf ein baldiges Einsetzen der Wirkung des Medikaments. „Vielleicht hilft uns das weiter. Außerdem müssen wir jeden Mitarbeiter sorgfältig auf Herz und Nieren untersuchen. Facebook, Instagram und Twitter, die Security darf nichts unberücksichtigt lassen."

Mittwoch, 30. Mai 2018

Der Regen trommelte gegen die Scheiben des hohen Gebäudes an der Friedrich-Engels-Allee. Donnerschläge und grelle Blitze wechselten sich ab. Das Innere der Salamander-Bank war in ein unheimliches Licht getaucht. Gerade eben noch hatte Mathilde es mit Lotte ins Gebäude geschafft, bevor das Unwetter losging. Den Vormittag über war es drückend schwül gewesen. Die Temperaturen lagen am heutigen Tag um die dreißig Grad. Mathilde hoffte, dass das Gewitter Abkühlung bringen würde. Sie reihte sich in die Schlange vor den Schaltern ein. Zu ihrer Erleichterung ging es zügig voran. Die männlichen Bankangestellten waren allesamt in graue Anzüge gekleidet, das weibliche Personal trug knielange Röcke in derselben

Farbe. Rote Farbtupfer bildeten die Krawatten und die kurzärmligen Blusen.

„Was kann ich für Sie tun?", erkundigte sich der Bankangestellte, als sie an der Reihe war.

„Mathilde Krähenfuß, Ronsdorfer Gazette", stellte sie sich vor, ihren Presseausweis präsentierend. „Ich würde gerne die stellvertretende Filialleitung sprechen. Sicher wurden Sie über den Tod Ihres Vorgesetzten informiert."

Ein Schatten fiel über sein Gesicht. Er nickte betroffen.

„Einen Augenblick bitte", sagte er und verschwand hinter der Glaswand. Mathilde sah ihn zum Telefon greifen und wartete. Der Mann gestikulierte wild mit den Händen, schließlich legte er auf und kehrte zu Mathilde zurück.

„Folgen Sie mir bitte", forderte er sie auf.

Er führte sie eine schwach beleuchtete Treppe hinauf in den ersten Stock.

„Herr Müller erwartet Sie", erklärte er, an eine geschlossene Bürotür klopfend. „Treten Sie ein."

Gehorsam drückte Mathilde die Klinke herunter und betrat mit Lotte den hell erleuchteten Raum.

„Kurt Müller", stellte sich der auf sie zukommende große, blonde Mann vor. Mathilde schätzte ihn auf Mitte vierzig. Sein Anzug unterschied sich nicht von denen der Angestellten an den Schaltern. „Nehmen Sie doch Platz."

Er deutete mit seiner Hand auf den Stuhl vor seinem Schreibtisch. Mathilde kam der Aufforderung gerne nach. Das Wetter setzte ihr zu, machte ihr deutlich, dass sie nicht mehr die Jüngste war. Lotte rollte sich zu ihren Füßen zusammen.

„Wie kann ich Ihnen helfen, Frau Krähenfuß?", fragte Müller freundlich, ihr ein Glas Wasser einschenkend. Dankbar nahm sie einen großen Schluck.

„Sie wissen, dass die Kriminalpolizei im Fall Karl von Horsten auf Mordverdacht ermittelt", stellte sie fest, und ihr Gegenüber nickte zustimmend.

„Ja", antwortete er. „Die Beamten waren bereits gestern hier. Ich habe ihnen alles erzählt, was ich weiß."

Mathilde griff in ihre Handtasche, kniff verärgert die Augen zusammen und suchte eine Weile. Kurt Müller beobachtete irritiert, dass sie schließlich ein altmodisches Diktiergerät auf dem Tisch platzierte. Sie drückte die Aufnahmetaste und fragte: „Haben Sie in letzter Zeit irgendetwas Auffälliges bemerkt? Wirkte Herr von Horsten vielleicht besorgt, oder war er unkonzentriert?"

„Warum möchte eine Frau von der Zeitung das alles wissen?", fragte Müller verwundert.

„Ich bin in diesem Fall Augenzeugin", erwiderte Mathilde gelassen, ihre Brille zurechtschiebend. „Zudem möchte ich auf dem Laufenden bleiben, falls es etwas für die Gazette zu berichten gibt."

Kurt Müller nickte, legte den Kopf schräg und dachte nach.

„Nein", erwiderte er schließlich. „Nicht dass ich wüsste. Oder doch, ja, etwas ist mir aufgefallen. Dies aber schon seit einigen Monaten."

Mathilde horchte auf.

„Früher war er nicht besonders politisch interessiert. Ganz gewöhnlich eben, eher konservativ. Jetzt ist es ja kein Geheimnis mehr, er ist tot und wird mir die Auskunft nicht verübeln. Er wählte treu die CDU. Warum auch nicht in seiner Position. Wir redeten früher eher selten über Politik. Aber wenn wir uns diesbezüglich austauschten, sprach er offen zu mir über seine Gesinnung."

„Und was hatte sich bei Ihren letzten Gesprächen verändert?", hakte Mathilde nach. Ein heftiger Donnerschlag ertönte, und Lotte sprang auf.

„Meine Güte, was für ein Unwetter", sagte Müller, sprang auf und schloss das leicht geöffnete Fenster. „Hat ihr Hund Angst?"

„Für gewöhnlich nicht, aber dieses Gewitter ist besonders heftig", entgegnete Mathilde, die Hündin beruhigend hinter den Ohren kraulend. Lotte hatte den Kopf auf ihren Schoß gelegt.

„Jedenfalls hatte Karl plötzlich damit begonnen, Parteiprogramme zu studieren", nahm Müller den Faden wieder auf. „Alle Parteiprogramme, sogar die der Randparteien. Ich fand das zwar merkwürdig, aber jeder hat das Recht, sich zu verändern."

Mathildes Blicke wanderten über den Schreibtisch. Sie registrierte das Foto von einer strahlenden Frau, die zwei kleine Jungen auf den Armen hielt. Die Frau wirkte sehr jung.

„Meine Frau", erklärte Müller mit sanfter Stimme. „Und unsere eineiigen Zwillinge. Das hatte ich mit Karl gemein. Seine Töchter sind ebenfalls Zwillinge. Barbara arbeitet bei uns, hat sich krankschreiben lassen. Sie hat mein vollstes Verständnis und Mitgefühl."

„Damit kommen wir zu meiner nächsten Frage", griff Mathilde seine Bemerkung auf. „Wer wird den Posten des Filialleiters in Zukunft besetzen? Sie?"

Kurt Müllers Mine verdüsterte sich.

„Leider nein", antwortete er bitter. „Obwohl es nur gerecht wäre, wenn ich Karls Posten übernehmen würde. Wir waren ein eingespieltes Team, trafen die meisten Entscheidungen gemeinsam. Eigentlich waren wir gleichberechtigt, obwohl natürlich nach außen hin Karl die Anweisungen gab."

„Und warum kommt es nicht zu Ihrer Beförderung?", wollte Mathilde neugierig wissen.

„Sagt Ihnen der Begriff ‚Frauenquote' etwas?", erkundigte sich Müller, und Mathilde nickte bestätigend. „Statt mich, den erfahrenen Mitarbeiter im besten Alter, zu berücksichtigen, möchte der Vorstand der Salamander-Bank die Führungsposition in dieser Filiale mit einer jungen Frau besetzen, die meiner Meinung nach völlig unerfahren und ungeeignet ist."

„Kam das für Sie überraschend, oder war es vorhersehbar?", fragte Mathilde. Sie beobachtete Müller genau, auf dessen Stirn sich eine Zornesfalte gebildet hatte.

„Ich bin heute vor vollendete Tatsachen gestellt worden, mit denen ich absolut nicht gerechnet habe", antwortete er aufrichtig. Er griff nach seinem Wasserglas und nahm einen kräftigen Schluck. „Ehrlich gesagt, mache ich mir große Sorgen um die Zukunft. Wer weiß, was diese Frau anstellen wird."

Eine Weile schwiegen sie sich an. Ein Blick durch das große Fenster verriet Mathilde, dass das Gewitter abgezogen war. Nur noch vereinzelt war ein leises Grummeln zu hören, der Regen ebbte langsam ab.

„Herr Müller", sagte sie schließlich, die Unterhaltung fortführend. „Dürfte ich einen Blick in von Horstens Büro werfen?"

„Warum nicht", entgegnete Müller schulterzuckend. Er erhob sich und wies Mathilde an, ihm zu folgen. Mit schnellen Schritten ging er voraus.

„Hier sind wir", sagte er, als sie die letzte Bürotür im Gang erreichten. Er öffnete sie und blieb wie angewurzelt mitten im Türrahmen stehen. Vorsichtig lugte Mathilde um ihn herum. Eine junge, schwarzhaarige Frau war im Inneren des Raumes damit beschäftigt, Umzugskartons zu füllen.

„Ja bitte?", fragte die Asiatin verstimmt. „Betreten Sie das Zimmer Ihrer Vorgesetzten immer ohne anzuklopfen, Herr Müller?"

„Verzeihung, Frau Hansen", erwiderte dieser. „Mit Ihrer Anwesenheit habe ich so rasch nicht gerechnet. Ich wähnte Sie noch in Köln. Sie haben Ihre Zelte dort schnell abgebrochen. Herzlich Willkommen in Wuppertal."

„Ich handle stets umgehend, Herr Müller", antwortete Franziska Hansen bissig. „Merken Sie sich das für die Zukunft." Sie wandte ihr Augenmerk Mathilde und Lotte zu. „Und wer bitte schön ist das? Sind wir hier im Zoo oder in einer Bank?"

Mathilde verkniff sich eine schnippische Bemerkung und stellte sich stattdessen betont freundlich vor.

„Hier finden Sie nicht mehr viel von Herrn von Horsten", sagte Franziska Hansen bestimmt. Sie deutete mit dem Kopf auf die offen stehenden Kartons. „Werfen Sie einen Blick auf seine Sachen, wenn Sie mögen." Mit flinken Fingern setzte sie die Umgestaltung des Büroraums fort. Ein dickbauchiger Buddha erhielt einen Platz auf der Fensterbank, mehrere Elefanten aus Holz wurden auf die Regale mit den Aktenordnern gestellt, und eine Holzvase in Palmenform schmückte den Schreibtisch. Zuletzt hängte Franziska einen Kalender an die Wand mit der Aufschrift `Orte des Glaubens im fernen Thailand´.

„Sind Sie gebürtige Thailänderin?", wollte Mathilde neugierig wissen. „Hansen ist ein deutscher Name, sind Sie verheiratet?"

„Ich wüsste nicht, was Sie das angeht", erwiderte Franziska Hansen unwirsch. Sie ging mit einem Staubtuch über die Elefanten.

„Sehen Sie", sagte Kurt Müller zu Mathilde, auf verschiedene Broschüren in einem Karton zeigend. „Lauter Parteiwerbebroschüren."

„Anscheinend hatte er außerdem vor, zu verreisen", bemerkte Mathilde. Sie nahm verschiedene Reiseführer in die Hand. „Neuseeland, die Vereinigten Staaten und Japan. Interessante Reiseziele."

„Seinen Jahresurlaub hat er vor drei Monaten genommen", sagte Müller überrascht. „Anscheinend plante er fürs nächste Jahr."

Mathilde griff in ihre Handtasche und fand das Black-Berry zu ihrer Freude auf Anhieb. Zufrieden machte sie Aufnahmen von den Prospekten und Broschüren.

„Hören Sie, Frau Krähenfuß", sagte Franziska plötzlich. „Ich möchte nicht, dass Sie mich für herzlos halten. Auch wenn ich Herrn von Horsten nicht persönlich kannte, betrübt mich sein unnatürlicher und früher Tod. Trotzdem geht das Leben weiter, möchte der Vorstand einen reibungslosen Übergang in der Filialführung. Aus diesem Grund nehme ich schon ab heute hier die Zügel in die Hand. Und, um Ihre Fragen zu beantworten, tatsächlich wurde ich im Nordosten Thailands im Isan geboren. Das ist die ärmste Region meines Heimatlandes. Mir wurde das Glück einer Adoption zuteil. Sonst stünde ich heute nicht hier, sondern würde mir den Rücken auf den Reisfeldern krumm arbeiten."

„Ihre Eltern sind bestimmt sehr stolz auf Sie", erwiderte Mathilde.

„Ich habe sie durch einen Unfalltod vor vier Jahren verloren", sagte Franziska mit zusammengepressten Lippen. „Die Arbeit ist mein Leben, für sie gebe ich alles."

„Deswegen interessieren Sie sich bereits jetzt für eine Fortbildung?", hakte Mathilde nach, auf den Prospekt eines Tagungshotels in Frankenberg im Hessenland hinweisend.

„Für Fortbildungen ist es nie zu früh", antwortete Franziska. Sie blickte Mathilde direkt in die Augen. „Außerdem wird die Veranstaltung voraussichtlich erst im August stattfinden. Bis dahin werde ich alles im Griff und meiner Vertretung Anweisungen erteilt haben." Sie warf einen schwer zu deutenden Seitenblick auf Kurt Müller.

„Meine Schwester lebt in Rosenthal", berichtete Mathilde, ihre Brille zurück an die richtige Stelle schiebend. *Martha hat recht. Irgendwann werde ich zum Optiker gehen müssen*, dachte sie nebenbei. „Das ist ein Ort ganz in der Nähe von Frankenberg."

„Wie schön", erwiderte Franziska kühl. Ihre mandelförmigen Augen fixierten Mathilde abschätzend. „Kann ich noch etwas für Sie tun? Ansonsten würde ich gerne mit meiner Arbeit fortfahren."

„Woher kennen Sie Herrn Müller?", wollte Mathilde wissen.

„Auch das geht Sie nichts an, aber ich werde Sie aufklären", sagte Franziska Hansen huldvoll. „Ich war bis vor wenigen Tagen die stellvertretende Filialleiterin der Salamander-Bank in Köln-Ehrenfeld. Wir haben uns vor wenigen Monaten auf einer Stellvertreter-Tagung in Frankfurt kennengelernt."

„Wussten Sie da bereits, dass Sie vom Vorstand für die Nachfolge Karl von Horstens vorgesehen waren?", hakte Mathilde nach. Draußen schien bereits wieder die Sonne. Lotte wurde langsam unruhig.

„Sicher", antwortete Franziska gelassen. „Aber so schnell hat niemand damit gerechnet, dass der Posten frei werden würde. Herr von Horsten war schließlich erst Mitte fünfzig."

„Hm", machte Mathilde. „Ich danke Ihnen beiden für das Gespräch. Sollte ich Nachfragen haben, werde ich mich erneut bei Ihnen melden. Auf Wiedersehen. Sie brauchen mich nicht hinauszubegleiten."

Nachdem Mathilde Lotte zurück in die Mirker Höhe gebracht und einen Kaffee mit Martha getrunken hatte, machte sie sich erneut auf den Weg zur Friedrich-Engels-Allee. Sie parkte Ingo vor dem Polizeipräsidium und eilte hinauf in die erste Etage. Zu ihrer Freude hörte sie bereits von Weitem die vertrauten Geräusche der klappernden Computertastaturen.

„Guten Tag, meine Herren", sagte sie schwungvoll, als sie das Büro ihres Neffen betrat.

„Die Adlerkralle", feixte Florian Vogel leise, und Hans

Flachs, sein älterer Kollege mit Bauchansatz und schütterem Haar, grinste.

„Guten Tag, Tante Mathilde", sagte Herbert. Er griff nach der auf dem Schreibtisch abgelegten Handtasche und lugte erwartungsvoll hinein. „Nichts dabei? Keine Quarkbällchen, kein Kuchen? Ist Martha krank?"

Mathilde musste wegen der Enttäuschung in seiner Stimme schmunzeln.

„Heute gab es selbst gemachtes Vanilleeis mit heißen Kirschen", sagte sie kichernd. „Leider konnte ich davon nichts für euch einpacken."

Sie setzte sich auf einen freien Stuhl und wischte sich mit dem Handrücken den Schweiß von der Stirn. Die Temperaturen waren nach dem Gewitter zwar leicht gesunken, doch in Herberts Büro war es drückend heiß.

„In der Elberfelder Innenstadt steht alles unter Wasser, furchtbar", fuhr sie in ernstem Tonfall fort.

„Die City-Arkaden hat es besonders schlimm getroffen", ergänzte Hans Flachs. „Die Thalia Buchhandlung wird voraussichtlich erst in vier Monaten wieder öffnen."

„Ich war zu der Zeit in der Salamander-Bank", berichtete Mathilde.

Herbert verdrehte die Augen.

„Misch dich nicht in unsere Ermittlungen ein, Tante Mathilde", mahnte er vorwurfsvoll. „Hans sprach gestern mit dem stellvertretenden Filialleiter. Scheinbar hatte Karl von Horsten nur Freunde in seiner Filiale. Alle wirkten aufrichtig von seinem Tod betroffen. Wir konnten feststellen, dass am Montag lediglich von Horsten seine Mittagspause für einen Ausflug nutzte. Alle anderen Mitarbeiter blieben im Haus oder aßen bei Burger King zu Mittag. Soweit erscheint mir alles unverdächtig."

„Sprachen Sie auch mit Karl von Horstens Nachfolgerin, Herr Flachs?", fragte Mathilde mit hochgezogenen Augenbrauen.

„Mit wem?", wollte Hans überrascht wissen. „Wird nicht Kurt Müller die Nachfolge antreten? Gestern ging er davon aus."

„Gestern war gestern, und heute ist heute", erwiderte Mathilde genüsslich. Mit wenigen Worten erzählte sie von ihren Gesprächen, von den Parteibroschüren und den Reiseprospekten. Herbert zwirbelte seinen Schnurrbart.

„Was ist daran so merkwürdig?", fragte er, indem er zur Kaffeemaschine ging und sich Kaffee einschenkte.

„Seinen Jahresurlaub hatte er bereits hinter sich, woher kam das Interesse an diesen Fernzielen? Vielleicht hatte er vor etwas Angst? Möglicherweise bereitete er seine Flucht vor", spekulierte Mathilde. Sie griff nach der Kaffeetasse ihres Neffen und nahm einen Schluck.

„Das ist weit hergeholt, Mathilde", bemerkte Herbert und nahm ihr die Tasse aus der Hand. „Florian, hol meiner Tante doch einen Kaffee."

„Schließlich ist er jetzt tot, so weit hergeholt ist es nicht", konterte Mathilde. „Und woher kam sein plötzliches Interesse an Politik? Ich finde das äußerst merkwürdig."

Herberts Smartphone unterbrach Mathildes Überlegungen. Er warf einen Blick auf das Display und runzelte die Stirn.

„Ja, Schatz, was gibt's?", nahm er das Gespräch an.

Jasmin, dachte Mathilde. In Gedanken hatte sie die kleine, rundliche Ehefrau ihres Neffen vor Augen. Sie war wie Herbert neununddreißig Jahre alt und ein dunkler Typ. Ihr Vater war Grieche, jedoch in Wuppertal aufgewachsen. Jasmin hatte seine temperamentvolle Natur geerbt, was Herbert manchmal arg zu schaffen machte.

„Das geht nicht, ich kann es leider nicht ändern, Jasmin", sagte Herbert energisch und verdrehte in Richtung seiner Mitarbeiter die Augen. „Wir sind mitten in den laufenden Ermittlungen, da kann ich nicht so mir nichts dir nichts Urlaub nehmen. Du hast vielleicht Vorstellungen." Eine Weile lauschte er ergeben dem Wortschwall seiner Frau. „Bis heute Abend. Ich versuche, pünktlich zu sein."

„Ärger?", erkundigte sich Florian mitfühlend.

„Ist immer das Gleiche mit meiner Frau", sagte er nur schulterzuckend.

„Freitag habe ich einen Termin mit Barbara von Horsten", informierte Mathilde ihren Neffen. Mit schnellen Schlucken leerte sie die Kaffeetasse. Sie griff nach ihrer Handtasche und bemerkte: „Du brauchst dazu nichts sagen, mein lieber Neffe. Ich handle aus rein journalistischem Interesse. Gute Geschichten kann die Gazette immer brauchen. Etwas Stoff zu sammeln, kann nicht schaden."

„Du machst sowieso, was du willst, Tante Mathilde", erwiderte Herbert seufzend.

Donnerstag, 31. Mai 2018

Schweigend warteten die Männer im Kreis. In ihrer Mitte stand ein Tisch aus schwarzem Marmor, heute abgedeckt mit einem dunkelroten Seidentuch. Alle Männer waren in dieser Farbe gewandet. Schwarze Ledergürtel, an denen silberne Sicheln befestigt waren, schmückten die festlichen Anzüge. Schwarze Melonen bedeckten die Häupter, die Hände waren in weiße Handschuhe gehüllt. Der quadratische Raum wurde vom Schein zahlreicher Kerzen erhellt. Ein Mann hielt eine goldene Sichel in der Hand, trat aus dem Kreis hervor und schritt würdevoll zum Tisch.

„Brüder", sagte er. „Wir sind heute hier zusammengekommen, um unseren neu gewählten Großmeister zu ehren. Er muss den Opfertod sterben, damit wir leben können." Er legte die scharf geschliffene Sichel auf den Tisch. Zwei weitere Männer lösten sich aus dem Kreis, gingen zur Tür am hinteren Ende des Raumes und verließen ihn.

„Kein Bruder wird einen lebenden Bruder verraten, klare Geister sind wir", sprach er die rituellen Worte.

„Klare Geister sind wir", rezitierten die Brüder.

„Mit der Sichel schneiden wir das Korn, um zu ernten und wieder zu säen. Wir entfernen die missgebildeten Ähren, sortieren aus und verbessern im Einklang mit der Natur. Besondere Geister sind wir", fuhr er fort.

„Besondere Geister sind wir", wiederholten die Versammelten.

„Im Verborgenen wenden wir das Blatt zum Guten", sagte er, nahm die Sichel und ritzte seine Wange. Das Blut lief über sein Gesicht und bahnte sich ungestillt seinen Weg. Etwas davon fing er in einer großen Kupferschale auf, deren Rand mit drei Wolfsköpfen verziert war. „Wir sind der Anfang und der Weg und das Ziel und das Ende. Wir sind das Licht."

„Wir sind das Licht", summte der Chor.

Geräuschvoll öffnete sich die Tür. Die zwei Brüder betraten den Raum, einen gefesselten und geknebelten Mann in ihrer Mitte führend. Auch dieser war rituell gekleidet. Widerstandslos legte er sich auf den Tisch.

„Bruder Norbert", sagte Großmeister Marx feierlich. „Wir setzen unsere Hoffnungen auf dich, auf deine Weisheit und deine Kraft. Führe uns durch deinen Tod ins Licht." Er legte ein schwarzes Seidentuch über die Augen des Gefesselten.

Diese Ehre hat er nicht verdient. Ich sollte jetzt an seiner Stelle dort liegen, dachte Horst Malik grimmig. Nur jahrelange Disziplin hielt ihn davon ab, seine Hände zu Fäusten zu ballen. Leise atmete er tief durch.

„Dein Blut soll fließen", sagte Großmeister Marx mit monotoner Stimme. Er hielt dem Gefesselten die Kupferschale unter die Kehle. „Leben ist sterben, denn nur wer stirbt, wird wiedergeboren."

Im Raum war es totenstill. Großmeister Marx hob seine goldene Sichel in die Luft. Er schloss die Augen und begann leise zu singen: „Zwölf Jahre führte ich euch: Drei Jahre war ich der Frühling. Drei Jahre war ich der Sommer. Drei Jahre war ich der Herbst. Drei Jahre war ich der Winter."

Ich hoffe, er erstickt unter dem Seidentuch, dachte Malik böse. Nur mit halber Aufmerksamkeit sah er die goldene Sichel auf Norbert Franken niedersinken.

Großmeister Marx vollzog die rituelle Handlung und setzte seinem Bruder das Messer an die Kehle. Das Blut beider Großmeister vermischte sich.

„Erhebe dich jetzt von dem Opfertisch, und nehme die Sichel in Empfang, die dich getötet hat", forderte der ehemalige Großmeister seinen Logen-Bruder auf.

Die Schnitte an Wange und Kehle bluteten kaum noch. Einer der Dienstbrüder brachte zwei Pflaster, mit denen die Männer ihre Wunden abdeckten. Anschließend befreite er den neuen Großmeister von seinen Fesseln.

Triumphierend hielt Großmeister Franken die goldene Sichel in den Händen.

„Meine Brüder", rief er. „Auf die neue Generation."

„Was ist los mit dir, Horst?", wollte Sandra Malik von ihrem Mann wissen. Schon seit vielen Wochen litt sie unter seiner schlechten Laune. „Der Ruhestand scheint dir nicht zu bekommen. Vielleicht hättest du nicht mit dreiundsechzig in Rente gehen sollen."

Sandra schüttete etwas Bratensoße über ihre Kartoffeln. Sie nahmen ein spätes Abendessen ein, weil Horst erst jetzt von seinem Männertreffen heimgekehrt war. Sandra wusste nicht viel über die Organisation, in der ihr Mann seit etlichen Jahren Mitglied war. Gleich zu Beginn ihrer Beziehung hatte Horst ihr deutlich gemacht, dass es etwas in seinem Leben gab, das er mit ihr nicht zu teilen gedachte. Sandra Malik hatte das bisher nicht gestört. Horst war all die Jahre ein fürsorglicher Ehemann und ihren zwei Kindern ein liebevoller Vater gewesen.

„Ich habe heute keinen rechten Appetit", erwiderte Horst. Der früher korpulente Mann hatte nach seiner

Berentung mit Krafttraining begonnen und deutlich an Gewicht verloren.

„Das ist dein Leibgericht", beschwerte Sandra sich. Ihr volles Gesicht war gerötet. „Bist du im zweiten Frühling? Jeans und Turnschuhe trägst du am Leib, und Salat möchtest du auf den Teller. Früher warst du Anzugsträger und liebtest deftige Kost. Woher kommt der Jugendwahn? Muss ich mir Sorgen machen? Gibt es eine jüngere Frau in deinem Leben? Ich kann mit allem leben, aber diese Ungewissheit ertrage ich nicht. Ich bin deine Frau! Sprich mit mir über deine Sorgen."

Horst stocherte in seinem Gulasch.

„Das hat mit dir gar nichts zu tun", erwiderte er brummig.

„Das soll ich dir glauben?", fragte Sandra aufgeregt. „Sieh dich doch an. Früher hat dich dein graues Haar nicht gestört, plötzlich lässt du es färben."

„Sandra, jetzt reicht es", entgegnete Horst genervt. Er legte sein Besteck am Tellerrand ab und stand auf. „Ich brauche frische Luft. Vielleicht esse ich später noch etwas."

Mit diesen Worten ließ er seine sprachlose Frau am Esstisch sitzen und verschwand.

Er parkte seinen Mercedes am Westfalenweg. Der viereckige Betonklotz zu seiner Rechten stand frei in der Landschaft. Von einem Vorgarten war noch nicht viel zu erkennen, Schottersteine boten keinen schönen Anblick. Rolf Marx bewohnte den Neubau erst seit Kurzem. Nach dem Tod seiner Frau hatte der Zweiundachtzigjährige beschlossen, an den Stadtrand Wuppertals zu ziehen.

Dort hatte er sich ein seniorengerechtes Haus bauen lassen, das eher zweckmäßig als eine Augenweide war. Im Inneren des Bungalows brannte Licht. Horst Malik hatte nichts anderes erwartet. Es nieselte leicht, doch das störte ihn nicht. Es war immer noch warm. Er betätigte die Türklingel und wartete. Lange dauerte es nicht, bis Rolf ihm öffnete.

„Horst", begrüßte der weißhaarige Mann seinen Logen-Bruder. „Du bist wegen Norbert hier, stimmt's?"

Der Angesprochene nickte lediglich.

„Darf ich reinkommen?", erkundigte er sich höflich.

„Sicher", antwortete der Ältere.

Das Licht im Wohnzimmer war gedämmt. Auf dem großen Flachbildschirm lief ein alter Peter Alexander-Film. Marx griff zur Fernbedienung und schaltete ihn aus. Sie setzten sich in große Korbsessel, die mit weißen, weichen Kissen belegt waren. Rolf Marx hatte im Vorbeigehen ein weiteres Weinglas mitgenommen und schenkte ihnen Rotwein ein.

„Brunello di Montalcino ʿCerretaltoʾ, 2006er Jahrgang", bemerkte Horst anerkennend. *Eine Flasche von dem Zeug kostet gewiss 400 Euro*, überlegte er. „Bist du so erleichtert, nicht mehr Großmeister zu sein, dass du mit derart teurem Wein auf deinen Abgang anstößt?"

„Ich habe meine Pflicht gewissenhaft erfüllt", erwiderte der alte Mann, dessen Gesicht von tiefen Falten zerfurcht war. „Zwölf Jahre sind genug. Die Brüder haben mehrstimmig für Norbert gestimmt. Du hattest deine Chance, Horst."

Horst nahm einen kräftigen Schluck des Rotweins, der nach Nelken und Zimt schmeckte und seinem Gaumen schmeichelte. Der Wein war unbestreitbar seinen Preis wert.

„Er hatte nur die knappe Mehrheit", warf er unwirsch ein. „Norbert ist dreiunddreißig. Der ist kein Führer für uns."

„Das sehen die Brüder anscheinend anders", erwiderte Rolf. „Du selbst läufst rum wie ein Teenager. Dadurch konntest du die Brüder auch nicht umstimmen."

„Wir sind in zwei Parteien gespalten, das weißt du genau", bemerkte Horst mit gerunzelter Stirn. „Es war mein Lebensziel, Großmeister zu werden. Ich hätte uns vor dem Größenwahn bewahrt, unsere Positionen gesichert."

„Wer weiß, wofür es gut ist", erwiderte Rolf nachdenklich. „Norbert ist ehrgeizig, und seine Wähler sind es auch."

„Jetzt habe ich keine Möglichkeit mehr, Großmeister zu werden", sagte Horst Malik bitter. „In zwölf Jahren werde ich fünfundsiebzig sein."

„Wie viel war dir die Großmeisterwahl wert, mein lieber Bruder?", fragte Rolf Marx flüsternd. „Entspanne dich. Genieße den Wein und das Leben. Ich bin zu alt, aber du wirst die Früchte der Bäume noch ernten, die Norbert bereits zu pflanzen begonnen hat."

Freitag, 01. Juni 2018

Erika von Horsten saß in dem altmodisch eingerichteten Büro ihres Mannes und blickte in ihren Taschenspiegel. Mit dem roten Lippenstift frischte sie die Farbe auf. Sie betrachtete sich gebührend. Alles an ihr war weich, das Gesicht, der Körper, die Seele. Die Trainingseinheiten im Fitnessraum der Wuppertaler Schwimmoper schienen sie nicht härter zu machen. Dennoch hatten sie ihr Glück gebracht. Beim Training war sie Simone begegnet, der Frau, die ihrem Leben einen neuen Sinn gegeben hatte. Sechs Monate waren sie mittlerweile zusammen. Doch was sollte nun aus ihr und Simone werden? Bisher war es ein Geheimnis gewesen, ein aufregender Zeitvertreib für die gelangweilte, nicht beachtete Ehefrau. Nach dem Tod ihres Mannes hatte sie sich nicht mehr mit ihrer Geliebten getroffen, sie mit den Worten vertröstet, Zeit zum Nachdenken zu benötigen. Auch wenn Karl ihr kaum mehr Zuwendung entgegengebracht hatte, brach ihr sein Tod das Herz. Die frühen Ehejahre waren sehr glücklich gewesen, die gemeinsamen Töchter hatten ihren Vater geliebt und bewundert. Erika nahm einen kräftigen Schluck Whiskey. Um die Buchführung hatte sie sich nicht kümmern müssen, das war Karls Aufgabe gewesen. Sie begann mit der Sichtung der Versicherungspolicen. Es würde eine hübsche Summe zusammenkommen, die ihr ausgezahlt werden musste. Sie konnten sich nicht beklagen, Andrea, Barbara und sie. Karl hatte kein Testament aufgesetzt. Erika und die Zwillinge erbten zu gleichen Teilen. Sie würden sich einig werden, was das Anwesen betraf. Gerade wollte Erika zum Telefon greifen, um Barbara einzuladen, den Abend mit ihr und der aus New York angereisten Andrea zu verbringen, da zuckte sie zusammen. Mit zitternden Fingern blätterte sie durch die Lebensversicherungspolice. *ERICO Versicherung*, dachte sie überrascht. „Meine Güte, was für Beiträge musste er zahlen", entfuhr es ihr. „Im Todesfall erhält die Begünstigte 250.000 Euro ausgezahlt", las sie vor. Der Ordner glitt ihr aus den Händen, und sie schloss die Augen. Sie würde die Beziehung mit Simone beenden müssen. Anscheinend hatte Karl sie immer noch geliebt. Auch wenn sie das Geld nicht benötigte, war sie von Karls Geste gerührt. Tränen traten ihr in die Augen. Tief atmete sie durch, trank einen Schluck und griff zum Telefon.

„Linda Bock, ERICO Versicherung, was kann ich für Sie tun?", meldete sich eine Frauenstimme.

„Erika von Horsten, guten Tag, Frau Bock", sagte Erika aufgeregt. „Ich möchte Ihnen den Todesfall eines Versicherungsnehmers melden. Es geht um meinen Mann, Karl von Horsten. Die Versicherungsnummer lautet 2312H."

„Einen Augenblick Geduld bitte", erwiderte Frau Bock freundlich. „Ich rufe das Dokument auf."

Ihre Finger zitterten so heftig, dass sie die Tasse abstellen musste. Sie schaltete die Lautsprechfunktion am Telefon ein.

„Ja, hier habe ich ihn", sagte Frau Bock. „Aber leider darf ich Ihnen keine Auskunft erteilen."

„Wieso nicht?", fragte Erika verwundert. „Ich bin die Begünstigte. Mein Mann hat diese Versicherung für mich abgeschlossen."

„Verzeihen Sie mir, Frau von Horsten", entgegnete Frau Bock mit belegter Stimme. „Sie sind nicht die Begünstigte."

„Wie bitte? Das muss ein Irrtum sein", stammelte Erika verstört.

„Ich fürchte nein, Frau von Horsten, es tut mir leid. Sie sind in dieser Angelegenheit nicht berechtigt, Auskunft zu erlangen", sagte Frau Bock bestimmt. „Trotzdem möchte ich Ihnen mein Beileid aussprechen. Ich wünsche Ihnen alles Gute." Nach diesen Worten beendete die Versicherungskauffrau das Telefonat. Zurück ließ sie eine aufgelöste Erika von Horsten, die aufstand, um sich ein weiteres Glas Whiskey einzuschenken.

Mathilde war froh, dass ihr Citroen mit einer Klimaanlage ausgestattet war. Barbara von Horsten hatte ihre Krankmeldung zurückgezogen und ging wieder zur Arbeit. Deswegen hatten sie vereinbart, sich am späten Nachmittag in ihrer Wohnung in Cronenberg zu treffen. Der Feierabendverkehr wäre ohne Klimaanlage unerträglich gewesen. Die Sonne brannte gnadenlos vom Himmel und verwandelte die PKWs in fahrende Saunen. Mathilde stellte Ingo am Straßenrand ab und ging die Hauptstraße entlang. Lotte hatte sie in Marthas Obhut gegeben, weil sie aufgrund der Hitze unter Durchfall litt. Barbara von Horsten wohnte in der zweiten Etage des mit schwarzen Schiefertafeln verkleideten Mehrfamilienhauses. Auf dem Klingelschild stand `B. von Horsten / J. Hinze´. Mathilde musste die Schelle nicht betätigen, anscheinend war ihre Ankunft beobachtet worden. Zügig erklomm sie die Treppenstufen des Altbaus.

„Guten Tag, Frau Krähenfuß", wurde sie von einer schlanken, mittelblonden Frau begrüßt.

Mathilde reichte ihr die Hand und erwiderte den Gruß. Barbara von Horsten führte sie durch einen kleinen Flur ins Wohnzimmer.

„Jan und ich wohnen bescheiden", erklärte Barbara. „Mein Vater wollte uns finanziell unterstützen, aber Jan ist nicht so. Er möchte alles allein schaffen. Und, ehrlich gesagt, ich finde es ganz angenehm, der Villa meiner Eltern entflohen zu sein. Nehmen Sie Platz."

„Jan ist Ihr Lebensgefährte, nehme ich an?", entgegnete Mathilde, sich neugierig umsehend. Das Wohnzimmermobiliar war ihrer Ansicht nach einfach, jedoch geschmackvoll ausgewählt. Die weißgestrichenen Holzschränke und ein cremefarbenes Ledersofa ließen den Raum trotz der abgedunkelten kleinen Fenster hell wirken. Auch ohne Klimaanlage war es im Raum angenehm kühl.

„Richtig", bestätigte Barbara, und ihre blauen Augen glänzten.

„Sie sind vierundzwanzig, nicht wahr?", erkundigte Mathilde sich, und Barbara nickte zustimmend.

„Zu jung, um meinen Vater zu verlieren", sagte sie leise. „Mit Milch?"

„Gerne, danke", antwortete Mathilde.

Zum Kaffee hatte Barbara eine Quarkspeise mit frischen Früchten serviert.

„Mir war bei dieser Hitze nicht nach Gebäck und Kuchen", erklärte sie, zwei Schalen füllend.

„Frau von Horsten", begann Mathilde vorsichtig. „Hatten Sie in der letzten Zeit, in den letzten Monaten viel Kontakt mit Ihrem Vater?"

„Berufsbedingt natürlich", bestätigte die Angesprochene. „Wir liefen uns in der Bank zwangsläufig über den Weg. Privat sahen wir uns eher selten. Jan und ich arbeiten beide als Vollzeitkraft. Unsere kostbare Freizeit nutzen wir für uns, unsere Freunde und unser Hobby. Wir reiten, müssen Sie wissen. Uns gehören zwei Pferde, die im Reitsportverein Westfalenweg an der Sonnenblume unterstehen." Mit der Hand wies sie auf die bunten Schleifen, die an den Wänden hingen. „Wir sind Springreiter."

Mathilde nickte beeindruckt.

„Verhielt Ihr Vater sich Ihnen gegenüber in der letzten Zeit anders als früher?", wollte Mathilde wissen. Kurz überlegte sie, ihr Diktiergerät aus der Handtasche zu nehmen, entschied sich jedoch dagegen.

„Ganz und gar nicht", antwortete Barbara nach kurzer Überlegung.

„Hatte sich seine politische Gesinnung geändert?", fragte Mathilde weiter.

„Nicht dass ich wüsste", sagte Barbara schulterzuckend. Versonnen löffelte sie ihre Quarkspeise. Mathilde gefiel die junge Frau, die sich ungeschminkt und in Shorts und T-Shirt gekleidet präsentierte. Gesicht, Arme und Beine waren von der Sonne gebräunt. Ihren geflochtenen Zopf hatte sie über ihre linke Schulter gelegt. Er reichte ihr fast bis zur Hüfte. „Sein Leben lang wählte er konservativ. Über Politik unterhielten wir uns äußerst selten." Sie hielt inne und widmete sich wieder der Quarkspeise.

„Sehr lecker", lobte Mathilde diese. Martha hatte ihr zwar im Vorfeld Waffeln serviert, aber sie konnte der erfrischenden Köstlichkeit nicht widerstehen. Mathilde war mit einem sehr guten Appetit gesegnet, hatte aber das Glück, sich nicht um ihre schlanke Linie sorgen zu müssen.

„Da fällt mir etwas ein", sagte Barbara von Horsten plötzlich, den Löffel am Schalenrand anlehnend. „Vor einigen Wochen wollte ich von meinem Vater wissen, ob er uns zu einem wichtigen Turnier begleiten würde. Deswegen suchte ich ihn in seinem Büro auf. Er hatte Besuch, doch ich merkte schnell, dass das keine geschäftliche Verabredung war. Der Mann war älter als mein Vater. Ich schätze ihn auf Anfang sechzig. Als ich eingetreten war, brach die Unterhaltung zwar ab, doch ich hörte den Mann noch sagen: ˋEs ist purer Wahnsinn. Und die FDP ist erst der Anfangˊ."

Mathilde nickte interessiert. Sie fand das Diktiergerät in ihrer Handtasche auf Anhieb, legte es auf den Tisch und schaltete es ein.

„Können Sie den Mann beschreiben?", fragte sie hoffnungsvoll.

Barbara von Horsten kniff nachdenklich die Augen zusammen.

„Mittelgroß und schlank, für sein Alter ziemlich muskulös", sagte sie nach kurzer Überlegung. „Ein sportlicher Typ, Turnschuh- und Jeansträger. Mehr kann ich dazu nicht sagen. Weil mir bewusst war, dass ich störte, verschob ich meine Unterredung mit meinem Vater auf später. Die Stimmung im Büro war sehr angespannt. Es ist gut möglich, dass sie eine Meinungsverschiedenheit hatten."

„Noch eine letzte Frage, Frau von Horsten", sagte Mathilde, mit dem Finger über den Rest in ihrer Schale streichend. „Wie war die Beziehung Ihrer Eltern? Können Sie das beurteilen?"

„Ach, Frau Krähenfuß", antwortete Barbara zögerlich. „Sie wissen doch, wie sich die Liebe mit den Jahren entwickelt. Streit hatten meine Eltern selten. Jeder wurde seiner Rolle gerecht, sie harmonierten wirtschaftlich gut miteinander. Beide hatten sie ein eigenes Erbe, auf das zurückgegriffen werden konnte, dazu kamen ihre Erlöse aus der Zugewinngemeinschaft. Vater arbeitete, Mutter pflegte ihre Hobbies. Eine ganz normale, gut betuchte Familie."

„Beide haben geerbt?", hakte Mathilde nach, während sie aufstand.

„Meine Mutter bereits vor unserer Geburt von ihrer Großtante und mein Vater vor Jahren von seinem Onkel", sagte sie, Mathilde zur Tür geleitend.

„Vielen Dank, Frau von Horsten", verabschiedete Mathilde sich. „Sie konnten mir sehr helfen."

Sonntag, 03. Juni 2018

Es goss in Strömen, als Mathilde mit Lotte das vorläufige Ziel ihres Morgenspaziergangs durch Rosenthal erreichte. Wie so oft besuchte sie auch dieses Wochenende ihre Schwester Roswitha Mucke im Hessenland. Sie war von dem Fachwerkhaus in der Frankenberger Straße losspaziert und in Richtung ihres Lieblingsrestaurants 'Rosengarten' gelaufen. Von dort aus hatte sie sich rechts gehalten und war zur Bäckerei Müller geeilt. Sie band Lotte draußen an einem Eisenring an und trat ein. Zwei Frauen standen vor ihr an der Ladentheke, und sie stellte sich an. Sie liebte die Duftmischung aus gemahlenen Kaffeebohnen und frisch gebackenem Brot. Die Frau vor ihr hatte einen kleinen Jungen an der Hand, der quengelte und Schokokuss-Brötchen verlangte. Als die Frau an der Reihe war, reichte ihm die Bäckereiverkäuferin einen einzelnen Schokokuss.

„Frau Mertens, Sie verwöhnen Karlo", sagte die hochgewachsene, extrem schlanke und blond gelockte Frau. Sie trug die schulterlangen Haare offen und war in einen roten, engen Regenmantel gehüllt.

„Ach, Frau Rott", erwiderte Frau Mertens leise. „Der Junge hat es schwer genug. Wir dürfen ihn unbesorgt verwöhnen. Weiß er mittlerweile, dass sein Vater tot ist?"

Der Junge hatte sich mit seiner erbeuteten Süßigkeit umgedreht und war zum Ladenfenster gegangen. Jetzt drückte er seine Nase daran platt und winkte der wartenden Lotte zu. Von der geflüsterten Unterhaltung der beiden Frauen schien er nichts mitzubekommen.

„Ich habe es noch nicht übers Herz gebracht, ihm davon zu berichten", sagte die blonde Frau leise.

„Nett war er, Ihr Freund, da kann man nichts sagen", sagte Frau Mertens. „Auch wenn uns allen im Dorf klar ist, dass er…"

Frau Rott seufzte.

„Ich habe Kalle sehr geliebt, Frau Mertens", erwiderte sie, auf die Käsebrötchen deutend und Zeige- und Mittelfinger spreizend.

Frau Mertens packte zwei Gebäckstücke in eine Papiertüte.

„Das konnte man deutlich sehen", sagte sie bestätigend. „Er liebte Sie ebenfalls sehr, Frau Rott. Natürlich gab es auch Gerede über Sie beide, doch im Großen und Ganzen sind Sie beliebt."

„Rosenthal ist eben ein Dorf", entgegnete Frau Rott schulterzuckend.

„Darf es sonst noch etwas sein?", wollte die Verkäuferin wissen.

„Danke nein, das wär's", antwortete die junge Frau. Sie nahm die Bäckertüte an sich und drehte sich um. Mathilde nickte ihr freundlich zu und registrierte ein schmales Gesicht, blasse Haut und grüne Augen. *Diese Frau könnte ein Hochglanz-Magazin zieren*, überlegte sie.

„Grüßen Sie Ihre Schwester von mir", rief Frau Mertens, und Frau Rott nickte. Sie zog Karlo vom Ladenfenster weg und ging hinaus in den Regen.

„Frau Krähenfuß, guten Morgen", wurde Mathilde von der strahlenden Verkäuferin begrüßt. „Vier Kürbiskernbrötchen?"

Mathilde nickte zustimmend.

„Schlimm, wenn ein Kind in so jungen Jahren ein Elternteil verliert", kommentierte sie das gehörte Gespräch.

„Tragisch ist das", ereiferte sich Frau Mertens. Sie packte die Brötchen ein. „Er soll einen Unfall gehabt haben, erzählt man sich im Dorf."

Einer Eingebung folgend, erkundigte sich Mathilde nach dem Nachnamen des Verstorbenen.

„Leider weiß ich den Nachnamen nicht", antwortete Frau Mertens bedauernd. „Wir spekulieren, dass er von Adel war. Jemand, der sich nach der wahren Liebe sehnte, die er nur im Geheimen leben durfte. Nach außen hin musste er bei seiner adligen Ehefrau bleiben. Sehr romantisch ist das."

Mathilde verabschiedete sich und machte sich mit Lotte auf den Rückweg zur Frankenberger Straße.

„Igitt", rief Roswitha Mucke entsetzt aus. Die Zweiundsechzigjährige war zwei Jahre jünger als ihre Schwester, deutlich kleiner und zu ihrem Ärger auch deutlich fülliger. Ihre bereits völlig weißen Haare waren mit einem rötlichen Schimmer überzogen. „Hier, Mathilde", sagte sie, ihrer Schwester ein großes Handtuch reichend. „So nass kommt mir Lotte nicht in die Wohnung."

Gutmütig und gehorsam rubbelte Mathilde das Fell der Hündin trocken. Anschließend schälte sie sich aus ihrer Regenjacke, hängte diese zum Trocknen über die Stuhllehne und setzte sich an den liebevoll gedeckten Frühstückstisch. Gestern waren die zwei Frauen in der Altstadt des nahe gelegenen Frankenbergs gewesen. Dort fand jeden Samstag im historischen Fachwerk-Rathaus der Wochenmarkt der Landfrauen statt. Sie hatten großzügig eingekauft. Selbstgemachte Marmelade, herzhafte Wurst und eine Auswahl Schnittkäse lagen einladend auf einem Holzbrett in der Mitte des Tisches. Eine Weile aßen sie schweigend.

„Was grübelst du?", fragte Roswitha schließlich. „Ich kenne meine Schwester. Irgendetwas beschäftigt dich."

„Ich möchte natürlich herausfinden, wer der Mörder oder die Mörderin Karl von Horstens ist", erwiderte Mathilde kauend. „Gibt es hier in der Umgebung eigentlich Filialen der Salamander-Bank-AG?"

„In Frankenberg und in Winterberg, warum?", stellte Roswitha die Gegenfrage. „In Frankenberg werden regelmäßig Fortbildungen durchgeführt. Das Vier-Sterne-Hotel `Die Sonne´ stellt den Tagungssaal zur Verfügung. Aber das Eventmanagement ist extern."

Mathilde schaute ihre Schwester überrascht an.

„Roswitha", sagte sie verblüfft. „Woher weißt du das?"

Die Angesprochene grinste.

„Die Tochter von der Beate arbeitet dort als Zimmermädchen", erklärte sie genüsslich. „Die erzählt alles ihrer Mutter, und die sagt es mir weiter."

„Kennst du zufällig auch eine Frau Rott?", fragte Mathilde weiter. Sie überlegte kurz, ob sie ein weiteres Brötchen aufschneiden sollte, entschied sich jedoch dagegen. Es juckte sie in den Fingern, über ihr BlackBerry im Internet zu recherchieren. „Das ist eine auffallend schlanke, blonde Frau mit…"

„Sicher kenne ich die Frau Rott", unterbrach Roswitha ihre Schwester, sich ein Brötchen nehmend. „Die hat einen adligen Geliebten. Das ist ein ganz Schicker, groß, höflich, immer braun gebrannt. Die zwei haben einen gemeinsamen Sohn, den Karlo."

„Wusstest du, dass dieser Mann vor Kurzem bei einem Unfall ums Leben gekommen ist?", wollte Mathilde wissen.

„Um Himmels willen, nein", sagte Roswitha mit vor Schreck weit aufgerissenen Augen. „Was ist ihm widerfahren?"

„Das hätte ich gerne von dir gehört", entgegnete Mathilde grinsend. „Wie auch immer, was spinne ich mir hier wieder zusammen." Energisch schüttelte sie ihren Kopf. Dann hielt sie inne. „Der Mann hieß nicht zufällig von Horsten mit Nachnamen?"

„Das hätte ich dir schon erzählt. Ehrlich gesagt, sein Name ist mir gänzlich unbekannt", erklärte Roswitha. „Janina nannte ihn immer Kalle. Mathilde, mir bereitet etwas anderes Kopfzerbrechen."

Mathilde blickte ihre Schwester erschrocken an.

„Verschweigst du mir etwas? Bist du krank?", fragte sie besorgt.

„Nein", antwortete Roswitha kopfschüttelnd. „Jasmin rief mich vor wenigen Tagen an. Sie erzählte mir, Herbert sei furchtbar überarbeitet. Angeblich soll er unter Alpträumen leiden und dringend urlaubsreif sein."

„Ach, Schwesterherz", sagte Mathilde beschwichtigend. „Du kennst doch deine Schwiegertochter. Ihr südländisches Temperament treibt Herbert regelmäßig zur Verzweiflung. Sie übertreibt gewiss grenzenlos."

„Die viele Arbeit bekommt seiner Ehe nicht", entgegnete Roswitha ernst. Eine Sorgenfalte zeigte sich auf ihrer Stirn. „Natürlich freue ich mich für Herbert, dass er Hauptkommissar geworden ist. Aber in dieser gehobenen Position muss er mehr Verantwortung übernehmen. Früher hatte er mehr Zeit für seine Familie. Mich eingeschlossen."

Mathilde begann zügig abzuräumen.

„Es gilt einen Mordfall aufzuklären", sagte sie bestimmt. Sie ließ Wasser in das Spülbecken laufen. „Die Familie muss hintenanstehen."

„Das sagst du, weil du keine Familie hast", warf Roswitha verärgert ein. Sie schluckte den Brötchenrest herunter, stand auf und nahm sich ein feuchtes Tuch. Energisch wischte sie damit den Holztisch ab.

„Nur weil ich keinen Ehemann, Kinder und Enkelkinder zu betüddeln habe, bin ich doch Teil einer Familie", entgegnete Mathilde genervt. „Mir genügt eine Schwester und ein Lieblingsneffe. Ihr beschert mir Aufregung genug."

Das feuchte Tuch flog ihr in den Nacken.

„Hey", rief sie kichernd. Sie tauchte das Tuch ins Spül-wasser, drehte sich um und grinste.

„Das wagst du nicht", sagte Roswitha mahnend. Vorsichtig ging sie einen Schritt zurück.

Wenig später saßen die Schwestern wieder lachend zusammen. Die Spuren ihrer kleinen Auseinandersetzung waren beseitigt, und sie beugten ihre Köpfe über den Touchscreen des BlackBerrys.

Montag, 04. Juni 2018

Gespannt bis zum Äußersten lag Lotte auf der feuchten Wiese. Sie zitterte vor Aufregung. Neben ihr wartete die Afghanische Windhündin auf das erlösende Wort. Zwei weitere Hunde rasten vor ihren Augen quer über die Wiese. Lady jaulte leise. Sie wechselte von der Liege- in die Sitzposition.

„Lady, Platz!", schrie ihre Besitzerin vom anderen Ende der Wiese.

Doch anscheinend interpretierte die Hündin diesen Befehl anders als erwünscht. Schnell, wie es nur Windhunde waren, sprintete sie los. In kürzester Zeit erreichte sie, wild mit ihrer Rute wedelnd, ihr Frauchen.

„Das hätten Sie nicht rufen dürfen, Frau Ahrens", korrigierte der Hundecoach streng das Fehlverhalten. „`Platz´ als Signalwort hätte genügen müssen. Durch das Rufen ihres Namens hat sich Lady zum Loslaufen aufgefordert gefühlt. Also nicht schimpfen, sondern loben."

„Brav, Lady", lobte diese gehorsam ihre vierbeinige Freundin.

„Frau Krähenfuß", sagte Sascha Schneider auffordernd.

„Lotte, komm", rief diese, so laut sie konnte, und die Hündin gab Vollgas.

Stolz nahm Mathilde sie in Empfang.

„Das war die letzte Übung für heute", erklärte Sascha Schneider. Er nahm seine Baseball-Kappe ab und steckte sie in die Tasche seiner olivgrünen Funktionshose. „Ich finde es bemerkenswert und mutig von Ihnen, heute hergekommen zu sein." Er stockte und schüttelte betroffen den Kopf.

„Wir sind ja nur vier Teams von zwanzig", warf Harald Junker ein.

„Ich kann immer noch nicht begreifen, was heute vor einer Woche an diesem Ort geschah", sagte der ansonsten so gelassene Hundetrainer seufzend.

„Das können wir alle nicht, Herr Schneider", erwiderte Silke Ahrens. „Ich wollte heute zunächst nicht zum Training kommen. Schließlich habe ich mich gefragt, was aus der Welt noch wird, wenn wir alle aus Angst nicht mehr das Haus verlassen. Ich habe es satt, aus Furcht vor Terroranschlägen und Amokläufen die Weihnachtsmärkte und Konzertbesuche zu meiden. Mit meiner heutigen Anwesenheit möchte ich dagegen ein Zeichen setzen."

Ein wenig um Worte verlegen, verabschiedete Sascha Schneider sich. Die Wege der Menschen trennten sich. Mathilde eilte Silke Ahrens hinterher.

„Einen Augenblick bitte, Frau Ahrens", rief sie.

Der Nieselregen setzte wieder ein, und sie zog ihre Kapuze über den Kopf.

„Ja?", erwiderte Silke Ahrens mit ihrer sanften, leisen Stimme. Sie trug ein schwarzes Regencape, das ihre korpulente Figur verhüllte. Beim ersten Kennenlernen hatte Mathilde gedacht, dass die schwerfällige Frau Mitte dreißig, die aufgrund psychischer Instabilität eine Berufsunfähigkeitsrente bezog, optisch so gar nicht zu ihrer Hündin passte. Doch es hatte sich rasch herausgestellt, dass Silke Ahrens eine kluge und einfühlsame Person war.

„Sie kannten Karl von Horsten besser als ich", stellte Mathilde fest. „Ich habe beobachtet, dass Sie beide sich gut verstanden, oft miteinander sprachen. Was für einen Eindruck machte der Mann auf Sie? Besonders in letzter Zeit. Fiel Ihnen eine Verhaltensveränderung auf?"

„So gut kannte ich Karl auch wieder nicht", antwortete Silke abwiegelnd. „Nur hier von der Hundewiese. Aber es stimmt, ich konnte ihn gut leiden." Sie errötete leicht. „Er hörte mir zu. Das machen nicht viele Menschen. Die meisten stempeln mich direkt als verrückt ab, nur weil ich offen mit meiner Erkrankung umgehe."

Mathilde nickte verständnisvoll.

„Ich freute mich jedes Mal, Karl hier zu begegnen", erzählte Silke weiter. Ihre Augen wurden feucht. „Er selbst erzählte nicht viel. Ich glaube, er war nicht besonders glücklich in seiner Ehe." Die Röte auf ihren Wangen vertiefte sich. „Seine Frau sei sehr auf ihr Aussehen bedacht, gehe täglich in die Schwimmoper zum Saunieren und Sport-treiben, berichtete er mir. Die Kinder seien erwachsen und würden in eigenen Haushalten leben, er habe privat nur wenig Kontakt zu ihnen, meinte er vor gar nicht langer Zeit. Karl war manchmal auch geheimnisvoll." Silke musste trotz ihrer Betroffenheit lächeln.

„Er erzählte mir, dass er ein Geheimnis vor seiner Familie bewahre. Ich war natürlich neugierig, fragte ihn, ob er ein Verhältnis habe."

„Und, hatte er?", fragte Mathilde eifrig nach.

Silke schüttelte den Kopf.

„Nein", antwortete sie. „Er habe keine Affäre, versicherte er mir. Frau Krähenfuß, Ihnen kann ich es sagen. Ich hoffte, ich glaubte, nun ja, dass er mich mal zum Kaffee einladen würde."

Mathilde zog die Augenbrauen hoch und schwieg.

„Das Geheimnis hat er mir leider nicht verraten", sagte Silke betrübt. „Ich bin der Meinung, es hat etwas mit diesem merkwürdigen Siegelring zu tun, den Karl immer trug."

„Können Sie mir diesen Ring beschreiben?", wollte Mathilde wissen.

Silke Ahrens nickte.

„Er ist in etwa so groß wie eine 1-Euro-Münze", berichtete sie. Die beiden Frauen hatten den Parkplatz am Fernmeldeturm erreicht. Silke betätigte die automatische Autotürentriegelung, öffnete die Heckklappe, und Lady sprang unaufgefordert in den Kofferraum des dunkelgrünen Jeeps. „Silbern", fuhr sie fort. „Drei Wolfsköpfe umrahmen wie ein Dreieck eine Sichel."

„Haben Sie Herrn von Horsten einmal darauf angesprochen?", erkundigte Mathilde sich hartnäckig. Sie entnahm dem Berlingo ein Handtuch und trocknete damit liebeviel Lottes Fell.

„Sicher", antwortete Silke. „Doch er lächelte nur und schwieg. So, Frau Krähenfuß. Mir ist nach einer Tasse Tee. Sehe ich Sie übermorgen?"

„Natürlich", entgegnete Mathilde freundlich. „Auf Wiedersehen, Frau Ahrens."

Zurück in ihrem Knusperhäuschen wurde sie lediglich von den Papageien begrüßt. Irritiert entdeckte sie einen Zettel, der neben einer großen Platte mit 'Benjie' lag. 'Benjie' waren afrikanische süße Teigbällchen, die ähnlich wie Quarkbällchen in Fett ausgebacken wurden. Neugierig warf Mathilde einen Blick auf die Nachricht von ihrer Haushälterin.

Liebe Mathilde! Farah hat mich abgeholt. Ihre Tochter ist Mutter von Zwillingen geworden. Ich begleite meine Schwester ins Krankenhaus, um meine Großnichten zu begrüßen. Farah hat Benjie mitgebracht. Guten Appetit. Ich werde gegen 17 Uhr zurück sein und uns Abendessen zubereiten. Liebe Grüße, Martha.

„Sie hätte mir auch eine Nachricht per WhatsApp schicken können", murmelte Mathilde kopfschüttelnd. „Dafür habe ich ihr schließlich mein altes iPhone vererbt."

Sie packte eine Handvoll Bällchen auf einen Teller, schenkte sich Kaffee ein und ging ins Wohnzimmer zu ihrem Schreibtisch. Das Kabel des Kobold Staubsaugers steckte noch in der Steckdose, das Sofa war von der Wand abgerückt. Martha schien das Haus mit fliegenden Fahnen verlassen zu haben.

Wenig später saß Mathilde kauend vor ihrem Computermonitor und fragte Google nach 'Siegelring mit drei Wölfen, Dreieck'.

Augenblicklich wurde sie fündig. Mathilde klickte auf den ersten Link, den die Suchmaschine ihr anbot, und landete auf der Webseite der Freiwerker-Loge `Zu den drei Wölfen´ in Wuppertal.

„Es wäre recht sehr zu wünschen,
dass es in jedem Staate Männer
geben möchte,
die über die Vorurteile der
Völkerschaft hinweg wären und
genau wüssten,
wo Patriotismus Tugend zu sein
aufhört.“

Gotthold Ephraim Lessing

Dass die Brüder des Zirkels Lessings Zitat wörtlich nahmen, wurde Mathilde schnell klar. Die Mitglieder der Wuppertaler Freiwerker-Loge waren allesamt männlich. Die Startseite war geprägt von Symbolen: ein unbehauener Stein, eine Sense und eine Sichel. Mathilde klickte sich durch die Unterseiten, entdeckte jedoch nicht viel Tiefgründiges. Die Informationen waren oberflächlich, Mitglieder wurden mit B.N. und B.H. bezeichnet. Mathilde fotografierte die Kontaktadresse mit ihrem BlackBerry und verließ die Webseite. Erneut befragte sie Google. Diesmal suchte sie gezielt nach den Freiwerkern. Von denen hatte sie nämlich noch nichts gehört. Natürlich waren ihr die Freimaurer-Orden bekannt und auch die anderen gängigen Geheimbünde ihr ein Begriff. Jetzt informierte Google Mathilde sehr lückenhaft. Einen Wikipedia Eintrag gab es, der jedoch als fehlerhaft gemeldet wurde und demnächst entfernt werden sollte. Außer in Wuppertal gab es weitere Bruderschaften in Hamburg, Leipzig und, wie Mathilde erstaunt registrierte, in Frankenberg.

„Schon wieder Frankenberg", flüsterte sie aufgeregt. „Karl von Horsten war dort zur Fortbildung in seiner Funktion als Filialleiter der Salamander-Bank, und anscheinend war er ein Mitglied der Wuppertaler Freiwerker-Loge, die eine Bruderschaft in Frankenberg hat."

Versonnen holte Mathilde ein Tuch aus der Schreibtischschublade, nahm ihre Brille von der Nase und reinigte die Gläser. „Dieser Bruderschaft in Wuppertal-Langerfeld werde ich sofort einen Besuch abstatten", sagte sie zu sich selbst.

Der Signalton ihres BlackBerrys riss sie aus ihren Gedanken. „Das darf nicht wahr sein", entfuhr es ihr überrascht. Sie öffnete die Bildnachricht und wurde mit dem Anblick zweier entzückender schokoladenbrauner Babys belohnt. Die Zwillingsmädchen lagen auf dem Rücken in einem Neugeborenen-Bettchen im Bethesda Krankenhaus. Rosafarbene Handinnenflächen zeigten sich neben den kleinen Köpfchen. „Martha hat ihr erstes Foto mit dem iPhone gemacht", sagte Mathilde lachend. Sie drückte auf 'Antworten' und versendete ein blinkendes rotes Herz. Anschließend griff sie nach ihrer Handtasche, versicherte Peter und Paul ihre baldige Rückkehr, füllte Lottes Trinknapf mit frischem Wasser und machte sich auf den Weg nach Langerfeld.

Mathilde fuhr die Inselstraße entlang und bog kurz vor dem Kindermuseum, ein interaktiver Ort, an dem Kinder Instrumente selbst entwerfen und spielen konnten, links in die Gibichostraße ab. Wuppertal zeigte sich am Nachmittag immer noch so bewölkt wie am Vormittag. Zwar war Mathilde erleichtert, dass die Hitzeperiode vorbei war, dennoch sehnte sie sich nach der Sonne. Immerhin hatte der Nieselregen aufgehört, und Mathilde konnte, ohne von den Scheibenwischern gestört zu werden, nach ihrem Zielort suchen. Sie fragte sich verwundert, ob sie sich eine falsche Adresse notiert hatte. Die schmale Straße wurde im Wechsel von beigefarben und braun gestrichenen dreistöckigen Familienhäusern gesäumt. Nichts deutete auf die Anwesenheit einer Bruderschaft hin. Schließlich erreichte sie das Straßenende und somit das kleine aber eindrucksvolle Anwesen der Freiwerker. Im Gegensatz zu den anderen Gebäuden waren die Wände in einem satten Orangeton gestrichen. Die Vorderwand zierte eine große Sense, der Türknopf hatte die Form einer Sichel.

Zu ihrer Freude erwischte Mathilde einen Parkplatz direkt vor dem Haus.

„Guten Tag, meine Dame, was kann ich für Sie tun?", wurde sie von einem älteren korpulenten Herrn in schwarzer Jeans und Hemd höflich begrüßt.

„Guten Tag, Krähenfuß, Ronsdorfer Gazette", stellte sich Mathilde vor. „Ich bin hier, um mich nach einem Ihrer verstorbenen Brüder zu erkundigen. Es geht um Karl von Horsten. Er war doch Mitglied bei Ihnen, nicht wahr?"

„Darüber darf ich Ihnen leider keine Auskunft erteilen", erwiderte der Mann freundlich aber bestimmt.

„Er wurde ermordet, das wissen Sie?", fragte Mathilde beharrlich weiter.

„Auch darüber zu reden, bin ich nicht befugt", wiegelte der Mann Mathilde ab. „Sollten Sie Interesse an unserer Bruderschaft haben, dürfen Sie gerne an einem der Vorträge teilnehmen, bei denen die Anwesenheit der Damen erlaubt und erwünscht ist. Bei allen anderen Veranstaltungen ist die Teilnahme den Brüdern vorbehalten."

„Sie wissen, dass die Polizei in diesem Mordfall ermittelt?", hakte Mathilde nach. Sie versuchte vergeblich, durch die leicht geöffnete Tür einen Blick ins Gebäudeinnere zu erhaschen.

„Frau Krähenfuß, Sie sind nicht von der Polizei und dazu noch eine Frau", stellte der Mann fest. „Ich muss Sie bitten, wieder zu gehen. Von mir werden Sie keine Informationen bekommen. Brüder reden nicht über Brüder."

„Also war Karl Ihr Bruder!", entgegnete Mathilde triumphierend, obwohl ihr das im Vorfeld bereits klar gewesen war.

„Auf Wiedersehen, Frau Krähenfuß", sagte der Mann energisch. Er schloss die Tür und verschwand im Inneren des Hauses.

„Und so etwas im Zeitalter der Gleichberechtigung", ärgerte sich Mathilde lautstark. Sie langte in ihre Handtasche und suchte das BlackBerry. Rasch machte sie eine Aufnahme von dem Anwesen und verschickte diese per Bildnachricht an ihren Neffen. Mittels einer knappen Sprachnachricht setzte sie Herbert über ihre heutigen Rechercheergebnisse in Kenntnis.

Dienstag, 05. Juni 2018

Die Anzeige der Waage zeigte 57 kg. Gerade mal 2 kg hatte sie in den letzten ereignisreichen Monaten abgenommen. Früher hätte sie das nicht gestört, war sie doch immer mit ihrer Figur zufrieden gewesen. Doch seit einigen Monaten hatte sie einen neuen virtuellen Freund, der ihr in allen Lebenslagen zur Seite stand. Auf die App war sie durch einen Vorschlag des Play Stores auf ihrem Smartphone aufmerksam geworden. Anscheinend hatte das Programm aufgrund ihrer Aktivitäten erkannt, dass sie dringend Hilfe gebraucht hatte. Die App `Open Mind Guide´, kurz `OMG´ genannt, war Rettung in allerletzter Sekunde gewesen. Simone Ehrenberg erinnerte sich mit Grauen daran, in welch schlechter Verfassung sie vor neun Monaten gewesen war. Außer ihrer Arbeit hatte sie nichts Schönes im Leben gehabt. Ihre Arbeit, so anstrengend sie war, liebte sie. In der Vergangenheit war sie frustriert darüber gewesen, keine Lebensgefährtin zu finden, keinen Erfolg bei Frauen zu haben. `OMG´ hatte sie in vielen kleinen Schritten ihrem Traum nähergebracht. Sie hatte sich äußerlich nicht sehr verändern müssen. Lediglich die braunen Haare hatte sie blondieren lassen. Zudem trug sie diese jetzt schulterlang. Nur einige Zentimeter kürzer, und sie wirkten wesentlich kräftiger. Am meisten hatte sich `OMG´ an ihrem Gewicht gestört. Dringend hatte ihr die App zum Erwerb einer Jahreskarte der Schwimmoper, das historische Wuppertaler Stadtbad, geraten. Sie hatte Gewichte gestemmt, war auf dem Laufband aktiv gewesen, hatte in der Sauna Wasser ausgeschwitzt und war Bahn um Bahn geschwommen.

Simone gab ihr aktuelles Gewicht in ihr Verlaufsprotokoll ein, dazu ihre Maße und ihr Wohlbefinden auf einer Skala von 0 bis 10. Noch vor wenigen Tagen hatte sie strahlend zehn Punkte verteilt, heute zögerte sie. Schließlich entschied sie sich für eine sieben, die schlechteste Bewertung ihres Befindens seit Längerem.

„Hallo, Simone, schön, dass du dich eingeloggt hast", begrüßte sie eine kleine Sprechblase am oberen Rand des Displays. „Super! Deine Figur ist schlanker und straffer geworden. Trotzdem empfehle ich dir dringend, mehr Ausdauereinheiten in dein Trainingsprogramm einzubauen. Reduziere das Krafttraining, zu viele Muskeln sind nicht weiblich."

Simone klickte auf das Antwort-Feld. „Werde ich machen."

Wieder öffnete sich eine Sprechblase. „Warum fühlst du dich weniger wohl als vor ein paar Tagen?"

„Sie hat sich von mir zurückgezogen", tippte Simone schlicht.

„Gib ihr Zeit. Schicke ihr Blumen mit Fleurop, das wird sie erfreuen", schlug `OMG´ ihr vor.

Simone schloss die App und griff zum Telefon. Gehorsam wählte sie die Nummer ihres Blumenhändlers.

Norbert Franken parkte seine rote K 1600 GT direkt vor der Tür der Logen-Residenz. Die Tourenmaschine von Mercedes war sein ganzer Stolz. Die langen Fahrten, die er damit unternahm, waren das einzige Vergnügen, das er sich in seiner Freizeit gönnte. Franken klemmte den Helm unter den Arm und öffnete seine Lederjacke.

Heute war es wieder deutlich wärmer als gestern. Die trüben Tage schienen erstmal vorbei zu sein.

„Willkommen, Großmeister Franken", wurde er im kleinen Zimmer ehrfürchtig vom Hüter der Pforte begrüßt.

Sie hatten sich wegen ihrer Versammlung unter sechs Augen für den Ritualvorbereitungsraum entschieden.

„Hallo, Holger", erwiderte Franken salopp. „Verzichten wir heute auf den formalen Ton. Nicht umsonst habt ihr euch mit der Wahl für frischen Wind und einen jungen Großmeister entschieden." Er grinste und zwinkerte dem dritten Anwesenden frech zu.

Entspannt setzte er sich auf einen Stuhl an den Tisch, auf dessen Mitte die Kupferschale, Gewürze und unreife Maiskolben lagen.

„Das stimmt, Norbert", sagte der korpulente Mann. Schweiß stand ihm auf der Stirn, und sein kariertes Hemd war feucht. Er nippte an seinem Wasserglas. „Trotzdem möchten wir unsere Werte bewahren. Und diese weiterverbreiten."

„Um das zu besprechen, sind wir heute in dieser Konstellation hier", entgegnete Norbert fest.

„Horst besuchte mich am Tag deines Übergangs", informierte Rolf Marx seinen Nachfolger.

„Mir ist bewusst, dass er seine Niederlage nicht verkraftet", entgegnete dieser. Er zog seine Lederjacke aus und hängte sie über die Stuhllehne.

„Ich kann seine Gefühle nachvollziehen", warf Holger Simon ein. Er fühlte sich sichtlich unwohl in seiner Haut. Einerseits war er stolz, beim Treffen des alten und neuen Großmeisters zugegen sein zu dürfen, andererseits behagte ihm die Geheimniskrämerei nicht. „Es kommt selten vor, dass nur zwei Kandidaten zur Wahl stehen. Seine Gewinnchancen standen nicht schlecht. Bruder Karl", er stockte, „Karl teilte seine konservative Gesinnung. Horsts Hoffnung, die Stimmen zu übernehmen, die sonst Karl erhalten hätte, war nicht unbegründet."

„Die Brüder wissen, dass Karl nicht viel mit Horst gemein hatte. Er war ein anderes Kaliber", warf Franken schulterzuckend ein. „Dementsprechend haben sie sich für mich entschieden."

„Wäre Karl nicht wenige Tage vor der Großmeisterwahl ermordet worden, hätten wir jetzt einen anderen Großmeister. Mit seinen zweiundfünfzig Jahren war er weder zu jung noch zu alt", erklärte Marx. Er nahm einen Maiskolben in die faltigen Hände und begann ihn zu schälen.

„Dennoch hätte Karl alles zerstört, was wir gemeinsam aufgebaut haben", warf Franken mit hochgezogenen Augenbrauen ein. „Horst gab im Vorfeld alles, um Karl davon zu überzeugen, dass unser Vorhaben zum Scheitern verurteilt sei. Doch all das spielt keine Rolle mehr. Den bedauernswerten Tod unseres Bruders können wir nicht rückgängig machen."

„Leider", sagte Holger Simon seufzend. Im Stillen dankte er Gott dafür, dass seine Brüder keine Gedanken lesen konnten. Seine Stimme war für Karl von Horsten bestimmt gewesen und nach dessen Tod auf Horst Malik übergegangen. Jetzt blieb ihm keine Wahl mehr. Wenn er in der Hierarchie des Ordens nicht sinken wollte, musste er seinen Kurs wechseln und Norbert Franken folgen. „Wer mag ihn ermordet haben? Meines Erachtens hatte er keine Feinde."

Marx nickte zustimmend. „Vielleicht irgendeine private Geschichte?", überlegte er. „Werde ich euch morgen auf seiner Beerdigung sehen?"

„Selbstverständlich", antwortete Norbert Franken. „Es gilt auch, in den nächsten Tagen der Witwe einen Besuch abzustatten. In meiner Funktion als Großmeister werde ich dieser Bruderpflicht nachkommen."

Rolf Marx betrachtete eindringlich den entblätterten Maiskolben.

„Die vielen Körner bilden einen Körper", sinnierte er. „In vielen Leben haben wir gelernt, dass der Verstand der kleinen Geister von uns Großen geführt werden muss. Wir verpflichten uns, Gerechtigkeit walten zu lassen."

„Sowie das möglich ist", mischte sich Norbert ein. Er griff sich einen anderen Kolben, riss ihn auf und biss rein. „Unreif", kommentierte er. „Wer den Mais im Juni erntet, ist zu früh dran. Zunächst müssen wir den Boden düngen."

„Wie viele Brüder sind bereits in die Parteien eingetreten?", wollte Rolf Marx wissen.

„Die Anzahl der Beitritte der Bruderschaft richtet sich nach der Größe der Partei. Der famose Ausgang unseres Testlaufs bei der FDP ist zukunftsweisend und vielversprechend", sagte Franken und ballte die Hände zu Fäusten. „Wir möchten nicht eine Partei, sondern wir werden sie alle unterwandern."

„Denn in Zukunft werden wir entscheiden", fügte Holger Simon mit unsicherer Stimme hinzu. „Alle Götter sind ein Gott, und alle Parteien sind eine Partei. Erst Wuppertal, dann Frankenberg, Leipzig und Hamburg."

Wie zur Bestätigung seiner Worte ertönte ein Gong. Holger zuckte erschrocken zusammen.

„Es hat geläutet", stellte er fest. Rasch stand er auf, um der Aufgabe des Hüters der Pforte nachzukommen.

Franken und Marx sahen ihm nach.

„Können wir ihm vertrauen?", fragte Rolf leise.

„Glaube mir, Holger weiß die Vorteile seiner Mitgliedschaft bei den Freiwerkern zu schätzen", entgegnete Norbert selbstbewusst. „Sorge dich nicht."

„Hauptkommissar Herbert Mucke", stellte Holger den Beamten seinen überraschten Brüdern vor.

„Mordkommission", ergänzte Herbert, der in Begleitung von Hans Flachs war.

„Norbert Franken und Rolf Marx", klärte Holger den Polizisten auf. „Der amtierende und der ehemalige Großmeister unserer Bruderschaft."

„Kommen wir direkt zur Sache", begann Herbert ernst. „Erzählen Sie mir bitte alles, was Sie über Karl von Horsten wissen."

„Brüder reden nicht über Brüder", sagte Franken, der sich erhoben hatte und dem Beamten fest in die Augen blickte. „Ehrenkodex. Doch davon verstehen Sie nichts."

„Was ich verstehe, ist, dass wir auf Mordverdacht ermitteln", erwiderte er mit ebenso fester Stimme. „Wollen Sie Ihre Aussage verweigern?"

„Lass gut sein, Norbert", warf Rolf beschwichtigend ein. „Brüder reden nicht über lebende Brüder. Karl jedoch ist tot."

„War etwas an dem Verhalten Ihres Bruders in der letzten Zeit auffällig?", wollte Herbert wissen. Er musterte die zerpflückten Maiskolben auf dem Tisch.

„Ganz und gar nicht", antwortete Rolf. „Wir haben soeben über Karl gesprochen. Uns ist niemand bekannt, der etwas gegen ihn hatte. Er war uns ein guter Bruder, sogar ein Anwärter auf das Amt des Großmeisters."

„Was ist ein Großmeister?", wollte Herbert wissen. „Und was unterscheidet die Freiwerker von den Freimaurern?"

„Die einzigen Dinge, die wir mit den Freimaurern gemein haben, sind der auf Brüderlichkeit basierende Ehrenkodex und unsere ritualisierte Arbeit mit den Symbolen. Im Gegensatz zu den Freimaurern arbeiten wir mit den Symbolen der Natur und der Erntewerkzeuge."

„Wie arbeiten Sie mit den Symbolen?", fragte Herbert. „Zerstören Sie Maiskolben?"

„Ziehen Sie unsere Gemeinschaft nicht ins Lächerliche", erwiderte Norbert bissig. „Die Arbeit mit den Symbolen muss erlebt, gefühlt werden. Die Geheimnisse erschließen sich im Vollzug der Rituale."

„Was für Ziele verfolgen Sie?", hakte Herbert nach.

Hans Flachs war um den Tisch gegangen und flüsterte Holger Simon etwas ins Ohr. Gemeinsam verließen sie den Raum.

„Wir erstreben inneren Reichtum", antwortete Norbert überheblich. „Unsere Geister zu schärfen, die Natur zu entschlüsseln, das sind die Ziele der Freiwerker."

„Also ein spirituelles Hobby", stellte Herbert trocken fest. „Was war nun mit Karl von Horsten?"

„Wir sind geschockt und betroffen von diesem großen

Verlust für unsere Loge", sagte Rolf Marx. „Etwas anderes vermag ich Ihnen nicht zu berichten."

„Wer hat Sie darüber informiert, dass Karl bei uns Mitglied war?", erkundigte sich Franken forsch. Er erhob sich und zog seine Lederjacke an.

„Gehört Ihnen die K 1600 GT draußen?", fragte Herbert beeindruckt. Er selbst fuhr in seiner Freizeit zum Ärger seiner Frau gern Motorrad. Jasmin war leider nicht dazu bereit, mit ihm Ausflüge auf seiner Maschine zu unternehmen.

Norbert lächelte stolz und nickte.

„Um Ihre Frage zu beantworten", nahm Herbert den Faden wieder auf, „uns fiel bei der Sicherung des Tatorts der Ring des Ermordeten auf. Dieser hat uns den Hinweis auf Ihre Bruderschaft gegeben." Herbert verschwieg, dass die Beamten dem Ring keinerlei Beachtung geschenkt hatten. Einzig und allein Tante Mathilde verdankten sie diese Information.

Mittwoch, 06. Juni 2018

Gemeinsam mit Silke Ahrens verließ Mathilde die kleine Kapelle. Sie fühlte sich schrecklich. Dass ihr die Trauerfeier derart ans Herz gehen würde, hatte sie nicht geahnt. Immer wieder waren während der Andacht die Bilder von der Drohne und der Anblick des Erschossenen vor ihrem inneren Auge aufgetaucht. Tief atmete sie die frische Luft ein. Es war kurz vor zwölf Uhr. Sie setzte ihren Hut auf, um sich vor der Sonne zu schützen. Die Temperatur hatte zwar die sechsundzwanzig Grad nicht überschritten, doch es war windstill und wolkenlos. Die Sonne stand hoch am Himmel. Alle Trauergäste waren schwarz gekleidet. Zu ihrem Bedauern besaß Mathilde keine schwarze Sommerkleidung. Aus diesem Grund hatte sie sich für eine luftige, dunkelblaue Stoffhose und ein T-Shirt in derselben Farbe entschieden.

Der Reformierte Friedhof Hochstraße war sehr klar strukturiert, hatte aber wegen des Blickes auf die Hauptkirche und die hohen Tannen durchaus einen gewissen Charme. Silke und Mathilde folgten den Trauergästen zum Grab hinter einem Laubbaum. Würdevoll wartete die evangelische Pastorin in ihrem schwarzen Talar mit dem weißen Beffchen, bis alle Trauergäste in zwei Reihen vor dem Grab versammelt waren. Silke zog ein Papiertuch aus der Tasche ihres weiten, schwarzen Rocks. Verstohlen wischte sie sich damit über die feuchten Augen. Die beiden Frauen waren stellvertretend für die Hundetrainingsgruppe anwesend.

„Wollen wir uns nun ein letztes Mal von Karl von Horsten verabschieden", begann die Pastorin schließlich mit klarer, geübter Stimme zu sprechen. „Erweisen Sie ihm Ihre Ehre, dem geliebten Ehemann und Vater, dem Arbeitskollegen und Freund. Ich fordere Sie auf, gemeinsam mit mir zu beten, wie Gott es uns gelehrt hat. Vater unser im Himmel…"

Mathilde hatte sich gefangen und beobachtete die Versammelten. Andrea von Horsten war ihrer Zwillingsschwester wie aus dem Gesicht geschnitten, doch sie trug einen modischen Kurzhaarschnitt. Die beiden jungen Frauen standen rechts und links neben der gebückten und bebenden Erika von Horsten. An ihren anderen

Seiten beteten ihre Lebensgefährten. Andrea war mit einem sehr athletisch wirkenden dunkelhäutigen Mann erschienen. Jan Hinze war klein, rothaarig und hatte O-Beine, eine häufige Auswirkung des Reitsports. Kurt Müller erwies seinem verstorbenen Kollegen gemeinsam mit seiner neuen Vorgesetzten, Franziska Hansen, die letzte Ehre. Sein Gesichtsausdruck war düster, die Lippen waren zu schmalen Strichen zusammengekniffen. Franziska Hansen präsentierte sich angemessen betroffen. Leise betete sie mit gesenktem Kopf die letzten Worte des ʼVater unserʼ. Nachdem das Gebet beendet war, begann die für Mathilde schreckliche Zeremonie der Beileidsbekundungen und Tränen. Einer nach dem anderen warf eine Rose in das Grab, umarmte die Hinterbliebenen oder reichte ihnen artig die Hand.

„Mein herzliches Beileid", murmelte Mathilde, als sie an der Reihe war. „Ist es Ihnen recht, wenn ich Sie morgen Abend besuche?"

„Danke", flüsterte Erika von Horsten. Ihre Augen waren geschwollen und rot vom vielen Weinen. „Einverstanden. Sagen wir neunzehn Uhr?"

Mathilde nickte und machte Platz für die drei letzten Gäste, die ihre Kondolenz aussprechen wollten.

„Mein Mitgefühl", hörte sie einen schlanken, dunkelhaarigen Mann sagen. Sein Alter konnte sie schlecht schätzen, doch der Jüngste war er nicht mehr. „Horst Malik. Wir kennen uns nicht. Ihr Mann war Mitglied in unserer Bruderschaft."

„Ach", hauchte Erika. „Sehen Sie es mir nach, dass ich nie zu den Damenabenden kommen mochte. Ich bin nicht für…", sie brach ab.

Mathilde war höchst konzentriert. Zwar war ihr bewusst, dass ihr Fortgehen erwartet wurde, doch sie wollte unbedingt einen Blick auf die zwei weiteren Männer werfen.

„Autsch", rief sie leise aus, als hätte sich ein Stein in ihrer Trekkingsandale verloren. Umständlich drehte sie sich um, ging in die Knie und nestelte an ihrer Sandale. Unauffällig linste sie nach oben. Sie prägte sich die Gesichter der Männer gut ein. Anschließend verließ sie gemessenen Schrittes die Trauerfeier. Sie dachte an ihr Gespräch mit Barbara von Horsten. Auf den Mann, der sich als Horst Malik vorgestellt hatte, traf ihre Beschreibung des Besuchers Karl von Horstens in dessen Büro zu.

„Das darf nicht wahr sein", rief Mathilde aus, als sie ihren Wagen in der Garagenauffahrt abstellte. Lotte ruhte vor der geöffneten Garage und sonnte sich. Sie begrüßte Mathilde mit einem leichten Wedeln ihrer Rute und einem kurzen Erheben ihres Kopfes. Die Hündin lag neben einem alten Toaster, zwei Kisten mit gelesenen Büchern und mehreren zugebundenen Müllsäcken.

„Martha", schrie Mathilde empört. Mit großen Schritten eilte sie ins Garageninnere. Ihre Haushälterin hatte sich die krausen Haare mit einem roten Tuch aus der Stirn gebunden und summte schwitzend vor sich hin. Energisch wischte sie den Boden. „Was machst du?"

„Wonach sieht es denn aus, liebe Mathilde?", stellte Martha die Gegenfrage, unbeirrt mit der Arbeit fortfahrend.

„Was ist draußen in den Müllsäcken?", wollte Mathilde wissen. Sie sah sich suchend in der Garage um. Zu ihrer Erleichterung entdeckte sie den alten Schaukelstuhl, der ihrem Großvater gehört hatte. Sie nutzte ihn nicht, konnte sich jedoch nicht von ihm trennen. Ordentlich hatte Martha neben das gute Stück Handwerkskisten, Winterreifen, Hundefuttersäcke, einen Schlitten und diverse andere Gegenstände platziert.

„Allerlei unbrauchbares Zeug", kommentierte Martha gelassen.

„Und das entscheidest du?", brummte Mathilde.

„Du wirst mir zustimmen, dass ein kaputtes Radio und verrostete Bratpfannen unbrauchbar sind", erwiderte Martha, zufrieden ihr Werk begutachtend.

„Tante Helgas Radio", erwiderte Mathilde entrüstet.

„Im Altenheim hat sie Radio und Fernseher", entgegnete Martha ungerührt. „Ich fahre die Sachen gleich nach Cronenberg zur Müllverbrennungsanlage."

Mathilde seufzte ergeben. Sie gab es nicht zu, doch es war ein gutes Gefühl, zu den Regalen mit Eingemachtem und Honig gelangen zu können, ohne über Gegenstände steigen zu müssen.

„Aber die Bücher bleiben hier", sagte sie bestimmt.

„Mathilde, im Wohnzimmer hast du alle Bücher, in die du reinschaust", erwiderte Martha. Sie nahm den Putzeimer und machte sich auf den Weg nach draußen. „Du wirst gewiss nicht mehr ʾDie drei Fragezeichenʾ oder ʾKalle Blomquistʾ lesen wollen."

„Herberts Kinderbücher", beschwerte sich Mathilde. „Daraus las ich ihm immer vor."

„Dein Neffe geht auf die vierzig zu. Jetzt komm", sagte

Martha ungeduldig. „Ich setze Kaffeewasser auf. Ich habe Blaubeer-Muffins gebacken."

Seufzend folgte Mathilde ihrer Haushälterin ins Haus. Diese hatte die weit geöffneten Fenster mit speziellen Netzen gesichert, damit Peter und Paul den Tag über frei im Wohnzimmer fliegen konnten. Jetzt lockte sie die Papageien mit Bananenstücken zurück in die Voliere. Mathilde setzte sich an den Computer und fuhr ihn hoch. Sie öffnete Google und tippte: `Karl von Horsten´. Google informierte Mathilde, dass dieser Filialleiter bei der Salamander-Bank-AG sei und gab bereitwillig seine sämtlichen geschäftlichen Kontaktdaten preis. Er hatte einen unverschlüsselten Facebook-Account. Mathilde loggte sich mit ihrem anonymen Account ein. Interessiert durchforstete sie seine Freundesliste. Schnell wurde sie fündig. Die drei Männer von der Bruderschaft waren allesamt mit Bild und Namen vertreten. Mathilde machte ein Foto von deren Startprofilen und befragte die Online-Version des Telefonbuchs. Auch hier war es ein Leichtes, Telefonnummern und sogar Adressen zu ermitteln. Rolf Marx schien allein zu leben, jedenfalls stand nur sein Name im Telefonbuch. Er wohnte am Westfalenweg. Horst Malik war mit Sandra Malik verheiratet und lebte, ebenso wie der gleichfalls verheiratete Norbert Franken, ganz in der Nähe der Villa der von Horstens.

„Kaffee ist fertig", verkündete Martha fröhlich. Sie stellte eine große Kanne neben die Platte mit den Muffins.

Mathilde beschloss, ihre Arbeit für heute zu beenden.

Donnerstag, 07. Juni 2018

Das kalte Neonlicht ließ die Männer blass aussehen. Militärisch stramm standen sie vor ihren Stühlen und warteten.

„Setzen Sie sich", befahl Frank Piroget.

Gehorsam nahmen die drei Männer ihre Plätze ein. Der Besprechungsraum war klein. Deswegen hatte Piroget ihn gewählt. Im unterirdischen Forschungskomplex hielten sich zu dieser späten Tageszeit kaum noch Mitarbeiter auf. Ausgewähltes Reinigungspersonal, das speziell geschult worden war, hatte mit den Aufräum- und Putzarbeiten begonnen.

Pirogets Achseln und Handflächen waren trotz der kühlen Raumtemperatur feucht.

Ich werde mich nicht so früh berenten lassen wie mein Depp von Vorgänger, dachte er überheblich. In zwei Jahren würde er seinen sechzigsten Geburtstag feiern.

„Herr Malik", sagte er kühl. „Danke, dass Sie zu dieser außerordentlichen Versammlung gekommen sind."

Horst Malik nickte huldvoll. Er war froh, in den vergangenen Monaten seinen Körper gestählt und sein Äußeres gepflegt zu haben.

Piroget sieht aus wie ein Ferkel in Uniform, dachte er mit unbewegtem Gesichtsausdruck.

„Sie haben den Zeitungsartikel in der Ronsdorfer Gazette gelesen?", fragte Piroget.

Malik nickte zustimmend.

„Weiterhin ist Ihnen bekannt, dass die Arbeit am Prototyp XAlien 2 zurückgesetzt wurde?", fragte Piroget weiter.

„Sicher", antwortete Horst Malik gelassen. „Ebenso wie XA1 und 3 stimmt das Verhältnis zwischen Größe und Funktionalität nicht. Ich selbst habe letztes Jahr die Anordnung für die Verkleinerungsmaßnahmen erteilt."

„Herr Malik", sagte Paul Jansen leise. Seinen ehemaligen Vorgesetzten mochte er wesentlich besser leiden als Frank Piroget. „Wir Techniker können uns nicht erklären, wie die Drohne unbemerkt entwendet, benutzt und zurückgebracht werden konnte."

„Sie sprechen, wenn ich Sie dazu auffordere, Herr Jansen", bellte Piroget. „Herr Malik, Ihre Verdienste für das Militär sind beachtlich. Sie haben sich als gute Führungskraft erwiesen. Niemand störte sich an Ihrer Mitgliedschaft in einer Bruderschaft."

„Wieso auch?", erwiderte Horst Malik ruhig. „Unser Kreis besteht aus intelligenten Männern, die in ihrer Freizeit spirituell tätig sind und die Gemeinschaft der Brüder schätzen."

„Doch jetzt wurde einer dieser Brüder das Opfer eines Mordanschlags, ausgeübt mittels einer Drohne unserer Institution", fuhr Piroget aufgeregt fort. „Unsere Security konnte den Toten identifizieren und uns viele Informationen über ihn zukommen lassen. Ist es nicht merkwürdig, dass ein Bekannter des ehemaligen Leiters dieser Forschungsinstitution von unserer Drohne getötet wurde?"

„Dem stimme ich zu", antwortete Malik. „Ich kann es mir nicht erklären. Der Anschlag galt nicht der Bruderschaft, sondern Karl von Horsten persönlich."

„Ehrlich gesagt, mir ist es vollkommen gleichgültig, warum der Mann getötet wurde", sagte Piroget kalt. „Sie hätten mich nach dem Todesfall von sich aus darüber informieren müssen, dass Ihnen von Horsten bekannt war. Ihnen hätte klar sein sollen, dass unsere Security diese Verbindung herausfinden würde."

„Warum ist das von Bedeutung?", wollte Malik schulterzuckend wissen. „Wir von den Freiwerkern haben keine Ahnung, wer der Täter sein könnte."

„Trotzdem könnten durch von Horstens Mitgliedschaft und die daraus resultierende Verbindung mit Ihnen Spuren zu uns führen", erklärte Piroget wütend.

„Wieso?", entgegnete Horst beherrscht. „Niemand wusste von meiner wirklichen Tätigkeit. Selbst die Brüder gehen davon aus, dass ich bis letztes Jahr als Cheftechniker bei der Firma 'Luxor' arbeitete. Sogar meine Frau ist dieser Annahme."

„Denken Sie nach", befahl Piroget. „Haben Sie wirklich niemandem von uns und unserer Forschung erzählt?"

„Natürlich nicht", entgegnete Malik entrüstet. „Wie kann überhaupt jemand ohne Identitätskarte und Sicherheitscode zur Drohnenbox vordringen?"

„Meine Herren", warf der vierte Anwesende energisch ein. Er erhob sich von seinem Stuhl. „Unsere Diskussion soll Lösungen bringen. Ich stimme Herrn Malik zu: Der Zufall, dass der Ermordete ein Mitglied seiner Bruderschaft war, spielt für uns keine Rolle. Es gibt eine Lücke in unserem Sicherheitssystem, das ist unser Problem."

Frank Piroget sah den jungen Mann böse an. Mühsam verkniff er sich eine bissige Bemerkung über dessen unaufgefordertes Eingreifen in das von ihm geleitete Gespräch. Doch Sebastian Koch war Mitglied der Security. Piroget war auf ihn angewiesen.

„Herr Jansen", wandte sich der schmallippige Mann Anfang zwanzig an den Techniker. Sein Oberkörper war im Verhältnis zu seinen Beinen zu lang. Im Sitzen hatte er groß gewirkt, jetzt war er überraschend klein. „Was haben Ihre Ermittlungen ergeben?"

„Ich selbst war zur Tatzeit in Urlaub und nicht für das Personal zuständig", begann der Angesprochene zögerlich und warf einen ängstlichen Seitenblick auf seinen missmutig dreinblickenden Vorgesetzten. „Meine Vertretung, Frau Reck, hat mich gewissenhaft informiert. Unsere Untersuchungen ergaben nichts Auffälliges. Sie kennen unsere Belegschaft, allesamt überprüfte Leute mit großem Engagement."

„Ich selbst werde mich mit jedem einzelnen Techniker unterhalten", kündigte Sebastian Koch an. „Außerdem müssen wir zu verhindern versuchen, dass PXA2 erneut öffentlich abgebildet wird. Natürlich wird es im Zuge der laufenden Ermittlungen weiterhin Presseartikel geben, daran ist nicht zu rütteln. Dennoch bin ich sicher, dass wir auf die Berichterstattung Einfluss nehmen können."

„Aber bitte so diskret, wie möglich", ordnete Piroget an. „In unser aller Interesse darf der Generalleutnant nichts von unserer Unfähigkeit erfahren, das Forschungsmaterial zu sichern." Aufgeregt stand er auf. „Die Sitzung ist beendet. Herr Malik, auch wenn Sie berentet sind, kann dieser Vorfall bei Bekanntwerden Ihnen und Ihrer Familie schaden. Unternehmen Sie alles, was in Ihren Kräften steht, um zur Geheimhaltung beizutragen."

Während Erika von Horsten Tee und Salzgebäck auf den Esstisch stellte, betrachtete Mathilde ihre Töchter.

Obwohl die beiden jungen Frauen identische Gesichtszüge aufwiesen, wirkten sie unterschiedlich. Nicht nur der extreme Gegensatz ihrer Frisuren fiel Mathilde auf, auch sonst war alles an und um die Zwillinge verschieden. Darüber wunderte sie sich. Eine Zeit lang hatte Mathilde sich intensiv mit Zwillingsforschung beschäftigt und festgestellt, dass auch getrennt aufwachsende eineiige Zwillingsgeschwister zumeist einen ähnlichen Kleidungsstil hatten. Auch die Wahl der Lebenspartner kündete in der Regel von gleichen Vorlieben. Nicht selten kam es vor, dass Zwillinge mit Zwillingen verheiratet waren. Oder sie blieben sich ein Leben lang selbst genug. Andreas Lebensgefährte war am Morgen zurück nach New York gereist, Jan Hinze zu einem Reitsport-Seminar nach Wülfrath unterwegs. Eingehend beobachtete Mathilde die Schwestern. Andrea war im Unterschied zu Barbara geschminkt, hatte sich die Augenbrauen zupfen und die Fingernägel maniküren lassen. Barbara trug eine umgeschlagene Reithose und ein einfaches T-Shirt. Sie hatte bei der Begrüßung erwähnt, gerade erst vom Stall zurückgekehrt zu sein. Andrea hingegen hatte sich für ein fliederfarbenes Sommerkleid und Miu Miu Ballerinas aus Leder entschieden.

„Wie geht es Ihnen heute?", erkundigte sich Mathilde behutsam bei den drei Frauen.

Erikas Augen waren noch immer gerötet, die jungen Frauen machten einen mitgenommenen Eindruck.

„Was soll ich sagen, Frau Krähenfuß", antwortete Erika, Andrea die Teekanne anreichend. „Ich bin froh, dass Andrea noch einige Wochen bei mir bleiben wird. Das Haus ist so leer ohne Karl. Vielleicht werde ich es verkaufen."

„Du wirst mich für einige Wochen nach New York begleiten, wenn die Polizei den Fall aufgeklärt hat", sagte Andrea bestimmt. „Du brauchst Abstand. Alle wichtigen Entscheidungen sollten warten, bis du dich von dem Schock erholt hast und wieder klar denken kannst."

„Und was soll aus Max in dieser Zeit werden?", fragte Erika seufzend.

„Ich bin auch für dich da, Mutter. Er kann mit in den Stall. Ich werde mich um den Hund kümmern", warf Barbara ein. Sie nahm ihrer Schwester die Kanne aus der Hand, roch an ihr und stellte sie zurück auf den Tisch. „Mutter, hast du Weißwein kaltgestellt?"

Erika von Horsten nickte. Barbara stand auf und verließ das Esszimmer.

„Ich werde Ihnen, wenn Sie es mir erlauben, einige Fragen stellen", kündigte Mathilde an, in ihre Handtasche greifend. „Das Gespräch würde ich gerne aufzeichnen."

„Muss das sein?", wollte Andrea mit gerunzelter Stirn wissen. „Es ist schlimm genug für uns. Wir möchten unseren Schmerz nicht mit der Öffentlichkeit teilen."

„Frau von Horsten", sagte Mathilde ernst, nacheinander ein Fernglas, einen Knirps und ein Paket Taschentücher auf den Tisch legend. Sie blickte kurz auf. „Ein Drohnenopfer in Wuppertal. Meinen Sie, sich vor dem öffentlichen Interesse schützen zu können? In diesem Augenblick sitzen unzählige Menschen vor ihren Computern oder an ihren Smartphones und geben Namen in die Suchmaschinen ein. Gerüchte werden sich wie Lauffeuer verbreiten. Ihr Vater wurde gezielt ermordet. Die Menschen in Wuppertal sind verstört und fürchten sich." Zu ihrer Erleichterung fand sie das Diktiergerät und packte die anderen Gegenstände zurück in die Tasche.

„Lass es gut sein, Andrea", sagte Erika von Horsten leise. Sie nickte ihrer anderen Tochter zu, die mit der Weinflasche und Gläsern zurückgekehrt war. „Möchten Sie auch ein Glas Chardonnay, Frau Krähenfuß?"

„Ich bleibe beim Tee", erwiderte diese. „Frau von Horsten", sprach sie Barbara an. „Wie ergeht es Ihnen bei der Arbeit in der Bank?"

„Im Augenblick ist jeder Arbeitstag für mich eine Qual", antwortete die junge Frau. Sie nippte an ihrem Weinglas.

„Du müsstest nicht arbeiten gehen", mischte sich ihre Mutter ein.

„Mutter, du meinst nicht ernsthaft, dass ich mich auf eurem Geld ausruhe", sagte Barbara unwirsch. „Die schlimme Zeit werde ich überstehen. Jedenfalls fällt es mir sehr schwer, diese Frau Hansen aus Vaters Büro kommen zu sehen. Die Frau ist so perfekt, so aalglatt. Sie profitiert gelassen vom Tod meines Vaters. Ich verstehe den Vorstand nicht. Herr Müller hätte Vaters Position übernehmen müssen. Trost finde ich dieser Tage nur bei meinem Pferd."

„Es ist unübersehbar, dass Geld bei Ihnen keine große Rolle spielt", sagte Mathilde direkt. „Gehe ich recht in der Annahme, dass auch Ihr Mann nicht mehr hätte arbeiten müssen?"

Unverhohlen sah sie sich um. Das Zimmer war klar, modern und exquisit eingerichtet. Die Gemälde an den Wänden, eine eindrucksvolle Mischung aus abstrakter Kunst und Werken des Klassizismus, waren Originale.

Neben Kandinskys `Gelb Rot Blau 1925´ hing Jacques-Louis-Davids `Der Tod des Sokrates´.

„Karl war ein Meister der Investition", antwortete Erika von Horsten nickend. „Er hatte einen guten Riecher."

„Wer könnte von seinem Tod profitieren?", fragte Mathilde. Sie gab braunen Kandis in ihren Tee. „Gibt es weitere Familienmitglieder, die geerbt haben?"

Erika schüttelte den Kopf. Mathilde registrierte, dass sie zu zögern schien.

„Es existieren wirklich keine weiteren Begünstigten?", hakte sie forsch nach.

„Also gut", sagte Erika schließlich, verlegene Blicke auf ihre Töchter werfend. Mit wenigen Worten erzählte sie von der gefundenen Lebensversicherungspolice.

„Och", entfuhr es Mathilde. „Haben Sie das den Beamten von der Mordkommission berichtet? Mein Neffe wird in seiner Eigenschaft als Kriminalhauptkommissar herausfinden, wer die Begünstigte ist."

„Nein", sagte Erika immer noch verlegen. „Mir war das unangenehm."

„Frau von Horsten", erwiderte Mathilde ernst. „Ich verstehe Sie, doch es gilt den Mord an Ihrem Mann aufzuklären. Und 250.000 Euro sind eine Menge Geld." Sie nahm einen Schluck ihres Tees. Es sei `Kokaicha´, eine Grünteespezialität aus Japan, hatte Erika von Horsten beim Servieren erwähnt. „Ihr Lebensgefährte ist auf dem Weg zurück nach New York?", wandte sich Mathilde an die ernst dreinblickende Andrea.

„In Amerika ist es nicht so einfach wie in Deutschland, Urlaub zu nehmen", antwortete diese. Sie schenkte sich ebenfalls ein Glas Chardonnay ein.

„Welchen Beruf übt Ihr Lebensgefährte aus?", wollte Mathilde neugierig wissen.

„Was geht Sie das eigentlich an?", erwiderte Andrea unfreundlich.

Sie wurde Mathilde zunehmend unsympathischer. Barbara von Horsten schien mit einem freundlicheren Naturell als ihre Schwester gesegnet zu sein.

„Er ist wissenschaftlicher Mitarbeiter, ein Berater bei der Air-Force", sagte sie schließlich.

„Ich werde mich jetzt auf den Heimweg machen", kündigte Mathilde an. „Die Gazette möchte meinen Artikel bereits morgen bringen. Bis Redaktionsschluss bleibt mir nicht mehr viel Zeit. Vielen Dank für das Gespräch."

Freitag, 08. Juni 2018

Horrordrohne sorgt für Angst und Schrecken in Wuppertal!

Herkunft der mysteriösen Drohne bleibt weiterhin unklar!

Von Mathilde Krähenfuß

ELBERFELD. Das Wuppertaler Drohnenfeuer sorgt für Unsicherheit in der Wuppertaler Bevölkerung und bundesweit für Aufsehen!

Was ist das für eine Drohne? Wer steuerte sie? Galt der Todesschuss wirklich Karl von Horsten persönlich, oder wurde er das Opfer eines Experiments?

Aus ermittlungstaktischen Gründen gibt die Polizei keine näheren Auskünfte. Hauptkommissar Herbert Mucke berichtete der Ronsdorfer Gazette jedoch, dass wichtigen Hinweisen nachgegangen werde. Trotzdem bittet die Polizei die Bevölkerung um Mithilfe.

Hinweise zur Drohne bitte an die Redaktion der Ronsdorfer Gazette oder direkt an das Mordkommissariat.

Herbert Mucke legte die Ronsdorfer Gazette beiseite und trank seinen Kaffee aus. Heute wollte er im Büro als Erstes mit der ERICO Versicherung telefonieren. Erika von Horsten hatte gestern am späten Abend noch auf der Wache angerufen, um ihm von der Versicherungspolice zu berichten. Herbert war noch dort gewesen. Der Fall Karl von Horsten hatte ihm keine Ruhe gelassen. Auch am heutigen Morgen ärgerte er sich darüber, die Herkunft der Drohne nicht ermitteln zu können. Er nahm die Gazette erneut zur Hand, begutachtete das große Foto von dem Quadrokopter und studierte den Artikel seiner Tante ein zweites Mal.

„Immerhin hat Tante Mathilde es nett umschrieben, dass wir im Dunkeln tappen", murmelte er vor sich hin.

„Weißt du eigentlich, dass ich mit dir am Küchentisch sitze?", fragte Jasmin Mucke bissig. Wütend nahm sie ihrem Mann die Tageszeitung aus der Hand. „Ich stehe mitten in der Nacht auf, damit du dich um fünf Uhr an den gedeckten Tisch setzen kannst. Begeben sich andere Polizeibeamte eigentlich auch so früh ins Büro?"

„Jasmin", sagte Herbert beschwichtigend. „Das ist ein Fall von großem Ausmaß, der nicht nur die Wuppertaler Behörde bestürzt und die Privatbevölkerung verängstigt. Ich bin Kriminalhauptkommissar, was erwartest du?"

„Gibt es wenigstens etwas, das ihr bisher in diesem Fall ermitteln konntet?", wollte Jasmin wissen, nachdem sie den Artikel kurz überflogen hatte.

„Die Kugel wurde gesichert. Sie kann keiner gängigen Waffe zugeordnet werden. Die Drohne selbst muss die Waffe sein. Eine fliegende, ferngesteuerte Waffe sozusagen. Jörg Tauben von der Spurensuche hat uns versprochen, die Kugel der Drohne beweiskräftig zuordnen zu können, sollte diese gefunden werden", erwiderte Herbert.

„Das bringt euch auch nicht viel weiter", stellte Jasmin fest.

„Streu ruhig Salz in die Wunde", entgegnete Herbert bitter. Er erhob sich und ging zur Küchentür.

„Du brauchst Urlaub, Herbert", rief Jasmin ihm nach.

„Das Thema haben wir schon 1000mal besprochen", murrte Herbert, sich zu seiner Frau umdrehend. Trotz seiner Verärgerung musste er schmunzeln. Jasmin sah zu lustig aus mit den roten Lockenwicklern in den Haaren und der weißen Gesichtsmaske.

„So geht es nicht weiter", sagte sie energisch. „Nicht nur unsere Ehe leidet unter deiner Arbeit, auch Jenny und Tom brauchen Zeit mit ihrem Vater. Wie lange ist dein letzter Urlaub her? Die Herren Flachs und Vogel sind auch noch da. Vielleicht wird dir etwas Abstand von dem Fall guttun?"

„Ich muss los, Schatz", sagte Herbert lediglich. „Lass uns am Abend darüber sprechen."

Sebastian Kochs schmale Lippen verzogen sich zu einem Grinsen. Zwar war ein erneutes Foto von PXA2 in der Gazette nichts, was Piroget beglücken würde, doch er selbst war von der Chance, die sich ihm durch diesen Aufruf an die Bevölkerung bot, begeistert. Er zögerte nicht lang und begann, eine Mail an die Redaktion zu schreiben.

Mathilde schloss die Haustür auf, trocknete die pitschnasse Lotte mit einem von Martha bereitgelegten Handtuch ab und ließ sie laufen. Nachdem der Juni mit einer Schönwetterperiode begonnen hatte, war es seit gestern grau und verregnet in Wuppertal. Der Wetterbericht sagte anhaltenden Regen und Wolken voraus.

Martha stand mit dem Rücken zu ihr auf einem Küchenstuhl und reinigte die Dunstabzugshaube.

„Hast du die Jungs geduscht?", fragte Mathilde flüchtig. In Gedanken war sie mit ihrem heute erschienenen

Artikel beschäftigt. Sie war nicht damit zufrieden. Es missfiel ihr, keine konkreten Ergebnisse liefern zu können, aber sowohl die Chefredaktion als auch ihr Neffe hatten darauf bestanden, die Bevölkerung zur Mithilfe aufzufordern.

„Die zwei sind sauber in der Voliere", antwortete Martha, konzentriert weiterarbeitend.

„Hey", rief Mathilde plötzlich. Sie hatte Martha heute noch nicht richtig betrachtet, so sehr war sie mit der mysteriösen Drohne und dem Mordfall beschäftigt gewesen. „Wie siehst du denn aus?" Marthas krause Haare waren zu dünnen Zöpfen geflochten, die ihr bis zu den Schultern reichten. Einige dieser Zöpfe waren rot gefärbt. „Du hast lange Haare!"

„Alles echt", erwiderte Martha stolz. Sie drehte den Kopf leicht in Mathildes Richtung. „Farah hat mir gestern diese Frisur gemacht. Wenn man die krausen Haare zu Zöpfen bindet, sieht man erstmal, wie lang sie sind."

„Wahnsinn", sagte Mathilde beeindruckt. Sie verließ die Küche, setzte sich im Wohnzimmer an den Computer und begann mit der Arbeit. Sie musste einen Artikel über eine Veranstaltung im Wuppertaler Zoo verfassen, konnte sich jedoch nur schlecht darauf konzentrieren. Auf einmal signalisierte ihr das Postfach eine eingegangene E-Mail an ihre Redaktionsadresse.

Der Absender war anonym, in der Betreffzeile stand schlicht 'Drohne'. Aufgeregt öffnete Mathilde die Nachricht.

Sehr geehrte Frau Krähenfuß,

ich melde mich aufgrund Ihres heute in der Ronsdorfer Gazette erschienenen Artikels. Aus persönlichen Gründen möchte ich anonym bleiben. Sie können auf diese Nachricht nicht antworten, aber ich bitte Sie, sie an die Kriminalpolizei weiterzuleiten. Ich glaube, Ihnen weiterhelfen zu können. Seit Jahren beschäftige ich mich intensiv mit Drohnen jeder Art. Mein Interesse reicht von der Spielzeugdrohne bis zu den Flugdrohnen, die fast Flugzeuge sind. Die US-Air Force setzt diese Flugzeugdrohnen ein, um Waffen zu transportieren oder von dort aus Waffen zum Einsatz zu bringen. 2003 wurde mit der Drohne MQ-9A Reaper experimentiert. Zunächst hatte sie an den Unterflügelstationen Präzisionsbomben an Bord, später wurden im Inneren sogenannte Einsatzquadrokopter transportiert, die, in alle Himmelsrichtung ausgeworfen, ihre gespeicherten Ziele anflogen. Ich bin mir sicher, dass die von Ihnen in der Gazette abgebildete Drohne eine dieser Transportdrohnen ist. Ich hoffe, Ihnen geholfen zu haben.

Viele Grüße.

Ohne groß zu überlegen, leitete Mathilde ihrem Neffen die E-Mail weiter. Fast gleichzeitig griff sie zum Telefonhörer und wählte seine offizielle Nummer.

„Mucke", hörte sie ihn nach nur wenigen Augenblicken sagen.

„Herbert", sagte Mathilde ohne Begrüßung. „Ruf bitte deine E-Mails ab."

„Ich wollte dich auch gleich anrufen", erwiderte Herbert, gehorsam der Aufforderung seiner Tante nachkommend. „Ich habe den Namen der Versicherungsbegünstigten herausgefunden."

„Der wäre?", wollte Mathilde neugierig wissen. Die Arbeit an ihrem Artikel über den Zoo war vergessen, das Dokument geschlossen. Stattdessen tippte sie eifrig in die unter ʻDrohnenopferʼ gespeicherte Word-Datei.

„Janina Rott", sagte Herbert, nebenbei die anonyme E-Mail lesend. „Zweiunddreißig Jahre alt, Mutter eines fünfjährigen Jungens, wohnt in Rosenthal und arbeitet in Frankenberg und Umgebung als Eventmanagerin mit dem Schwerpunkt ʻHochzeitʼ."

„Janina Rott", überlegte Mathilde laut. „Das darf nicht wahr sein, Herbert. Die kenne ich vom Sehen. Von wegen sie hat einen Geliebten, der von Adel ist."

„Von Adel?", fragte Herbert verständnislos. „Hans, Florian, lest euch diese E-Mail durch. Ich möchte alles, wirklich alles über diesen Typ Drohne wissen. Auch ob es Produzenten in Deutschland gibt. Setzt alle Hebel in Bewegung."

Rasch erzählte Mathilde von den Gerüchten, die in Rosenthal über Janina Rott kursierten, und von ihrer persönlichen Begegnung mit der jungen Frau.

„Ich werde am Wochenende wieder meine Schwester besuchen", sagte sie voller Elan. „Vielleicht wird es mir gelingen, etwas herauszufinden."

„Sehr gut", kommentierte Herbert, seinen Schnurrbart zwirbelnd. „Was sagst du zu dieser anonymen E-Mail?"

„Am meisten stört mich, dass der Absender anonym bleiben möchte", antwortete Mathilde ehrlich. „Warum?

Angeblich möchte er helfen. Wozu dann diese Geheimniskrämerei? Aber ich habe trotzdem in diesem Zusammenhang eine weitere Information für dich. Der Lebensgefährte Andrea von Horstens arbeitet bei der US-Air Force, welch merkwürdiger Zufall."

„Ich werde unverzüglich Erika von Horsten bezüglich ihres Schwiegersohnes in spe befragen", sagte Herbert erleichtert. Endlich konnte er etwas unternehmen.

Samstag, 09. Juni 2018

„Was ist eigentlich los mit dir, Simone?", wollte Inge Ehrenberg wissen. Aus jeder Pore ihres fülligen nackten Körpers floss Schweiß. Besorgt betrachtete sie ihre Schwester, die neben ihr auf der obersten Holzbank der finnischen Sauna saß. Äußerlich sah sie so gut aus wie nie zuvor, doch etwas störte Inge. „Woher kommt der extreme Körperkult? Langsam müsste es reichen, du bist schlank genug."

„Das verstehst du nicht", erwiderte Simone rasch. „Ich muss mehr Ausdauersport machen und schwitzen. Mit dem Krafttraining habe ich übertrieben."

„Wer sagt, dass du das musst? Etwa deine mir noch nicht vorgestellte neue große Liebe?", hakte Inge nach. Sie strich sich mit den Händen über die nassen Beine. Lange würde sie es in der Sauna nicht mehr aushalten.

„Quatsch", entgegnete Simone unwirsch. „Erika nimmt mich, wie ich bin. Trotzdem wäre ich ohne `OMG´ nicht mit ihr zusammen, hätte ich sie nie hier in der Schwimmoper kennengelernt."

„Aber das ist purer Zufall, Simone", sagte Inge. Sie nahm ihr Handtuch und setzte sich eine Bank tiefer. Dort war es nicht ganz so heiß. „'OMG' brachte dich lediglich auf die Idee, mehr für dich zu machen, dich hier im Fitnessbereich anzumelden. Erika hast du hier zufällig getroffen. So etwas kann keine App vorhersehen." Erneut fiel Inge der unnatürliche Glanz in den Augen ihrer Schwester auf. Etwas stimmte nicht mit ihr. Etwas stimmte ganz und gar nicht mit ihr. „Ständig bist du mit deinem Smartphone beschäftigt. Triffst du eigentlich noch irgendeine Entscheidung selbst? Oder rät 'OMG' dir auch, was du heute zu Mittag essen sollst?"

„Sei bitte nicht sarkastisch", maßregelte Simone die Schwester. „'OMG' hat mein Leben verändert."

Inge seufzte. Während sie die Sauna verließ, beschloss sie, mehr über diese merkwürdige App herauszufinden.

Den ganzen Vormittag war Roswitha mit der Zubereitung der Leibspeise ihrer Schwester beschäftigt gewesen. Liebevoll hatte sie original italienischen Mozzarella geschnitten, Tomatensoße hergestellt und Basilikum aus dem Garten geerntet. Mathilde war vor einer guten Stunde in Rosenthal eingetroffen und hatte zunächst einen Rundgang mit ihrer Hündin gemacht. Auch hier auf dem Land war es bewölkt, doch es regnete nicht.

Schweigend schnitt Mathilde die dampfende Pizza an. Sie wirkte auf Roswitha ungewohnt wortkarg.

„Dieser Mordfall macht euch alle krank", stellte sie fest. „Schmeckt es dir nicht? Du sagst gar nichts."

„Doch, doch", murmelte Mathilde. Sie nahm ihr Pizzastück in die Hand und biss zaghaft hinein. „Immerhin bin ich Augenzeugin", erwiderte sie kauend. „Ich möchte wissen, wie es dir erginge, wenn vor deinen Augen und aus heiterem Himmel ein Mensch erschossen würde." Sie griff nach ihrem auf dem Tisch liegenden BlackBerry und googelte nach Janina Rott. „Wenn mich nicht alles täuscht, war dieser adlige Geliebte von Janina Rott Karl von Horsten."

„Nein", entfuhr es Roswitha.

„Das 'von' in seinem Namen muss das Gerücht, er sei von adliger Herkunft, geschürt haben", sagte Mathilde. „Hier habe ich sie schon." Sie legte das Pizzastück zurück auf den Teller, schob ihre Brille zurück und scrollte über den Touchscreen. „Hochzeitsträume – Janina Rott", las sie laut vor. „Sie möchten Ihre Hochzeit mit professioneller Unterstützung zum schönsten Tag Ihres Lebens werden lassen? Dann sind Sie bei mir richtig." Mathilde brach ab und klickte sich weiter durch die Homepage. „Wie hieß noch mal das Hotel, in dem die Salamander-Bank ihre Tagungen abhält?"

„'Die Sonne', ein Vier-Sterne-Hotel in Frankenberg", antwortete Roswitha und nahm sich ein zweites Stück Pizza vom Blech. Missmutig blickte sie auf das angebissene Stück auf dem Teller ihrer Schwester.

„Hier steht, sie bietet nicht nur die Gestaltung von Hochzeiten, sondern auf Anfrage auch Events jeder anderen Art an", sagte Mathilde. Sie blickte kurz zu ihrer Schwester, nahm einen weiteren Bissen und lächelte. „Schmeckt hervorragend, Schwesterherz. Ich führe lediglich ein kurzes Telefonat, anschließend werde ich deinem Meisterwerk meine vollste Aufmerksamkeit widmen", versprach sie.

Vor wenigen Minuten hatte es heftig zu regnen begonnen. Janina Rott wartete fröstelnd vor dem überdachten Eingang des Restaurants ʻRosengartenʼ in der Willershäuser Straße. Sie war in Begleitung einer anderen Frau, die ihr ähnelte, doch wesentlich älter und korpulenter war.

„Frau Krähenfuß?", sagte diese zur Begrüßung in fragendem Tonfall.

Mathilde nickte lächelnd. Sie schüttelte ihren kleinen Regenschirm aus.

„Guten Tag", begrüßte sie die ältere der zwei Frauen. Der Jüngeren reichte sie die Hand. „Frau Rott, schön dass Sie zugestimmt haben, mit mir ein kleines Abendessen in diesem vorzüglichen Restaurant einzunehmen."

„Gerne. Sie möchten mit mir über meine Veranstaltungen sprechen?", fragte Janina hoffnungsvoll, während sie die Restauranttür öffnete. „Darf ich Ihnen meine Schwester, Carola Rott, vorstellen? Sie wollte mich nicht allein zu einer Verabredung mit einer mir unbekannten Person von der Presse gehen lassen." Sie schmunzelte und zwinkerte mit dem Auge.

„Das verstehe ich", erwiderte Mathilde freundlich. Sie hielt einen Moment inne, überlegte kurz und spannte ihren Knirps neben dem Schirmständer auf. „Aber wo ist Ihr Sohn?"

„Woher wissen Sie, dass ich einen Sohn habe?", erkundigte sich Janina irritiert. „Davon steht nichts auf meiner Webseite."

„Ich werde Ihnen später alles erklären. Machen Sie sich keine Sorgen", sagte Mathilde beruhigend.

Carola Rotts dunkle Augen funkelten böse, als sie sagte: „Das hoffe ich, Frau Krähenfuß."

„Folgen Sie mir hier an den Ecktisch in der Nähe der Theke", forderte Mathilde die Frauen auf. „Dort können wir uns in Ruhe unterhalten."

„Was möchten Sie von meiner Schwester?", kam Carola ohne Umschweife zur Sache und setzte sich neben ihre Schwester auf die Bank.

„Lassen Sie uns zunächst auswählen, Frau Rott", sagte Mathilde bestimmt. „Das Restaurant hat gerade erst geöffnet. Wir werden nicht lange auf die Bedienung warten müssen."

Es war halb sechs. Mathilde hatte diese frühe Uhrzeit gewählt, um das Gespräch an diesem Samstagabend vor dem Eintreffen der vielen Stammgäste führen zu können.

Sie entschied sich für den Salat nach Art des Hauses mit selbstgebackenem Brot und Knoblauchbutter. Janina Rott tat es ihr gleich.

„Ich hätte gerne eine Portion Spaghetti Carbonara", informierte Carola Rott die Kellnerin.

Als diese die Bestellungen aufgenommen und den Tisch verlassen hatte, sagte Mathilde: „Meine Damen, ich bin zwar in meiner Eigenschaft als Reporterin der Ronsdorfer Gazette hier, doch ich möchte nicht über Ihre Arbeit als Eventmanagerin berichten."

„Ronsdorfer Gazette?", fragte Carola mit gerunzelter Stirn nach. „Der Name der Zeitung sagt mir nichts. Ihr Name hingegen schon. Den verbinde ich mit dem Wupperspiegel."

„Bis zu meiner Berentung vor zwei Jahren war ich dort im Politik-Ressort tätig", erklärte Mathilde eifrig. „Ganz auf meine Arbeit verzichten wollte ich nicht, da kam mir die Stelle als freie Mitarbeiterin bei der Ronsdorfer Gazette gerade recht. Die Gazette ist eine kostenlose Tageszeitung, die nur in Wuppertal verteilt wird. Deswegen werden Sie sie nicht kennen."

„Und was hat meine Schwester mit Wuppertal zu tun?", fragte Carola scharf. Bei näherem Betrachten verringerte sich die Ähnlichkeit mit Janina. Carolas Gesicht war breiter, ihre Züge waren grober, und ein Pagenschnitt mit Pony kaschierte die Stirnfalten nur geringfügig. Sie schien mindestens zehn Jahre älter als Janina zu sein. Augenscheinlich hatte sie vor, das Gespräch für ihre Schwester zu führen.

„Ich möchte mit Ihnen über Karl von Horsten sprechen", sagte Mathilde direkt. Sie blickte Janina Rott dabei fest in die grünen Augen. „Ich möchte ehrlich zu Ihnen sein. Die Wuppertaler Kriminalpolizei ermittelt wegen Mordes. Herr von Horsten wurde mit einem Schuss aus einer ferngesteuerten Drohne getötet. Ich bin Augenzeugin."

Janina schluckte. Ihre schmalen Finger zitterten, und sie rang sichtlich um Fassung.

„Woher wissen Sie…?", fragte sie leise.

Carola legte beschützend den Arm um ihre Schwester.

„Das hast du jetzt von deiner Beziehung mit dem alten Kerl", zischte sie. „Du wolltest ja nicht auf mich hören."

Janina wand sich unter Carolas Umarmung. Sie schüttelte den Arm der Schwester ab.

„Natürlich hat Erika von Horsten die auf Sie abgeschlossene Lebensversicherungspolice entdeckt", antwortete Mathilde.

„Bitte schön", sagte die herangetretene Kellnerin freundlich. „Guten Appetit, Frau Krähenfuß. Lasst es euch schmecken. Mein herzliches Beileid im Übrigen, Frau Rott. Ich mochte Ihren Kalle."

„Danke", hauchte die Angesprochene. Mathilde bemerkte dunkle Schatten unter ihren Augen.

In Rosenthal kennt jeder jeden und weiß jeder alles, dachte Mathilde.

„Ein Geheimnis scheinen Sie in Hessen nicht aus Ihrer Verbindung gemacht zu haben", nahm Mathilde den Faden wieder auf. „Die Kriminalpolizei wird sich denken können, dass Karl von Horsten zu Lebzeiten nicht grundlos dafür gesorgt hat, dass Sie jetzt 250.000 Euro ausgezahlt bekommen. Die Beamten werden mit Ihnen Kontakt aufnehmen. Ein gemütliches Gespräch im 'Rosengarten' wird das nicht werden. Vertrauen Sie sich mir an, Frau Rott. Ich mochte Herrn von Horsten. Mich rührte seine innige Beziehung zu seinem Hund. Ich möchte bei der Aufklärung dieses Falls helfen. Nichts von dem, was wir heute Abend hier besprechen, werde ich in der Zeitung veröffentlichen. Auch mein Diktiergerät lasse ich in der Handtasche."

Mathilde verschwieg, dass bereits seit Beginn ihrer Unterhaltung das Mikrofon ihres BlackBerrys auf Aufnahme geschaltet war.

„Vertrau ihr nicht", mischte sich Carola ein. Fürsorglich schickte sie sich an, etwas von dem gehaltvollen Dressing über den Salat ihrer Schwester zu träufeln.

„Lass das, Carola", sagte Janina unwirsch und nahm Carola das Kännchen aus der Hand.

„Du brauchst Kalorien", sagte Carola energisch. „Für den Kalle hast du dich schlank genug gehungert."

„Ich entscheide selbst, was ich esse", erwiderte Janina.

„Ich hungere nicht. Im Gegensatz zu dir jedoch achte ich auf meine Figur. Das Äußere spielt in meinem Beruf eine wichtige Rolle. Frau Krähenfuß, ich werde Ihnen die Wahrheit sagen. Warum auch nicht? Es ist kein Verbrechen. Seit etwa sechs Jahren habe", sie brach kurz ab, „hatte ich ein Verhältnis mit Kalle. Nur wenige Monate nach unserem Kennenlernen wurde ich schwanger. Karlo ist fünf Jahre alt."

„Gehe ich recht in der Annahme, dass Sie beide sich im Hotel ʻDie Sonneʻ auf einer der Tagungen für die Führungskräfte der Salamander-Bank kennenlernten?", hakte Mathilde nach, großzügig das gesamte Sahnedressing über ihren Salat gießend.

Janina traten die Tränen in die Augen. Sie biss sich fest auf ihre Unterlippe und kniff die Augen zusammen. Zitternd legte sie das Besteck auf dem Teller ab. Sie nickte schweigend.

„Ja", flüsterte sie.

Mathilde schwieg eine Weile diskret und widmete sich ihrem Salat. Carola Rott funkelte sie böse an.

„Es war Liebe auf den ersten Blick", sagte Janina schließlich seufzend. „Die Tagung vor sechs Jahren dauerte mehrere Tage. Ich war für die Komplettbetreuung der Teilnehmer zuständig. Am dritten Abend organisierte ich einen orientalischen Abend mit Bauchtänzerinnen, Buffet und Rahmenprogramm. Kalle und ich konnten unsere Gefühle nicht unterdrücken."

„Wussten Sie, dass er verheiratet war?", fragte Mathilde vorsichtig.

„Sicher", antwortete Janina, deren Salat immer noch unangerührt vor ihr auf dem Teller lag. „Derart gutaussehende, charmante Männer in dem besten Alter sind immer verheiratet. Nach und nach erzählte er mir alles von seinem Leben. Ich weiß mehr über ihn als seine Ehefrau, glauben Sie mir."

„Berichtete er Ihnen auch von seiner Mitgliedschaft bei den Freiwerkern?", erkundigte Mathilde sich. Mit Bedauern tunkte sie das letzte Stück Brot in den übriggebliebenen Rest der Sahnesoße.

„Erika zeige ihm gegenüber keinerlei Interesse an der Bruderschaft, beschwerte er sich oft bei mir. Er freute sich, dass ich aufmerksam zuhörte, wenn er davon erzählte. Er war sogar ein Anwärter auf die Position des Großmeisters", berichtete Janina, die sich wieder gefangen zu haben schien. „Wir schmiedeten Pläne für eine gemeinsame Zukunft. Er wollte sich von Erika scheiden lassen und sogar in der Bruderschaft mehr Raum für aufrichtig interessierte Frauen schaffen, sollte er Großmeister werden."

„Das glaubst auch nur du", warf Carola bissig ein. Sie gab der Kellnerin ein Zeichen, dass sie zu zahlen wünschte.

„Und was war Ihr beider Plan, sollte er nicht Großmeister werden?", erkundigte sich Mathilde neugierig. „Können Sie den Salat bitte einpacken", bat sie die herbeigeeilte Bedienung.

„Sicher, ich bin sofort mit einer Styropor-Box wieder zurück", antwortete diese verständnisvoll. „Ich kann nachvollziehen, dass Sie keinen Appetit haben, Frau Rott."

„Dafür gab es keinen Plan", beantwortete Janina Mathildes Frage. „Er ging fest davon aus, das Amt zu übernehmen."

Mathilde bezweifelte das. Sie erinnerte sich an die Reiseprospekte über Japan und die USA. Ihrer Ansicht nach hatte der Verstorbene seiner Geliebten längst nicht so viel anvertraut, wie diese annahm.

„Haben Sie eine Idee, warum Ihr Freund Reiseprospekte von Fernzielen studierte? Hatte er vor, mit Ihnen in den Urlaub zu fliegen?", erkundigte sie sich.

„Wir verreisten leider nie gemeinsam", erklärte Janina erstaunt. „Vielleicht wollte er mich nach seiner Wahl zum Großmeister mit einer Reise überraschen."

„Das einzig Gute an deiner schrecklichen Beziehung mit dem Kerl ist, dass du jetzt ein anständiges Sümmchen Geld ausgezahlt bekommst", mischte sich Carola ein, während sie den Salat der Schwester in die Box packte. Sie kippte die gesamte Soße darüber.

Mathilde entging Janinas Blick nicht. Sie war sich sicher, dass diese den pampigen Salat später nicht essen würde.

„Wie immer denkst du nur ans Geld", sagte Janina bitter.

„Ich möchte nur dein Bestes", erwiderte Carola. Sie beglich ihre Rechnung und die ihrer Schwester, und auch Mathilde zahlte. „Ich wünsche mir einen guten Mann für dich, der nicht nur deine Schönheit liebt, sondern dich auch heiratet. Das wird schwer genug mit einem kleinen Kind am Bein. Aber das lässt sich leider nicht mehr rückgängig machen. Sei froh, dass du Kalle los bist. Von dir aus hättest du die Beziehung nicht beendet. Ich bin froh, dass es so gekommen ist."

„Carola, es reicht", protestierte Janina.

„Streiten Sie sich nicht", sagte Mathilde beschwichtigend. „Wo ist denn nun Ihr Sohn?"

„Bei einer Freundin von mir", gab Janina bereitwillig Auskunft. „Er weiß noch nichts vom Tod seines Vaters."

„Ich werde ihn darüber aufklären", kündigte Carola an. „Irgendwann muss er es erfahren."

„Falls Ihnen noch etwas einfällt, meine Damen", sagte Mathilde beim Aufstehen, indem sie den Schwestern zwei Visitenkarten reichte. „Scheuen Sie sich nicht, mich zu kontaktieren. Auf Wiedersehen. Vielen Dank für das Gespräch." Sie durchquerte das Restaurant, nahm ihren Schirm an sich und ging nach draußen in den Regen.

Montag, 11. Juni 2018

„Mistwetter", schimpfte Mathilde, während sie an der Villa der Familie von Horsten vorbei die Katernberger Straße hochfuhr. Sie war mit Norbert Franken verabredet. Der Regen prasselte in Strömen gegen Ingos Frontscheibe. Die auf Automatik eingestellte Scheibenwischanlage mühte sich nach Kräften, dem Starkregen Herr zu werden. Bei dem für Wuppertal typischen starken Gelände- und Straßengefälle entwickelte sich der Starkregen leicht zu reißenden Sturzfluten. Das schwere Unwetter am dreißigsten Mai hatte massive Straßenschäden zur Folge gehabt. Auch heute schien ihr das Wasser entgegenzufließen. Durch die Klimaerwärmung kam es in den letzten Jahren immer öfter zu unwetterartigen, extremen sommerlichen Regengüssen. Auf den Gehwegen waren nur vereinzelt Fußgänger unterwegs. Die Medien hatten der Bevölkerung geraten, ihre Häuser wegen der zu erwartenden orkanartigen Böen nur in dringenden Fällen zu verlassen. Martha hatte Mathilde am Morgen nicht fahren lassen wollen, doch diese wollte den privaten Termin mit dem amtierenden Großmeister der Wuppertaler Freiwerker-Loge `Zu den drei Wölfen´ nicht platzen lassen.

Endlich erreichte sie die gesuchte Adresse. Norbert Franken wohnte in einem dieser für das Briller Viertel typischen Altbauten. Mathilde musste eine rutschige Steintreppe erklimmen, bevor sie zum schützenden Vordach gelangte. Das Haus schien von mehreren Parteien bewohnt zu sein. Norbert Franken wohnte in der dritten und zugleich obersten Etage. Die schwere Eingangstür öffnete sich nach einmaligem Schellen. Mathilde begutachtete staunend die Marmorwendeltreppe, die zu den einzelnen Etagen führte.

„Guten Tag, Frau Krähenfuß", wurde sie von dem in Jeans und Pullover gekleideten Mann Anfang dreißig begrüßt. „Was bringen Sie für ein Wetter mit?" Er lachte über seinen Witz. „Sie sind nass", stellte er fest. „Gehen Sie bitte dort ins Wohnzimmer." Er deutete mit der Hand nach rechts zum Durchgang am Ende des Flurs. „Ich werde Ihnen ein Handtuch holen."

Mathilde nickte dankbar, reichte ihm zur Begrüßung die Hand und machte sich auf den Weg zum Wohnzimmer. Norbert Franken hatte sich für einen äußerst modernen Einrichtungsstil entschieden. *Oder seine Frau*, überlegte Mathilde. Ein breites, rotes Ledersofa nahm fast die gesamte Rückwand des ansonsten in Schwarz und Weiß gehaltenen Zimmers ein. Die gegenüberliegende Wand wurde von einem überdimensional großen Flachbildschirm geschmückt. Tuschezeichnungen hingen an den Wänden, zeigten Tier- und Landschafts-motive.

„Meine Frau malt gerne in ihrer Freizeit", erklärte Franken, der zurückgekehrt war und Mathilde ein Handtuch reichte.

„Die Bilder gefallen mir sehr gut", sagte Mathilde aufrichtig. „Ist die Künstlerin anwesend?"

„Asuka ist in ihrem Geschäft", erklärte Norbert Franken. Mathilde registrierte, dass er einen leichten Silberblick hatte. Sein Gesicht war entgegen dem aktuellen Trend glatt rasiert. „Asuka bedeutet 'Der Duft von morgen'. Sie führt einen Blumenladen in Cronenberg. Kunst, Blumen und Literatur sind die Dinge, die sie liebt. Das ist sie." Mit glänzenden Augen nahm er ein Bild aus dem schwarzen Designer-Wandregal, das aus drei schlichten Brettern bestand, die rechts und links von dreieckig gespiegelten, silbern glänzenden Metallröhrchen verbunden wurden.

„Was für ein interessantes Regal", entfuhr es Mathilde, das Bild von Asuka Franken entgegennehmend.

„Bolia", erklärte Franken. „Scandinavian design. Asuka hat es schwarz gestrichen."

Mathilde betrachtete die Frau auf dem Foto. Sie erinnerte Mathilde an Franziska Hansen.

„Ihre Frau ist Asiatin?", erkundigte sie sich neugierig. Sie gab Franken Handtuch und Bild zurück.

„Japanerin", antwortete dieser liebevoll. „Aber nehmen Sie doch Platz."

Sie setzten sich an den runden Tisch, der mit Platzdeckchen, bedruckt mit Lotusblumen, geschmückt war.

Ein japanisches Teeservice stand neben einem Teller mit kleinen Schokoladenküchlein.

„Bedienen Sie sich", forderte Franken Mathilde höflich auf. „Die Kuchen hat meine Frau gestern extra für Sie gebacken."

Mathilde schnitt ein Gebäckstück an und staunte über den Kern aus flüssiger Schokolade.

„Herr Franken", sagte sie. „Leider bin ich in einer traurigen Angelegenheit hier. Wissen Sie, dass ich Augenzeugin bei dem Mord an Ihrem Logenbruder Karl von Horsten war?"

Norbert Franken schüttelte den Kopf.

„Ich bin sehr betrübt über diesen großen Verlust", sagte er leise.

„Was war Karl von Horsten für ein Mensch?", wollte Mathilde wissen. Aus den Augenwinkeln sah sie mehrere Monitore auf einem Schreibtisch vor dem Fenster. Die Bildschirmschoner zeigten Motive vom Weltall und vom Meer.

„Karl war großartig", antwortete Franken, mit der Gabel ein Stück von seinem Kuchen abstechend. „Schauen Sie, Frau Krähenfuß", er deutete auf die verschieden großen Teile des Gebäcks. „Erkennen Sie den Fluss des Lebens in diesem Schokoladenkern?"

„Ehrlich gesagt: Nein", antwortete Mathilde trocken. „Aber Sie dürfen Ihrer Frau ausrichten, dass mir ihre Kuchen vorzüglich munden."

„Ich hätte mir denken können, dass außer Asuka keine Frau einen Sinn für die Symbole der Natur hat", bemerkte Franken. „Karl hingegen hatte einen Sinn dafür. Wie alle unsere Brüder."

„Nach meinem Erkenntnisstand interessierte Herr von Horsten sich mehr für Parteiprogramme als für Backbücher", entgegnete Mathilde. Sie beobachtete ihr Gegenüber genau. Er schien immer noch mit der Begutachtung seines Kuchens beschäftigt zu sein, doch Mathilde beobachtete, dass Frankens Augenlider nervös zu flattern begonnen hatten.

„Sie müssen verzeihen", sagte er schließlich ruhig. „Wir sind eine Gemeinschaft, die sich nicht festlegt, weder politisch noch religiös. Jeder Bruder verpflichtet sich ausschließlich der Bruderschaft. Es ist jedem selbst überlassen, zu welchem Gott er betet, welche Partei er wählt."

„Jedenfalls gab mir sein Stellvertreter bei der Salamander-Bank die Auskunft, von Horstens politisches Interesse habe sich in letzter Zeit stark verändert. Machte sich das auch in der Bruderschaft bemerkbar?", fragte Mathilde. Sie nahm sich ein drittes Küchlein.

„Über Politik wird bei den Freiwerkern nicht geredet", bemerkte Norbert Franken kühl.

„Darf ich fragen, welche berufliche Tätigkeit Sie ausüben", erkundigte Mathilde sich.

„Sie sind ganz schön neugierig", erwiderte Franken. Er schenkte ihnen Tee nach. „Was möchten Sie von mir? Jeder quetscht mich aus wie eine Zitrone. Vor wenigen Minuten erst habe ich am Telefon die Fragen dieses unfreundlichen Beamten von der Mordkommission beantworten müssen. Ein schrecklicher Mensch."

Mathilde fragte sich im Stillen verwundert, wer von den drei ihr bekannten Beamten derart unfreundlich gewesen zu sein schien.

„Sie müssen mir gar nichts erzählen, Herr Franken", sagte Mathilde beschwichtigend. „Dennoch werden Sie mir zustimmen, dass ein derart furchtbares Ereignis in Wuppertal die Bevölkerung verunsichert und neugierig macht. In meiner Funktion als Journalistin bei der Ronsdorfer Gazette bin ich an dem Verlauf dieser Geschichte interessiert."

„Aber Sie werden mich in Ihrem Blatt nicht zitieren!", brauste Franken auf.

„Keine Sorge", beruhigte Mathilde den wütenden Mann. „Erstmal werde ich nicht weiter berichten. Verraten Sie mir nun, welcher Erwerbstätigkeit Sie nachgehen? Oder ist das ein Geheimnis?"

„Ich arbeite als Supporter bei einem Software- und Hardwarehersteller, genügt Ihnen das?", gab Franken widerwillig Auskunft.

Mathildes Blick fiel erneut auf die Monitore vor dem Fenster.

„Arbeiten Sie im Homeoffice?", hakte sie nach.

„Meistenteils", antwortete Franken. „Apropos Homeoffice. Haben Sie noch viele Fragen? Ich habe zu tun." Seine Finger, mit denen er sich durch die kinnlangen, mittelblonden Locken fuhr, waren für einen Mann ungewöhnlich feingliedrig. Den Siegelring der Freiwerker-Loge trug er am linken Daumen.

„Finden Sie es nicht merkwürdig, dass Karl von Horsten ausgerechnet wenige Tage vor der Großmeisterwahl ermordet wurde?", fragte sie, statt ihm zu antworten. „Zumal er ein Anwärter auf das Amt war."

„Woher wissen Sie das? Was möchten Sie mit Ihrer

Frage andeuten?", wollte Franken erstaunt wissen. Demonstrativ erhob er sich.

Mathilde überlegte kurz, ihrem Gesprächspartner zu erzählen, dass Herbert ihr Neffe war, entschied sich jedoch dagegen. Er brauchte nicht zu wissen, dass sie einen heißen Draht zur Kriminalpolizei hatte.

„Das war nur eine Vermutung von mir", sagte sie deswegen. Sie warf einen Blick durch das große Fenster. Draußen hatte es aufgeklart. Es regnete nicht mehr. „Andeuten möchte ich auch nichts. Ich habe lediglich eine Frage gestellt. Mögen Sie mir diese beantworten, bevor ich mich verabschiede?"

Norbert Franken zog die Augenbrauen hoch. Denkfalten bildeten sich auf seiner Stirn.

„Brüder reden nicht über Brüder", begann er zögerlich. „Deswegen bitte ich Sie um Ihr Stillschweigen. Mein Konkurrent, der dritte Anwärter auf das Großmeisteramt, glaubte, dass viele Stimmen, die Karl zugedacht waren, auf ihn übergehen würden. Aber", er schüttelte energisch den Kopf, „Horst Malik ist ein Ehrenmann."

„Verstehe", sagte Mathilde leise. Sie hatte sowieso vor, Horst Malik um einen Gesprächstermin zu bitten. „Ist Herr Malik im Augenblick erreichbar?"

„Für gewöhnlich zu jeder Tageszeit", antwortete Franken. Er berührte Mathilde an der Schulter und deutete mit dem Kopf in Richtung der Zimmertür. „Er ist seit Kurzem berentet. Früher arbeitete er bei der Firma `Luxor´ als Cheftechniker. Die entwickeln dort Übungsmaterialien für Studenten. Diese wiederum nutzen die Sachen zu Forschungszwecken. Horst ist ein intelligenter Mann. Doch nach seiner Wahlniederlage hat er sich für einen Kurzurlaub mit seiner Frau entschieden. Er sagte mir, seine Ehe habe in letzter Zeit gelitten, er wolle sich um seine Beziehung kümmern. Er hat spontan eine Nilkreuzfahrt gebucht."

„Ob er sich damit zu dieser Jahreszeit einen Gefallen tut?", überlegte Mathilde laut. „Im Juni ist es in Ägypten unvorstellbar heiß. Wissen Sie, wann Herr Malik zurück sein wird?"

„Kommenden Samstag", erwiderte Franken, während er sie ins Treppenhaus geleitete.

Mit ihrer ganzen Kraft drückte Mathilde von innen gegen die Autotür, doch es gelang ihr nicht, sie zu öffnen. Sie fluchte leise. Der Sturm draußen tobte heftig.

„Ingo, jetzt hilf mir bitte", flüsterte sie und machte einen weiteren Versuch.

Diesmal gelang es ihr, und sie sprintete die Stufen zum Polizeipräsidium hoch. Zum Glück traten in diesem Augenblick mehrere Beamte ins Freie, und sie musste sich mit keiner weiteren Tür abmühen. Außer Atem erreichte sie schließlich Herberts Büro. Wie immer trat sie ohne anzuklopfen ein und rief: „Herbert, du musst unbedingt etwas über eine Firma namens `Luxor´ herausfinden."

„Wer bitte schön ist das?", hörte sie zu ihrer Überraschung eine fremde Männerstimmer sagen. Irritiert betrachtete sie den untersetzten älteren Herrn, der auf dem Bürostuhl ihres Neffen saß. Florian Vogel und Hans Flachs blickten sie mit betrübten Mienen an.

„Mathilde Krähenfuß, Ronsdorfer Gazette", stellte sie sich vor. „Wo ist mein Neffe?"

„Sprechen Sie von Kriminalhauptkommissar Mucke?", fragte der Mann unwirsch. „Der hat Urlaub genommen. Ich vertrete ihn diese Woche. Sollten Sie ihm also einen Verwandtschaftsbesuch abstatten wollen, müssen Sie es bei ihm zu Hause versuchen."

„Das darf nicht wahr sein", entgegnete Mathilde entsetzt. „Herr Flachs, stimmt das? Das hätte er mir doch gewiss mitgeteilt."

„Leider ja, Frau Adlerkr...", Hans Flachs biss sich auf die Unterlippe, „Frau Krähenfuß. Freitagabend gab er uns seine Entscheidung bekannt."

„Aber ich habe wichtige Informationen", sagte Mathilde, immer noch fassungslos den selbstgefällig grinsenden Kommissar ansehend.

„Wir benötigen Ihre Hilfe nicht", sagte Wolfgang Knopp knapp. „Wir gehen einer heißen Spur nach. Ich hoffe, den Fall geklärt zu haben, bis Herr Mucke zurück ist. Er war mehr als urlaubsreif."

„Herr Knopp", warf Florian Vogel vorsichtig ein. „Sollten wir uns nicht anhören, was Frau Krähenfuß zu sagen hat? Sie ist eine wichtige Informantin von Herrn Mucke."

„Ich bin aber nicht Herbert Mucke. Merken Sie sich das, Herr Vogel", er wandte sich einem Schriftstück zu, das vor ihm auf dem Schreibtisch lag. „Auf Wiedersehen, Frau Krähenfuß."

Nachdem sie einige betretene Blicke mit Florian Vogel und Hans Flachs gewechselt hatte, verließ Mathilde verärgert das Büro.

„Urlaub sollte abgeschafft werden", murmelte sie vor sich hin, das BlackBerry in ihrer Handtasche suchend.

114

„Passen Sie doch auf, wo Sie langgehen", schimpfte eine Frau, die mit mehreren Aktenordnern auf dem Arm durch das Treppenhaus hastete. „Die Leute beschäftigen sich nur noch mit ihren Mobiltelefonen, schrecklich ist das."

„Meine Güte, was herrscht heute für ein Ton im Präsidium", beschwerte sich Mathilde. „Der ist ja schlimmer als das Unwetter draußen."

Kopfschüttelnd wählte sie die Nummer ihres Neffen.

„Ja, Mathilde, hast du es erfahren?", wurde sie von Herbert begrüßt.

„Ich bin herzallerliebst von diesem Knopp in deinem Büro empfangen worden", erwiderte sie. „Wo bist du?"

„Ich bin mit Jasmin und den Kindern bei meiner Mutter in Rosenthal", berichtete Herbert seufzend.

„Eine tolle Familie seid ihr", schimpfte Mathilde. „Bis gestern war ich noch bei deiner Mutter. Sie muss doch gewusst haben, dass ihr sie für ein paar Tage besucht. Warum hat mich niemand informiert?"

„Ich muss deine Schwester in Schutz nehmen", erwiderte Herbert. „Jasmin und ich haben uns heute früh am Morgen entschieden, die Kinder nicht in die Schule zu schicken und nach Rosenthal zu fahren. Wir haben geflunkert und sie als krank entschuldigt. Verzeih bitte, Tante Mathilde, dass ich dich nicht angerufen habe. Glaube mir, ich war genug mit Jasmin beschäftigt."

„Ist jetzt auch egal", unterbrach Mathilde ihren Neffen. Mit wenigen Worten berichtete sie von ihrem Gespräch mit Norbert Franken. „Hast du schon mal etwas von einer Firma namens ‛Luxor' gehört?"

„Ich werde sofort danach im Internet suchen", antwortete Herbert flüsternd. „Jasmin ist im Anmarsch. Ich melde mich später."

Mathilde ging mit Lotte die Straße entlang. Zwar hatte sich der Sturm seit dem frühen Nachmittag gelegt, doch wegen der Gefahr, die von losen Ästen ausging, traute Mathilde sich nicht in den Wald. Passanten waren auch am späteren Abend nur wenige unterwegs. Sie entschied, Lotte auf dem kleinen Parkplatz vor dem Fußballfeld am Schnapsstüber laufen zu lassen. Einmal hatte sie Roswitha von dem Namen dieser Wuppertaler Straße erzählt, und diese hatte sich köstlich darüber amüsiert. Daran musste Mathilde denken, während sie, in ihre winddichte Regenjacke gehüllt, der Hündin beim Toben zusah. Lotte rannte mehrmals im Kreis. Die angestaute Kraft des im Inneren verbrachten Tages brach aus ihr heraus. Im Geiste ging Mathilde die Informationen durch, die Google ihr über die Firma ʽLuxorʼ zur Verfügung gestellt hatte. Viel war es nicht gewesen. Die Firma war in Velbert ansässig, einer Nachbarstadt von Wuppertal. Um Näheres über die Produkte, an denen gearbeitet wurde, zu erfahren, musste man ein Passwort besitzen und sich einloggen. Herbert hatte ebenfalls nicht viel mehr herausgefunden. Er hatte die Telefonnummer gewählt, die im Impressum der Webseite angegeben war, und mit einer Frau gesprochen, die nur vage Andeutungen gemacht hatte, um welche Materialien es ging. Auf Herberts Frage hin, ob auch Drohnen zum Sortiment gehörten, hatte sie mit Erstaunen reagiert. In Rosenthal seien ihm die Hände gebunden, hatte Herbert seiner Tante bedauernd erzählt. Er werde den offiziellen Besuch bei der angegebenen Adresse nach seinem Urlaub nachholen, hatte er ihr versprochen.

„Lotte, komm", rief Mathilde schließlich. „Wir gehen nach Hause."

Es dauerte nicht lang, bis sie die Mirker Höhe erreichte und in ihre vertraute Miniaturwelt eintrat. Es war einundzwanzig Uhr. Die Dämmerung hatte eingesetzt. Sie folgte der schmalen Straße, die gerade breit genug war, um mit Ingo dort entlangzufahren. Aus diesem Grund hatte sie es sich zur Gewohnheit gemacht, vor der Kurve zu hupen. Zu Fuß hielt sie sich mit Lotte ganz links an dem Maschendrahtzaun, durch den man weit über die Stadt blicken konnte. Sie hielt einen Moment an, um die Lichter zu genießen, die nacheinander die Wuppertaler Häuser zu erleuchten begannen. Trotz des Schlechtwettertages bot sich ihr ein schöner Anblick. Auf einmal bohrte sich etwas Hartes zwischen ihre Schulterblätter und eine grobe Hand legte sich über ihren Mund.

„Wenn Ihnen Ihr Leben und das der Töle lieb sind, rate ich Ihnen zu schweigen", hörte sie eine tiefe Männerstimme sagen. Erschrocken blickte Mathilde nach links und sah zwei Männer, deren Gesichter von schwarzen Masken bedeckt waren. Sie hatten Lottes Leine durchgeschnitten, und einer hielt den Rest in der Hand. Dem anderen gelang es, der knurrenden Lotte ein Band ums Maul zu schnüren, damit sie nicht beißen konnte.

„Sie gehen jetzt brav weiter zu Ihrem Haus und lassen uns eintreten", befahl der Mann, der Mathilde bedrohte. Er entfernte die Hand vor ihrem Mund und erhöhte den Druck zwischen ihren Schulterblättern.

„Was wollen Sie von mir?", rief Mathilde wütend.

Lotte jaulte schmerzvoll auf. Einer der Vermummten hatte sie mit seinem schwarzen Springerstiefel fest in die Flanke getreten.

„Schnauze. Noch ein Wort, dann fließt Blut", sagte der Mann hinter Mathilde.

Während sie zügig voranschritt, hielt sie nach Menschen Ausschau, die ihr helfen könnten. Doch kein Anwohner war auf der Anliegerstraße unterwegs, keinen Spaziergänger schien dieser Abend aus dem gemütlichen Heim zu locken.

Sie öffnete ihre Haustür und trat in Begleitung der drei Männer ein. Mittlerweile war ihr angst und bange. Die Durchgangstür zum Wohnzimmer stand offen, und Peter und Paul krächzten im Duett: „Abend, Abend."

„Wer ist das?", zischte der Mann, der inzwischen Mathilde offen mit einer Pistole bedrohte.

„Das sind meine zwei Graupapageien", antwortete Mathilde. Ihr Herz raste. „Darf ich jetzt erfahren, was Sie von mir wollen?"

„Setzen", befahl der Mann, sie mit der Pistole vor die Brust stoßend. Lotte knurrte und wurde dafür mit einem weiteren Fußtritt bestraft. „Sperr die Töle ins andere Zimmer, und sieh nach, ob da wirklich Vögel sind."

Gehorsam machte sich einer der Männer mit der winselnden Hündin auf den Weg ins Wohnzimmer. Kurz darauf kehrte er zurück und sagte: „Alles in Ordnung. Es sind wirklich nur Papageien in dem Zimmer."

„Jetzt hören Sie mir mal gut zu", sagte der Mann, der der Anführer zu sein schien. Er beugte sich zu ihr runter und platzierte die Mündung der Pistole unter Mathildes

Kinn. „Ich sage Ihnen jetzt, was Sie zu tun haben. Keine weiteren Fotos mehr von der Drohne in der Zeitung, verstanden?"

„Ich wüsste nicht, wie ich das verhindern kann", erwiderte Mathilde. „Die Ronsdorfer Gazette ist nicht die einzige Wuppertaler Zeitung. Der Kollege von der WZ hat ebenfalls von dem Mord berichtet, auch wenn er sich die Fotos nur aus unserer Online-Ausgabe gezogen hat. Wir leben im digitalen Zeitalter, die Bilder kursieren bereits im Internet."

Der Hüne gab dem dritten Mann ein Zeichen. Dieser kam auf sie zu und zog ein Messer aus seiner Hosentasche. Langsam fuhr er damit über Mathildes Haare. Mit der anderen Hand griff er in ihre kurzen Locken. „Jetzt sind es nur Haare", sagte er drohend. „Das nächste Mal ist es ein Finger oder ein Ohr." Mit einigen gezielten Schnitten entfernte er einen Großteil der Haare, sodass stoppelige Lücken auf Mathildes Kopf entstanden.

„Wir möchten, dass Sie die Berichterstattung manipulieren", flüsterte der Anführer.

„Aber die Polizei ermittelt und ist nicht doof", wisperte Mathilde verängstigt. Ihre Finger zuckten. „Die Polizei gibt der Presse schließlich die Informationen. Autsch."

Das Messer auf ihrem Kopf hatte mehr als nur Haare abgeschnitten. Sie spürte die Nässe auf der Kopfhaut.

„Ich bin mir sicher, es wird Ihnen gelingen, die Polizei davon zu überzeugen, den Zeitungen zu verbieten, weiter Bilder von der Drohne zu veröffentlichen", sagte er leise. Sein Mund war ganz nah an Mathildes Gesicht. Der Atem roch nach einer Mischung aus Knoblauch und Schnaps. „Wir wissen, dass Sie mit dem Bullen verwandt sind. Glauben Sie mir, Sie und der Kommissar werden sich nur unglücklich machen, wenn die Ermittlungen nicht eingestellt werden. Hier geht es um mehr als um ein Einzelschicksal. Bullen sind nicht unsterblich, wenn Sie verstehen, was ich damit meine? Oder liegt Ihnen nichts an Ihrer Familie, Ihrem Neffen und Ihren Großnichten? Lassen Sie sich gemeinsam etwas einfallen. Die Bevölkerung wird auch nach einer Lüge wieder unbeschwert durch Wuppertal spazieren. Hauptsache, der Fall ist offiziell und für die Akten abgeschlossen. Sollten Sie uns zufriedenstellen, wird auch etwas für Sie alle rausspringen. Würden Ihnen und Ihrem Neffen 100.000 Euro gefallen? Oder verdienen Sie als Klatschreporterin und Ihr Neffe als Bulle so viel, dass Ihnen eine kleine Geldspritze nicht guttun würde?"

Er entfernte die Pistole von Mathildes Kehle. Mit einem Ruck seines Kopfes gab er den anderen ein Zeichen. „Abflug", sagte er kalt.

Es dauerte mehr als nur eine Weile, bis es Mathilde gelang, sich von dem Küchenstuhl zu erheben. Sie fühlte sich, als ob sie Schüttelfrost hätte. Ihre Zähne klapperten, und sie zitterte am ganzen Leib. Bevor sie ins Badezimmer ging, um sich den Schaden anzusehen, wählte sie die 110.

Dienstag, 12. Juni 2018

Zögernd nahm Mathilde den Sonnenhut ab.

„Du liebe Güte", sagte Florian Vogel entsetzt. „Da helfen nur ein Gang zum Friseur, Kahlrasur und Perücke."

Mathilde nickte zustimmend. Sie sah furchtbar aus. Nachdem gestern die diensthabenden Beamten ihren Fall aufgenommen hatten, war sie ins Krankenhaus gefahren. Der Schnitt auf ihrem Kopf war tief gewesen. Die Ärzte hatten die Wunde genäht. Jetzt sah sie aus, als würde sie unter kreisrundem Haarausfall leiden.

„Möchten Sie Anzeige erstatten?", erkundigte sich Wolfgang Knopp sachlich. „Gegen unbekannt? Leider sind Sie bei der Mordkommission nicht an der richtigen Adresse. Wenden Sie sich bitte an die Kollegen vom Raubüberfall." Er tippte beflissen auf Herberts Computertastatur.

„Hören Sie mal gut zu, Herr Knopp", sagte Mathilde erbost. „Mir ist mit Mord gedroht worden, man hat mir eine Pistole vor die Nase gehalten und meinen Kopf verunstaltet, was denken Sie, weswegen ich hier bin? Der Überfall hängt mit dem Mord an Karl von Horsten zusammen. Wollen Sie mir immer noch sagen, dass ich hier nicht an der richtigen Adresse bin? "

„Ist ja schon gut", beschwichtigte Knopp sein aufgeregtes Gegenüber. „Herr Flachs, servieren Sie der Dame eine Tasse Kaffee. Milch?"

„Sie nimmt Milch", warf Hans ein. Er betrachtete die Tante seines Vorgesetzten besorgt. Mochte er sich auch noch so oft über sie lustig machen, im Grunde seines Herzens konnte er Mathilde gut leiden. Sorgenvoll kratzte er sich am Kopf.

„Was genau ist gestern passiert?", wollte Knopp wissen.

Mathilde ließ in ihrem Bericht keine Einzelheit der Geschehnisse des gestrigen Tages aus.

So gut es ging, beschrieb sie die Männer, die Springerstiefel, Masken und Stimmlagen.

„Ihre Beschreibungen werden uns nicht weiterhelfen", sagte Herberts Vertreter. „Viel zu vage. Aber ich nehme Ihre Anzeige auf. Bewaffneter Überfall, Bestechung und Morddrohung. Außerdem rate ich Ihnen, zunächst nichts mehr zu veröffentlichen, das Karl von Horsten betrifft."

„Was werden Sie unternehmen?", erkundigte sich Mathilde, ihren Hut wieder aufsetzend. Sie hatte vor, sofort ihren Friseur aufzusuchen. „Ich habe hier einen Screenshot von der Webseite der Firma `Luxor´. Dort steht die Adresse drauf. Herr Vogel, ich schicke Ihnen das Bild per Bildnachricht. Herr Knopp, dort arbeitete der Konkurrent von Karl von Horsten." Mathilde gab sich alle Mühe, Wolfgang Knopp von der Notwendigkeit einer Untersuchung dieser Firma zu überzeugen. Sie berichtete von ihrem Besuch bei Norbert Franken und von dessen Aussage bezüglich Horst Malik.

„Vielen Dank, Frau Krähenfuß", antwortete Knopp. „Wir werden jedoch zunächst die Spur nach New York verfolgen. Ich habe einen Skype-Termin mit dem Lebensgefährten Andrea von Horstens. Später werde ich Ihrem Hinweis nachgehen. Im Übrigen hat Ihre Brille gestern Schaden genommen. Sie hängt Ihnen auf der Nasenspitze."

„Danke für die Information", murmelte Mathilde kühl. Sie winkte Hans und Florian beim Aufstehen zum Abschied zu und verließ die Polizeiwache.

Zehn Kilometer von Frankenberg entfernt stieg Carola Rott in Allendorf an der Eder aus ihrem Geländewagen. Sie hatte Spätdienst und war gut in der Zeit. Den kurzen

Fußmarsch durch die Mittagssonne bis zu ihrer Arbeitsstätte genoss sie. Endlich war der Sommer zurückgekehrt. Ihr konnte es nicht warm genug sein. Trübes Wetter verstärkte ihre Melancholie. Trotzdem konnte sie die Gedanken an das gestrige Streitgespräch mit ihrer Schwester nicht verdrängen. Janina hatte ihr vorgeworfen, nur an Geld zu denken und ihr keine Liebe zu gönnen. Darüber ärgerte sich Carola. Ihre Freude über das Ableben Kalles war gerechtfertigt. Er hätte das Leben ihrer Schwester zerstört, dessen war Carola sich sicher. Mit dem Erlös aus der Lebensversicherung konnte sie sich etwas gönnen. Dadurch wurde ihr ein finanzielles Polster verschafft. Sie sei nicht ihre Mutter, hatte Janina gestern nach dem gemeinsamen Essen geschrien. Dabei hatte Carola es gut gemeint. Sie hatte der Schwester Fischauflauf serviert und diesen ihr zuliebe ohne Butter und Sahne zubereitet. Wie hatte Carola sich gefreut, dass Janina und Karlo mit Appetit gegessen hatten. Umso schlimmer war es anschließend für sie gewesen, Janinas unangebrachte Vorwürfe ertragen zu müssen.

Während sie den Eingang erreichte, erinnerte sie sich an ihr Bemühen, der Schwester nach dem frühen Tod der Mutter den Verlust erträglicher zu machen. Sie hatte bis heute alles für Janina getan. Die Sonne brach sich in der großen Glasfront, als sie durch die Drehtür ins Hauptgebäude des größten Heiztechnik-Konzerns Viessmann eintrat. Der Konzern hatte Vertriebspartner in aller Welt. Carola musste heute wichtige Telefonate mit den Ansprechpartnern in Ägypten und Uganda führen. Sie hatte ihren Job nicht nur wegen ihrer Qualifikationen als Entwicklungstechnikerin und Mechanikerin bekommen, sondern auch wegen ihrer hervorragenden Sprachkenntnisse. Sie sprach fließend Englisch, Französisch, Spanisch und Italienisch. Das technologische Spektrum in der Heiztechnik wurde zunehmend komplexer, die Produktpalette immer breiter. Daher hatte die Firma am Unternehmensstammsitz in Allendorf die Viessmann Akademie gegründet.

Carola nahm den Aufzug in die oberste Etage. Dort angekommen, tippte sie den kurzen Code in die Tastatur über der Edelstahltür. Sie öffnete sich sofort. Dafür benötigte sie ihre Identifikationskarte und den mehrstelligen Sicherheitscode nicht. Als sie ihr Büro vor den Laborräumen erreichte, ging es ihr schlagartig besser. Das Wissen, dass ihre Fähigkeiten gebraucht wurden, ließ sie den Streit mit der Schwester vergessen. Janina würde schon noch begreifen, dass Kalles Tod das Beste war, das ihr jemals passiert war.

Eine Sprechblase erschien am oberen Rand des Displays. „Guten Tag, Simone. Schön, dass du dich eingeloggt hast. Ich freue mich sehr, dass dein Wohlbefinden wieder sein Maximum erreicht hat."

Simone tippte eifrig ihre Antwort. Sie war voller Euphorie. Gestern hatte sie einen wunderbaren Abend mit Erika verbracht. Diese hatte eine Ausrede gefunden und ihre momentan bei ihr wohnende Tochter allein gelassen. Das Wetter gestern war zwar im Gegensatz zu heute eine Katastrophe gewesen, doch sie hatten es sich bei Kerzenschein, leiser Musik und Wein in Simones Badewanne gemütlich gemacht. Erika schien sich langsam vom Verlust ihres Mannes zu erholen. Zumal sie entdeckt hatte, dass es eine andere Frau im Leben Karls gegeben haben musste.

„Alles hat sich gelohnt, der Sport, die Blumen – alles", antwortete sie `OMG´.

„Lass ihr trotzdem Zeit", riet ihr `OMG´. „Alles wird gut. Lenke dich ab. Mache einen ausgiebigen Spaziergang, und genieße die Sonne."

Zufrieden steckte Simone das Smartphone in die Tasche ihrer Shorts und befolgte den Ratschlag der App.

„Mama, werde ich Papa niemals widersehen?", fragte Karlo mit Tränen in den Augen. Janina Rott brach es das Herz, die Trauer in den dunklen Augen ihres Sohnes zu sehen. Kalles Gene hatten sich durchgesetzt. Karlo besaß dieselben dunkelbraunen, welligen Haare wie er. Ihre Schwester hatte gestern nach dem gemeinsamen Abendessen die Bombe platzen lassen und ihrem Sohn vom Tod des Vaters erzählt. Janina war darüber sehr erbost gewesen. Jetzt taten ihr die bösen Worte der Schwester gegenüber leid. *Sie hat ja recht*, dachte sie, während sie Karlo in die Arme nahm. „Papa wartet am Ende des Regenbogens auf dich", flüsterte sie ihrem Sohn ins Ohr. Ihre blonden Haare fielen ihm über das ernste Gesicht. „Er wacht jetzt als dein Schutzengel über dich. In deinen Gedanken wirst du jederzeit mit ihm sprechen können."

„Also ist Papa nicht tot, wie Tante Carola gesagt hat?", fragte er hoffnungsvoll.

Janina zögerte einen Augenblick.

„Papa ist nur an einem verborgenen Ort, den wir alle am Ende des Lebens betreten werden", sagte sie schließlich behutsam. „Bis dahin müssen wir in seinem Sinne weiterleben. Er hat uns ein letztes großes Geschenk gemacht." Sie entließ ihren Sohn aus der Umarmung und griff nach dem Kontoauszug auf dem Tisch. Ein Lächeln erhellte ihr blasses Gesicht. „Möchtest du für eine Woche zu Opa Knut nach Mallorca?" Ihr Vater war vor vielen Jahren ausgewandert, hatte den frühen Tod seiner Frau nie überwunden.

„Au ja", antwortete Karlo begeistert, wie es nur ein Kind in einer solchen Situation sein konnte.

„Mama wird sich in der Zeit um vieles kümmern", sagte Janina versonnen. „Opa Knut freut sich auf dich. Ich werde dich gleich morgen zum Flughafen fahren." *Und ich werde für drei Tage nach Paris fliegen, dort Isabelle besuchen und endlich einmal ausgiebig shoppen. Auch als Selbstständige darf ich mir eine Auszeit gönnen*, dachte sie lächelnd.

Freitag, 15. Juni 2018

Mathilde wischte sich mit einem Taschentuch den Schweiß von der Stirn. Heute war der erste Tag, nachdem sie überfallen worden war, an dem sie sich wieder in die Wuppertaler Öffentlichkeit wagte. Sie war für zwei Tage nach Rosenthal geflüchtet, hatte mit ihrem Neffen und Lotte ausgiebige Spaziergänge unternommen und versucht, zur Ruhe zu kommen. Herbert und sie hatten beschlossen, die akute Bedrohung zunächst nur Roswitha mitzuteilen. Jasmin und den Kindern wollten sie die Aufregung ersparen.

Heute brauchte Mathilde sich nicht mit der hechelnden Lotte vor den Schaltern in die Schlange einzureihen. Sie hatte im Vorfeld einen Gesprächstermin mit Franziska Hansen und Kurt Müller vereinbart. Schwitzend stieg sie die Stufen im Treppenhaus hoch. Die Luft im Inneren der Salamander-Bank war drückend. Als sie endlich die geöffnete Bürotür von Frau Hansen erreichte, war sie erleichtert.

„Guten Morgen", sagte Mathilde ein wenig außer Atem, als sie ins Zimmer eintrat.

Franziska Hansen saß an ihrem Schreibtisch. Kurt Müller war nicht anwesend. Mathilde warf einen flüchtigen Blick auf ihre Armbanduhr. Sie war zehn Minuten zu früh dran. „Entschuldigen Sie bitte meine zu frühe Ankunft", sagte sie höflich. „Ich war für einige Tage verreist und bin soeben erst zurückgekehrt."

„Deswegen ist das Tier wieder dabei", erwiderte Franziska kühl. Ihre mandelförmigen Augen verengten sich, sodass sie wie zwei schmale Schlitze wirkten. Ihre glatten, schwarzen Haare waren zu einem straffen Zopf gebunden, sie trug einen engen, grauen Hosenanzug. „Guten Tag, Frau Krähenfuß. Setzen Sie sich doch." Sie deutete mit dem rotlackierten Zeigefinger auf einen der zwei Stühle ihr gegenüber. „Herr Müller wird bald mit dem Kaffee erscheinen."

Mathilde war im Stillen froh, Lotte bereits im Wagen Wasser gegeben zu haben. Von Franziska Hansen hatte sie keine Tierliebe zu erwarten. Ohne ihre Besucherin weiter zu beachten, fuhr diese mit der Computerarbeit fort. Zum Glück dauerte es nicht lange, bis Kurt Müller mit einer Kanne Kaffee auftauchte. Er begrüßte Mathilde freundlich.

„Was können wir noch für Sie tun?", fragte er und nahm auf dem Stuhl neben ihr Platz.

Ehe Mathilde antworten konnte, sagte Franziska Hansen: „Fassen Sie sich bitte kurz. Ich bin mitten in der Umstrukturierung der Dienstpläne."

Mathilde sah aus den Augenwinkeln, dass Kurt Müller seine auf dem Schoß liegenden Hände zu Fäusten ballte.

„Sagt Ihnen der Name `Horst Malik´ etwas?", wollte sie wissen.

Franziska Hansen schüttelte den Kopf, stutzte plötzlich und bemerkte: „Sie sehen so anders aus, Frau Krähenfuß. Hatten Sie bei Ihrem letzten Besuch nicht kurze Haare, und waren sie nicht grau?"

Mathilde zuckte zusammen. Sie hatte ganz vergessen, dass sie ihre Karnevalsperücke trug. Die kinnlange, kupferfarbene Perücke wirkte zwar aus einer gewissen Entfernung echt, bei näherer Betrachtung hingegen verpuffte dieser Effekt.

„Mir ist ein Malheur passiert", erklärte sie kurzangebunden. „Bis meine Haare nachgewachsen sind, trage ich meine Zweitfrisur. Was ist nun mit Horst Malik?"

„Sicher kenne ich Herrn Malik", meldete sich Müller. Er schenkte ihnen Kaffee ein und legte eingepackte Karamellplätzchen auf die Untertassen. „Er eröffnete vor zwei Jahren ein Konto bei uns. Für seine Enkelkinder. Außerdem war er mit von Horsten befreundet. Zumindest nehme ich das an, weil Herr Malik ihn in unregelmäßigen Abständen in seinem Büro besuchte. In den letzten Monaten sogar vermehrt."

„Sie nehmen dieses Gespräch nicht etwa auf?", entrüstete sich Franziska Hansen. „Schalten Sie das Gerät augenblicklich ab."

Widerwillig kam Mathilde der Aufforderung nach. Sie ließ das Diktiergerät zurück in ihre Handtasche fallen.

„Haben Sie den Eindruck, dass sich etwas an der Beziehung zwischen den zwei Männern in den letzten Monaten verändert hatte?", hakte Mathilde nach. Sie beobachtete Franziska Hansen dabei verstohlen.

„Dazu kann ich Ihnen nichts sagen", erwiderte Müller bedauernd. „Bei ihren Gesprächen war ich nicht dabei, sie fanden hinter geschlossener Bürotür statt."

„Diese privaten Treffen hätten von Horsten sehr schaden können", bemerkte Franziska Hansen kühl. „Dem Vorstand waren seine vermehrten außergeschäftlichen Aktivitäten in der Bank bereits aufgefallen."

„Woher wissen Sie das?", fragte Kurt Müller irritiert.

Mathilde registrierte den Hauch Röte, der Franziska Hansens Gesicht überzog.

„Das hat Sie nicht zu interessieren, Herr Müller", antwortete sie bissig. „Jedenfalls gönnte sich Herr von Horsten in den letzten Monaten zu viel Entspannung während seiner Arbeitszeit." Sie trank einen Schluck ihres Kaffees und stellte die Tasse energisch auf dem Unterteller ab. „Können wir diese Unterhaltung nun beenden? Ich wüsste nicht, was es weiter zu besprechen gibt. Zumal Sie das eigentlich nichts angeht, Frau Krähenfuß."

„Haben Sie soeben angedeutet, dass Karl von Horstens Position in dieser Bank nicht so gesichert war, wie allgemein angenommen wurde?", fragte Mathilde, indem sie Franziskas abweisendes Verhalten einfach ignorierte.

„Dazu werde ich mich nicht äußern", erwiderte diese,

demonstrativ einen Blick auf die Tür werfend. „Ich wünsche Ihnen noch einen schönen Tag. Herr Müller, ich möchte Sie in einer Stunde hier wiedersehen. Seien Sie bitte pünktlich. Ein Vertreter des Vorstands wird ebenfalls anwesend sein. Sie können jetzt gehen." Sie senkte ihren Kopf und setzte ihre Arbeit fort.

Mathilde legte ein Stück Pansen in den Kofferraum. Weil Martha die Hündin zu sehr verwöhnt hatte, sprang diese nur für eine leckere Belohnung hinein.

„Besitzen Sie ein Konto bei der Salamander-Bank, oder warum sind Sie hier?", hörte sie die ungeliebte Stimme Wolfgang Knopps hinter ihrem Rücken sagen. Unwillig drehte sie sich um.

Sie entschied sich dagegen, den Beamten darüber zu informieren, was Franziska angedeutet hatte. Zu ihrer Erleichterung war ihr Neffe ab Montag wieder im Einsatz.

„Ich parke hier, weil ich in der Zahnarztpraxis neben der Bank einen Prophylaxe-Termin hatte", log sie frech.

Florian Vogel versuchte krampfhaft, sich ein Grinsen zu verkneifen. Sie zwinkerte ihm zu und sagte: „Die Perücke trage ich oft an Karneval."

Der Beamte prustete los, sein bereits von der Sonne gerötetes, sommersprossiges Gesicht lief knallrot an.

„Reißen Sie sich zusammen, Herr Flachs", ermahnte Knopp den Kollegen streng. „Wir haben einen Termin mit Frau Hansen, Frau Krähenfuß. Sie muss uns über die Beziehung aufklären, die die Salamander-Bank mit der Air-Force pflegt."

Mathilde spitzte neugierig die Ohren und warf Florian einen fragenden Blick zu.

„Liam Coleman, der Lebensgefährte Andrea von Horstens, berichtete, es gebe eine Unterstützung seitens dieser Bank. In Bezug auf die Finanzierung von Waffen. Allerdings bestritt er vehement, dass es in dieser Angelegenheit um Drohnen geht", sagte Florian Vogel rasch, den bösen Blick Knopps ignorierend. Dieser klopfte ihm energisch auf den Rücken und verließ kommentarlos den Parkplatz.

Wer auch immer mir diese anonyme E-Mail zukommen ließ, er hält die Polizei ordentlich auf Trab, überlegte Mathilde, während sie die Haustür aufschloss.

„Keine Bewegung, sonst setzt es was", hörte sie ihre Haushälterin laut rufen. Drohend hielt sie einen Eishockey-Schläger in beiden Händen, und die Graupapageien schrien, wie Mathilde sie nie zuvor hatte schreien hören.

„Martha, was machst du hier?", rief Mathilde entsetzt. „Ich habe dich heute gar nicht erwartet."

„Mathilde, bitte entschuldige", antwortete Martha keuchend. Ihr stand der Schweiß auf der Stirn, die goldenen Kreolen an ihren Ohrläppchen wippten, auf dem weiten rosafarbenen Sommerkleid mit blauen Blumen zeigten sich feuchte Flecken. „Wir passen auf dein Haus auf. Nach diesem schrecklichen Überfall konnte ich doch die Papageien nicht ihrem Schicksal überlassen. Du glaubst nicht im Ernst, dass wir dich allein lassen."

Lotte marschierte, aufgeregt mit ihrer Rute wedelnd, zum Küchentisch, stellte sich auf die Hinterbeine und bellte mehrmals hintereinander. Schlagartig verstummte das Geschrei der Papageien.

„Aber das waren nicht Peter und Paul", entfuhr es Mathilde überrascht. Mitten auf dem Küchentisch standen zwei Babyschalen, in denen zwei schokoladenfarbene Neugeborene mit vor Schreck weit aufgerissenen Augen lagen.

„Was meinst du mit `wir´, Martha?", wollte Mathilde kopfschüttelnd wissen. Sie nahm ihre Perücke ab und kratzte sich die Kopfhaut. Bei dieser Hitze war es eine Wohltat, frische Luft am Kopf zu spüren. „Warum läuft die Klimaanlage nicht?"

„Du möchtest doch nicht, dass Fayola und Fanta sich erkälten", erwiderte Martha. Sie beugte sich über die Wiege und tätschelte den Babys liebevoll die Wangen. „Faides ist einkaufen. Sie wird jeden Moment zurück sein. Rafiki kommt nach der Arbeit."

„Was soll das bedeuten, Martha?", fragte Mathilde, ihre Blicke durch die kleine Küche schweifen lassend. Auf der Anrichte stapelten sich Dosen mit Kokosmilch. Daneben lagen mehrere Tüten frischer Erdnüsse, Knoblauchknollen und Chilischoten.

„Faides, Rafiki und ich werden in den nächsten Wochen für deine Sicherheit sorgen, wenn es schon die Polizei nicht macht", erklärte Martha bestimmt. Sie legte den Eishockey-Schläger neben die Babyschalen auf den Küchentisch. „Den habe ich von Abionas Sohn Abeni", verkündete sie stolz. „Er spielt sehr gut Eishockey."

Sprachlos ließ Mathilde sich auf einen Küchenstuhl fallen.

„In deinem Schlafzimmer haben sich meine Nichte und ihr Mann mit den Zwillingen ein kleines Nest eingerichtet", fuhr Martha eifrig fort. Sie nahm Mehl aus dem Schrank und begann, Eier aufzuschlagen und zu trennen. „Wir zwei werden im Wohnzimmer schlafen,

Mathilde. Keine Sorge, ich überlasse dir das Sofa. Eine Luftmatratze genügt mir."

Mathilde bezweifelte dies. Schmunzelnd begutachtete sie die üppigen Kurven ihrer Haushälterin. Seufzend stellte sie sich darauf ein, einige Nächte auf dem Fußboden zu verbringen. Dennoch war sie gerührt. Damit hatte sie nicht gerechnet.

Samstag, 16. Juni 2018

Norbert Franken hatte sich entschieden, sein Motorrad in der Garage zu lassen und mit dem schwarzen Porsche Cayenne zu seinem Kondolenz-Besuch zu fahren. Er strich sich die Locken hinter die Ohren und rückte seine Krawatte zurecht. Es war zehn Uhr am Vormittag, und er hoffte, dass die Frau seines verstorbenen Logenbruders keine Langschläferin war. Tatsächlich wirkte diese zerzaust, als sie überrascht die Eingangstür öffnete.

„Guten Morgen, Frau von Horsten", sagte Franken artig. Er überreichte ihr den riesigen Blumenstrauß, den er von seiner Frau kunstvoll hatte arrangieren lassen. „Verzeihen Sie, dass ich Sie jetzt erst besuche, um Ihnen stellvertretend für unsere Bruderschaft mein aufrichtiges Beileid auszusprechen. Ich wollte Ihnen nach der Beerdigung Zeit lassen, zu sich zu kommen."

„Vielen Dank, Herr...", antwortete Erika von Horsten zögernd. Sie trug einen schlichten Hausanzug, den sie sich in aller Eile übergeworfen hatte. Tatsächlich hatte sie soeben ein Frühstück im Bett zu sich genommen.

„Franken, Norbert Franken", sagte der amtierende Großmeister leicht beleidigt darüber, dass Karl ihn anscheinend seiner Frau gegenüber nicht oft erwähnt hatte.

„Kommen Sie doch rein, Herr Franken", bat ihn Erika höflich. „Darf ich Sie in die erste Etage bitten? Wir können unseren Kaffee bei diesem schönen Wetter auf dem Balkon trinken."

Sie geleitete ihn die Wendeltreppe hoch und führte ihn auf den riesigen, über mehrere Türen erreichbaren Balkon. Franken war vor einigen Jahren bereits einmal in Erikas Abwesenheit hier gewesen. Damals war es ein sehr unangenehmer Besuch für ihn gewesen, und er hatte kein Auge für die Architektur des Anwesens gehabt. Jetzt staunte er über die prächtige Aussicht auf das Gartenlabyrinth.

„Entschuldigen Sie mich einen Augenblick", sagte Erika. „Ihr Besuch kam für mich unerwartet, ich möchte mich ein wenig herrichten."

„Machen Sie sich für mich bitte keine Umstände", erwiderte Franken. „Ich hoffe, ich störe Sie nicht. Ich werde in der Zeit den Ausblick genießen. Darf ich rauchen?"

„Natürlich", antwortete Erika, auf den Aschenbecher auf der Fensterbank deutend.

Wenig später kehrte Erika mit einer Kaffeekanne zurück. Sie war in Begleitung von Simone Ehrenberg, die den Umstand ausgenutzt hatte, dass Andrea die Nacht bei ihrer Schwester in Cronenberg verbracht hatte. Beim gemeinsamen Frühstück hatten die Frauen entschieden, ihre Liebe nicht mehr geheim zu halten. Heute wollte Erika ihren Töchtern von ihrem neuen Glück berichten.

„Norbert?", entfuhr es Simone erstaunt. Verwundert griff sie in ihre Hosentasche und entnahm ihr eine Schachtel Benson & Hedges. „Du bist Großmeister irgendeiner Bruderschaft? Das kann ich mir überhaupt nicht vorstellen."

Franken lachte gutmütig. „Simone, sei gegrüßt."

„Ihr kennt euch? Die Welt ist klein", stellte Erika fest. Mit Simone hatte sie in der Vergangenheit fast gar nicht über Karls Bruderschaft gesprochen. Andere Themen waren ihnen wichtiger gewesen. „Woher kennst du Herrn Franken?" Sie schenkte Kaffee ein und setzte sich zu dem Besucher an den runden Holztisch. Auch Simone nahm Platz, Norbert Franken anstarrend.

„Ach, Erika", antwortete sie seufzend. „Das ist eine lange Geschichte."

„Ich möchte sie hören", forderte die Angesprochene.

„Simone kennt mich seit meiner Geburt", erklärte Franken ruhig. „Sie ist eine gute Freundin meiner Mutter."

„Ich werde dir die Wahrheit erzählen", sagte Simone ruhig. Sie zündete sich eine Zigarette an und inhalierte tief. „Karin war meine Jugendliebe. Seit meinem fünfzehnten Geburtstag waren wir ein Paar. Wir verliebten uns auf meiner Geburtstagsfeier. Diese Liebe dauerte leider nur zwei Jahre. Karin verließ mich für Jochen Franken, Norberts Vater. Trotz dieser für mich traumatischen Erfahrung entwickelte sich eine bis heute andauernde Freundschaft."

Verlegen drückte Franken seine Zigarette aus.

„Tatsächlich gab es eine kurze Zeit, Jochen verstarb vor sieben Jahren überraschend, in der unsere Gefühle neu entflammten. Doch scheinbar war es für Karin nur ein Trost gewesen, nach wenigen Wochen beendete sie unsere Beziehung erneut. Bis ich dich gefunden habe, gab es keine andere Frau mehr in meinem Leben."

„Simone, wie darf ich das verstehen?", erkundigte Franken sich. Seine Augen wanderten zwischen den zwei Frauen hin und her. Er registrierte, dass Simone errötete.

„Wir werden zu unseren Gefühlen stehen, Erika", erwiderte diese bestimmt.

„Es ist wahr, Herr Franken, Simone und ich sind ein Liebespaar", sagte Erika nach kurzem Zögern. Sie musste sich erst an die neue Offenheit gewöhnen. „Denken Sie bitte nicht schlecht über mich. Es gab eine Zeit, da liebten Karl und ich uns sehr. Doch irgendwann schlief die Liebe ein. Er hatte ebenfalls eine Affäre, das musste ich vor wenigen Tagen feststellen. Sogar einen unehelichen Sohn habe er, teilte Hauptkommissar Mucke mir im Rahmen seiner Ermittlungen mit."

„Von einer Geliebten wusste ich nichts", murmelte Norbert Franken. „Aber wir Brüder sind nicht zwingend verpflichtet, monogam zu leben. Wichtiger ist es, treu zu der Bruderschaft zu stehen. Dennoch tut es mir für Sie leid, Frau von Horsten." Er zündete sich eine weitere Zigarette an. „Dir jedoch gönne ich dein Glück von Herzen, Simone. Ich habe mein Leben lang dein Leiden mitbekommen. Mutter und ich sprachen oft über dich. Sie wusste nicht, wie sie dir helfen konnte. Außer deiner Arbeit hattest du nichts. Oft bangte Mutter um dein Leben. Sie fürchtete, dass du dir vor lauter Verzweiflung etwas antun könntest. Manchmal plagte sie das schlechte Gewissen, meiner Meinung nach jedoch unbegründet. Für seine Gefühle kann keiner etwas."

Simone schwieg, und Erika legte ihr liebevoll den Arm um die Schulter.

„Soll ich das Sonnendach ausfahren?", erkundigte sie sich bei Franken, dessen helle Haut sich leicht zu röten begann.

„Nicht nötig", antwortete dieser kopfschüttelnd. „Ich möchte Sie darüber informieren, dass es in der Bruderschaft eine Gedenkfeier geben wird, zu der Damen herzlich eingeladen sind. Hier", er reichte ihr einen Zettel, „ich habe das Datum für Sie notiert. Und sollten Sie seelischen Zuspruch benötigen, Horst Malik ist Ihr persönlicher Ansprechpartner."

„Das ist nett von Ihnen, vielen Dank", erwiderte Erika höflich. „Aber es ist sehr unwahrscheinlich, dass ich eines der Angebote annehmen werde."

Franken genügte es. Er hatte seine Pflicht getan und wurde unruhig. Nach kurzer, belangloser Konversation machte er sich nachdenklich auf den Heimweg.

„Das war knapp", rief Mathilde verärgert aus. „Faides, bitte merke dir, dass die Zimmertür geschlossen sein muss, wenn Peter und Paul frei im Wohnzimmer fliegen." Sie ließ Lotte von der Leine und wies mit der Hand auf das weit aufstehende Küchenfenster. Martha hatte den Stand der Vormittagssonne genutzt, um frische Luft ins Haus zu lassen, bevor es zu heiß dafür sein würde. „Paul wäre fast entwischt. Zum Glück hat Martha schnell reagiert und ihn eingefangen."

„Du sagst, deine Vögel lieben dich", entgegnete die junge Mutter beleidigt. Trotzig nahm sie Schneidebrett und Messer aus der Schublade. „Er wäre schon wieder zurückgekommen."

Mathilde seufzte genervt. Sie hatte keine Lust, Marthas quirliger Nichte einen Vortrag über Graupapageien zu halten. *Peter und Paul werden nur noch Freiflug haben, wenn ich im Haus bin*, dachte sie entschlossen.

„Den restlichen Tag bleiben die Vögel in ihrer Voliere", verkündete sie bestimmt.

„Beruhige dich, meine Liebe", sagte Martha beschwichtigend. „Es ist nichts passiert. Die zwei Vögel sitzen auf ihren Stangen und futtern Erdnüsse."

„Komm, Lotte, wir gehen zu Peter und Paul ins Wohnzimmer." Energisch schritt Mathilde zur Tür. Dort angekommen, warf sie einen Blick über die Schulter. Lotte schien nicht vorzuhaben, ihrer Aufforderung nachzukommen. Sie hatte sich vor dem Küchentisch auf dem Boden zusammengerollt und blickte mit treuen Augen zu den Babyschalen hinauf. Martha und Faides standen Seite an Seite vor der Anrichte und schälten Zwiebeln.

Mathilde tippte ʻLiam Colemanʼ in die Suchmaschine ein. Google lieferte ihr unzählige Treffer, und sie erweiterte ihre Suche mit dem Begriff ʻAir Forceʼ. Rasch wurde sie fündig. Tatsächlich arbeitete Andrea von Horstens Lebensgefährte als Berater für die Air Force, doch sein Profil erschien ihr unauffällig. Nichts deutete auf einen Zusammenhang mit dem Mord an Karl von Horsten hin.

Der Signalton des BlackBerrys riss sie aus ihren Überlegungen. Das Display teilte ihr mit, dass der Anruf von einem Festnetzanschluss aus Rosenthal kam.

„Krähenfuß", meldete sie sich neugierig.

„Guten Tag, Frau Krähenfuß, hier spricht Carola Rott", hörte sie eine leise Frauenstimme sagen.

„Frau Rott", rief sie überrascht aus. „Was kann ich für Sie tun?"

„Ich möchte Sie bitten, mein unfreundliches Verhalten bei unserem Treffen zu entschuldigen", begann Carola vorsichtig. „Sie müssen verstehen, dass ich mich sehr um meine Schwester sorge. Ich habe Angst, dass Sie ihre Beziehung mit dem Ermordeten öffentlich machen und ihrem Ansehen schaden werden."

„Im Augenblick denke ich nicht daran, irgendetwas zu veröffentlichen", antwortete Mathilde ehrlich. „Dennoch kann ich nicht mit Gewissheit voraussagen, wie sich die Dinge entwickeln werden."

„Weil Kalle ermordet wurde, bin auch ich erschüttert", fuhr Carola heiser fort. „Auch wenn ich es ihm sehr verübele, dass er Janina ein uneheliches Kind angedreht und sie ausgenutzt hat. Dieser Hauptkommissar Mucke besuchte mich gestern. Er stellte schrecklich viele unangenehme Fragen. Ich wusste gar nicht, dass der Sohn unserer Frau Mucke die Ermittlungen leitet."

Mathilde musste schmunzeln. Das war typisch Herbert. Er hatte die Gunst der Stunde genutzt und seinen Aufenthalt auf dem Land mit einen Einsatz vor Ort verknüpft. *Ob Jasmin davon weiß?*, fragte sie sich, während sie das Worddokument ʼDrohnenopferʼ öffnete.

„Was wollte er von Ihnen wissen", fragte sie nach.

In diesem Augenblick öffnete sich schwungvoll die Wohnzimmertür, und Martha betrat geräuschvoll den Raum.

„Der Zwiebelkuchen ist bereits im Ofen", verkündete sie fröhlich, mit dem Duschkäfig in der Hand dynamisch auf die Voliere zuschreitend.

„Entschuldigen Sie mich bitte einen Augenblick, Frau Rott", sagte Mathilde. Sie entnahm der Schreibtischschublade einen Notizblock und einen Stift. „Ich werde Sie in wenigen Minuten zurückrufen. Würden Sie mir bitte Ihre Telefonnummer mitteilen?" Sie bedankte sich und unterbrach das Telefonat.

„Mathilde", sagte Martha ungewohnt ernst. Sie stand ihr zugewandt mit dem Rücken zur Vogelvoliere. „Du musst mir heute Abend endlich alles erzählen. Keine noch so unbedeutende Kleinigkeit darfst du auslassen. Versprochen? Ich mache mir mächtig Sorgen um deine Sicherheit."

„Versprochen", erwiderte Mathilde und lächelte die dunkelhäutige Frau liebevoll an. „Beim Abendspaziergang unter vier Augen. Faides und Rafiki müssen nicht alles mitbekommen."

„Ich werde meinen Schläger mitnehmen", kündigte Martha an, bevor sie Peter und Paul mit Bananenstücken in den kleinen Duschkäfig lockte.

Eilig verließ Mathilde den Raum, um der zu erwartenden Geräuschkulisse zu entkommen. Sie hastete die Stufen hoch ins Schlafzimmer. Seitdem Faides mit ihrer Familie dort übernachtete, war sie nicht mehr oben gewesen. Dort angekommen, blieb sie wie angewurzelt stehen. Kurz schloss sie die Augen, atmete tief durch und öffnete die Lider wieder. Ihr Bett, das den größten Teil des Schlafzimmers ausmachte, war nicht mehr zu sehen. Eine bodenlange, ockerfarbene Decke mit einem

Zebramotiv bedeckte es vollständig. Am Fußende zum Fenster hin standen zwei Reisekinderbettchen, vier etwa ein Meter große Giraffen aus Holz schmückten die Zimmerecken. Ein Wandteppich im Mandala-Design verdeckte die dem Fenster gegenüberliegende Wand. Den restlichen Platz des Schlafzimmers nahmen offene braune Koffer ein, in denen unzählige bunte Kleider, Nuckelflaschen, Windeln und einige Herrenhemden auf ihren Gebrauch warteten. Sie bahnte sich einen Weg an den Koffern vorbei und ließ sich auf das Bett fallen. Ein paar Mal atmete sie tief durch, dann rief sie Carola Rott zurück.

„Also", sagte sie neugierig, „was wollte mein Neffe von Ihnen wissen?"

„Ihr Neffe?", stellte Carola Rott erstaunt die Gegenfrage.

„Roswitha Mucke ist meine Schwester", informierte Mathilde ihre Gesprächspartnerin.

Eine Weile blieb es am anderen Ende der Telefonleitung still. Schließlich sagte Carola: „Eigentlich wollte er mit Janina sprechen, doch sie ist übers Wochenende nach Paris zu einer Freundin gereist. Dort lenkt sie sich mit Shoppen ab. Etwas Abstand hat sie bitter nötig. Der Junge ist im Übrigen bei unserem Vater auf Mallorca. Seit dem Tod unserer Mutter lebt er dort. Jedenfalls fand Herr Mucke in Rosenthal schnell heraus, dass es mich gibt und wie man mich erreichen kann. So kam es zu unserem Treffen. Er fragte, ob Janina und ich von der Versicherungspolice gewusst hätten, welcher Erwerbstätigkeit ich nachgehe, ob wir wussten, dass Kalle Mitglied in dieser merkwürdigen Bruderschaft gewesen sei und vieles mehr. Ich kam mir vor wie eine Schwerverbrecherin im Kreuzverhör." Carola Rott seufzte, brach ab und schien etwas zu trinken.

„Und, wussten Sie von der Police?", fragte Mathilde nach.

Carola Rott zögerte einen Moment.

„Ich nicht, nein", antwortete sie. „Und Janina erwähnte mir gegenüber nie etwas davon."

„Waren Sie über diese großzügige Geste Karl von Horstens überrascht?", hakte Mathilde nach. Sie achtete auf jedes Geräusch, jede Gesprächspause, jede Reaktion der Frau in Rosenthal.

„Worauf wollen Sie hinaus?", fragte Carola verärgert. „Er zeigte sich meiner Schwester gegenüber immer spendabel, das war seine einzige gute Charaktereigenschaft. Ich konnte mir denken, dass nach seinem Tod etwas für Janina herausspringen würde."

Eifrig machte sich Mathilde Notizen.

„Können Sie mir etwas über Ihren Beruf erzählen?", wollte sie wissen. Unwillkürlich nahm sie ihre Perücke ab.

„Das ist kompliziert zu erklären", antwortete Carola. „Sagt Ihnen die Firma Viessmann etwas?"

„Sicher", entgegnete Mathilde nickend.

„Ich bin dort Cheftechnikerin. Wir entwickeln ständig neue Technologien", erzählte sie. Mathilde bemerkte den Stolz, der in ihrer Stimme mitschwang. „Viel mehr darf ich Ihnen dazu nicht sagen. Sie werden verstehen, Betriebsgeheimnis."

Mich würde schon interessieren, an welchen Entwicklungen Carola Rott mitarbeitet, dachte Mathilde. Ihr Stift flog über den Notizblock.

„Frau Krähenfuß", sagte Carola Rott eindringlich, „Sie glauben doch nicht, dass meine Schwester etwas mit dem Mord an Kalle zu tun hat?"

„Sollte ich?", fragte Mathilde zurück.

„Sie macht sich nichts aus Geld", erwiderte Carola schnell.

„Frau Rott", sagte Mathilde ernst. „Lassen wir die Polizei die Ermittlungen fortsetzen. Ich bin mir sicher, bereits in wenigen Tagen werden wir mehr wissen. Ich möchte Sie dennoch bitten, Ihrer Schwester zu raten, nicht für längere Zeit zu verreisen. Gewiss wird die Polizei das Gespräch mit ihr suchen."

„Ich werde Janina informieren", bestätigte Carola Rott. „Vielen Dank für das Gespräch. Auf Wiederhören, Frau Krähenfuß."

Carola legte den Hörer auf. Sie war unruhig und beschloss, trotzdem es Samstag war, nach Allendorf zu fahren. Das Gespräch mit dem Kriminalhauptkommissar beschäftigte sie immer noch. Es würde nicht schaden, im Labor nachzusehen, ob sie vielleicht wegen ihrer Aufgeregtheit in den letzten Tagen einen Fehler übersehen hatte. Sie konnte nicht riskieren, dass sie wegen dieser unleidlichen Angelegenheit Schaden nahm.

Sonntag, 17. Juni 2018

„Schrecklich", murmelte Mathilde. Verstohlen sah sie sich um. Als sie glaubte, sicher sein zu können, dass ihr niemand Aufmerksamkeit schenkte, nahm sie Sonnen-

hut und Perücke ab und kratzte sich ausgiebig die Kopfhaut.

Horst Malik war unpünktlich. Sie hatten verabredet,
sich zur Mittagszeit im Wuppertaler Zoo beim Freigehege der Elefanten zu treffen. Mathilde wartete bereits
fünfzehn Minuten und befürchtete, der Logenbruder
würde nicht mehr erscheinen. Ungeduldig trat sie von
einem Fuß auf den anderen. Geduld war keine ihrer
Stärken.

„Frau Krähenfuß?", hörte sie endlich eine tiefe Männerstimme hinter ihrem Rücken sagen.

Sie drehte sich neugierig um und blickte einem schlanken Mann um die sechzig direkt in die grauen Augen.
In Windeseile scannte Mathilde ihn von oben bis unten.
Er trug schwarze Bermudashorts und ein kurzärmliges,
weißes Shirt. Seine muskulösen Arme und Beine waren braungebrannt und glatt rasiert. Die dunkelbraunen Haare wurden von keiner einzigen weißen Strähne
durchzogen. Gewiss waren sie gefärbt. „Horst Malik",
stellte er sich vor und reichte ihr die Hand. Sein Händedruck war angenehm kräftig. „Es war eine schöne Idee
von Ihnen, sich an diesem traumhaften Sommertag im
Zoo zu treffen. Wollen wir ein wenig spazieren gehen?"

„Gerne", antwortete Mathilde. Vor dem Freigehege
der Elefanten sammelten sich die Menschen. Es gab
Nachwuchs zu bewundern, und die Tierpfleger ließen
die großen und kleinen Dickhäuter kleine Kunststücke
vorführen.

Gemächlich gingen sie an den Affen vorbei. Ein di-
cker Gorilla richtete sich zu seiner vollen Größe auf und
klopfte sich kräftig gegen die silbern glänzende Brust.

„Dieser Silberrücken ist ebenso von sich überzeugt, wie es mein guter Bruder Norbert ist. Unser verehrter neuer Großmeister", erklärte Horst Malik grinsend und mit unverhohlener Ironie in der Stimme.

„Ich denke, Brüder reden nicht über Brüder", stellte Mathilde mit hochgezogenen Augenbrauen fest.

Malik lachte gutmütig. „Ich denke nicht, dass ich damit ein Geheimnis preisgegeben habe. Norbert berichtete mir von Ihrem Gespräch mit ihm. Ich bin mir sicher, Sie durften feststellen, dass er zur Selbstgefälligkeit neigt."

Kommentarlos marschierte Mathilde weiter. Sie schlug den Weg zu den Eisbären ein.

„Erzählen Sie mir bitte etwas über die Firma ʿLuxorʿ", bat sie ihren Weggefährten. Dabei beobachtete sie ihn aus den Augenwinkeln heraus scharf. Wie erwartet, zuckte er bei der Erwähnung dieses Namens zusammen.

„Es tut mir leid, darüber darf ich Ihnen keine Auskunft geben, Betriebsgeheimnis, Sie müssen verstehen", wiegelte er ab.

In der letzten Zeit treffe ich auf etliche Betriebsgeheimnisse, dachte Mathilde im Stillen.

„Sie müssen mir nichts verraten, aber der Kriminalpolizei gegenüber werden Sie sich äußern müssen", sagte Mathilde sachlich. „Bruderliebe scheint zwischen Ihnen und Herrn Franken jedenfalls nicht zu bestehen", griff Mathilde Maliks anfängliche Bemerkung wieder auf.

„So etwas kommt vor", sagte Horst Malik nur.

Sie gingen ein paar Stufen runter und betraten das Innere der Pinguinstation. Große und kleine Pinguine watschelten hinter den Scheiben hin und her, einige tauchten im Wasser. Ihr Spiel war schön anzusehen.

„Dass ein Anwärter auf die Großmeisterschaft von einer ferngesteuerten Drohne erschossen wird, kommt aber nicht oft vor", stellte Mathilde fest. „Verlässliche Quellen berichteten mir, dass Sie nach Karl von Horstens überraschendem Tod davon ausgegangen sind, etliche seiner Stimmen einzukassieren."

Rasch drehte Malik sich zur Seite und betrachtete interessiert die Vögel.

„Ja, es stimmt, das hoffte ich", gab er nach kurzem Zögern zu. „Leider ist mein Wunsch nicht in Erfüllung gegangen."

„Mir wurde außerdem zugetragen, dass Sie den Ermordeten häufig an seinem Arbeitsplatz unter vier Augen trafen", fühlte sie Malik weiter auf den Zahn.

„Woher wissen Sie das alles, und was geht…", setzte dieser an.

„Was mich das angeht?", wurde er von Mathilde unterbrochen. „Zum einen war von Horsten ein weitläufiger Bekannter von mir und ich Augenzeugin bei dem Mord, zum anderen bin ich als freie Mitarbeiterin bei der Gazette natürlich journalistisch an dieser Geschichte interessiert."

„Sie veröffentlichen doch gar nichts mehr über den Fall", bemerkte Malik daraufhin. „Das ist mir aufgefallen."

Mathilde warf einen erneuten Blick auf die durchtrainierten Arme ihres Gesprächspartners und versuchte sich an die Stimme ihres maskierten Angreifers zu erinnern. *Nein*, dachte sie kopfschüttelnd. *Die Stimme des Anführers klang anders, mehr nasal.*

„Wie war Ihr Verhältnis zu dem Verstorbenen?", hakte sie nach. Sie verließen den Tunnel, und gleißendes Sonnenlicht empfing sie. Kinder mit Eiswaffeln, Mütter und Väter, die Kinderwagen schoben, und Hand in Hand gehende Paare bevölkerten das Zoogelände.

„Gut", sagte Malik knapp. „Wir waren auf einer Wellenlänge. Von Norbert und mir kann ich das nicht behaupten."

„Was für einen Zweck hat Ihre Bruderschaft?", fragte Mathilde. Sie schwitzte unter ihrer Perücke, Schweiß lief ihr über die Stirn. Sie unterdrückte das Bedürfnis, sich am Kopf zu kratzen.

„Sehen Sie sich die Seelöwen an", begann Malik. Er lehnte sich an die Brüstung und blickte ins Wasser. Mathilde erinnerte sich daran, was ihr Neffe von seinem Besuch in der Logen-Residenz erzählt hatte. Als sie an die zerpflückten Maiskolben dachte, sagte sie: „Erzählen Sie mir bitte jetzt keine Fabeln, sondern Fakten."

Krähenfuß passt zu der alten Zecke, dachte Malik verärgert. *Rothaarig wie eine Hexe ist sie.*

„Wir widmen uns der Vervollkommnung unserer Geister", fuhr er fort.

„Und was hat das mit der FDP zu tun?", fragte Mathilde, keinen Blick an die Seelöwen verschwendend.

„FDP?", fragte Malik erstaunt. Er nahm sein Smartphone aus der Hosentasche und machte Fotos von den eleganten Tieren im Wasser.

„Barbara von Horsten berichtete mir von einer Unterhaltung, die Sie mit Herrn von Horsten führten. Sie schnappte folgende Bemerkung auf: ‚Die FDP ist erst der Anfang.'"

„Ich habe keine Ahnung, was Karls Tochter glaubt gehört zu haben", erwiderte er. Schweißflecken bildeten sich unter seinen Achseln. Mathilde merkte genau, dass ihm die Situation zunehmend unangenehmer wurde.

„Fiel Ihnen etwa nicht auf, dass von Horsten in seinen letzten Monaten auffälliges Interesse an den verschiedensten Parteien zeigte?", bohrte sie weiter.

„Jetzt wo Sie es sagen", konzedierte Malik. Er griff sich an die Stirn, als sei ihm soeben eine Erleuchtung gekommen. „Die Bundestagswahl!" Er wandte sich weg von den Seelöwen und ging weiter zu den Eisbären. Mathilde nutzte die kurze Zeit, die sie hinter ihm herging, um sich kräftig zu kratzen. Beschämt registrierte sie, dass eine Mutter ihre kleine Tochter missbilligend von ihr wegzog. Verlegen lief sie rot an.

„Was war mit der Bundestagswahl?", wollte sie wissen, als sie neben Malik vor den Eisbären zum Stehen kam.

„Karl wählte sein Leben lang die CDU, so auch bei dieser Wahl", sagte er wohlüberlegt. „Als die FDP eine Jamaika-Koalition verhindert hatte, war er sehr erbost. Er befürchtete Neuwahlen, daher kam sein Interesse an anderen Parteien." Er knackte mit den Fingergelenken. „Das wird erklären, warum seine Tochter uns über die FDP reden hörte."

„Aha", erwiderte Mathilde lediglich. Sie blickte ihm fest in die Augen. Er hielt ihrem Blick nicht stand und machte wieder Fotos mit seinem Smartphone. „Wie war Ihr Aufenthalt in Ägypten?"

„Warum sollte ich nicht spontan verreisen? Ich bin Rentner…", sagte er. „Ich wollte Abstand gewinnen von der Großmeisterwahl und von Karls Tod."

„Dafür müssen Sie sich nicht rechtfertigen", entgegnete Mathilde. „Ich habe lediglich wegen des Klimas gefragt.

Zu dieser Jahreszeit würde ich wegen der extremen Hitze nicht dorthin in den Urlaub fliegen."

Gemächlich gingen sie in Richtung des Zoo-Ausgangs. Als sie ihn erreichten, verdeckten Wolken die Sonne. Erleichtert nahm Mathilde ihren Hut ab.

„Kann ich noch etwas für Sie tun?", erkundigte sich Malik höflich.

Mathilde schüttelte den Kopf. Sie verabschiedeten sich und verließen das Zoogelände.

Fast gleichzeitig griffen sie in den an entfernten Plätzen abgestellten Wagen nach ihren Smartphones. Mathilde wählte die Nummer ihres Neffen und Malik die von Norbert Franken.

„Was gibt's, Mathilde?", fragte Herbert, der, trotzdem es Sonntag war, glücklich wieder in seinem Büro saß. Er hatte recht schnell gemerkt, dass die von seinem Vertreter verfolgte Spur nach Amerika eine Finte gewesen war. Jetzt wollte er unverzüglich dem Hinweis seiner Tante nachgehen und die Firma `Luxor´ in Augenschein nehmen.

„Wenn ich dir einen Tipp geben darf", antwortete Mathilde schnell. „Lass dir eine Liste von sämtlichen Mitgliedern der Freiwerker geben. Lass dich nicht abwiegeln. Mach es sofort. Warte nicht bis Montag. Malik ist durch meine Fragerei gewarnt, fürchte ich. Überprüfe, wer von den Brüdern einer Partei angehört. So harmlos, wie diese Bruderschaft zu sein vorgibt, ist sie mit Sicherheit nicht." Eilig gab sie das Gespräch mit Malik wieder.

„Was verschafft mir die Ehre deines Anrufs, Bruder Horst", erkundigte sich Norbert Franken mit zuckersüßer Stimme.

„Du weißt, dass ich dich für größenwahnsinnig halte", sagte Malik, trotz des Telefonates seinen Wagen startend. „Ich hätte uns alle von dieser unsinnigen Idee der Infiltration unserer Parteienlandschaft befreit. Besitzen wir nicht genug Macht, genug Vergünstigungen durch unsere Bruderschaft?"

„Du stiehlst meine Zeit", bemerkte Franken genervt. „Halt mir keinen Vortrag. Ich treffe hier die Entscheidungen.

Horst glühte vor Zorn.

„Nicht wegen dir, sondern ausschließlich der Bruderschaft wegen und aus Achtung vor deinem Vorgänger werde ich dich warnen", sagte er mit gepresster Stimme. „Diese Krähenfuß hat mich gerade ausgequetscht wie eine Zitrone. Vor allen Dingen war sie an Karls politischer Meinung interessiert. Dieser Mucke ist ihr Neffe, du kannst sicher sein, was die Hexe weiß, ist auch ihm bekannt. Sieh dich vor. Lass Mitglieder übergangsweise aus der Bruderschaft austreten, mach irgendwas, damit kein Verdacht aufkommt. Beeile dich. Reduziere unsere Mitglieder um mehr als die Hälfte, vernichte sämtliche Spuren."

„Mein geschätzter Freund", sagte Franken trocken. „Du bist dir sicher, dass du dir nicht vor Angst in die Hose machst? Du bist doch in jeder Hinsicht mit dran, wenn unsere Taktik nicht aufgeht. Du als ehemaliger Anwärter auf die Großmeisterschaft und als ehemaliger Chef bei einer militärischen Forschungsinstitution."

Horst Malik schluckte verbittert. Er konnte es sich bis heute nicht verzeihen, sich vor Jahren bei einem Streitgespräch mit Franken verplappert zu haben. Franken hatte ihn damals mit seiner Arroganz zur Weißglut getrieben. Er hatte diesem eingebildeten Softwarefreak, diesem kleinen Licht zeigen wollen, welch bedeutende Position er im Gegensatz zu ihm hatte.

„Findest du es nicht merkwürdig, dass Karl mittels einer Drohne ermordet wurde, die aus deinem ehemaligen Einsatzort stammt?", fragte Norbert Franken süffisant. Horst hörte das Klicken seines Feuerzeuges.

„Wer im Glashaus sitzt, sollte nicht mit Steinen werfen", konterte er. „Mist", rief er plötzlich aus. Er schmiss sein Smartphone auf den Beifahrersitz. Im Rückspiegel hatte er direkt hinter sich einen Streifenwagen entdeckt. Glücklicherweise war sein Telefonat beim Fahren unbemerkt geblieben. Er fuhr an den Straßenrand und hielt an. „Ich bin im Auto, und die Polizei war in Sicht", erklärte er die Unterbrechung, doch er hörte nur noch das Freizeichen. Franken hatte die Verbindung unterbrochen.

Montag, 18. Juni 2018

Paul Jansens Hände zitterten so stark, dass er kaum sein Smartphone halten konnte. Er hatte diesen Anruf herausgezögert, versucht, das Geschehene zu verdrängen. Doch mittlerweile konnte er nachts nicht mehr schlafen, Alpträume plagten ihn.

„Ja?", hörte er die Stimme am anderen Ende der Leitung sagen.

„Guten Tag", flüsterte er. „Geben Sie mir jetzt die Bilder wieder?"

„Mir gefallen die Aufnahmen so gut, ich werde sie noch eine Weile behalten", sagte die Stimme am anderen Ende weiter. Wie immer war sie verzerrt, er konnte nicht einmal erkennen, ob er mit einem Mann oder einer Frau sprach. „Am schönsten finde ich die von Ihnen in Dessous. Sie haben einen guten Geschmack."

Jansen hörte ein hämisches Lachen.

„Warum quälen Sie mich? Sie haben doch von mir bekommen, was Sie wollten", erwiderte er heiser. „Was möchten Sie noch? Ist es Geld?"

„Vorläufig rate ich Ihnen nur, alles zu vergessen, was Sie mir zur Verfügung gestellt haben", antwortete die Stimme. Er hörte ein Geräusch, das wie das Klicken eines Feuerzeuges klang.

„Was haben Sie getan?", wisperte Paul Jansen, obwohl er die Antwort bereits kannte. „Ich hätte nicht damit gerechnet, dass Sie einen Mord begehen würden."

„Sonst hätten Sie mir die Identifikationskarte und den Code nicht gegeben?", wollte die Stimme wissen. Er hörte die Person erneut lachen. „Ich denke schon, Sie hätten. Obwohl die Vorstellung, Ihre Frau und Herr Piroget wären in den Genuss der Betrachtung Ihrer Bilder gekommen, doch ganz unterhaltsam ist."

„Wer sind Sie? Wie sind Sie an meine Bilder gekommen? Ich habe Sie immer in meiner Tasche, außer die paar, die …", fragte Jansen ängstlich.

„Glauben Sie mir, es ist besser für Sie, die Antworten auf Ihre Fragen nicht zu wissen. Vielleicht sollten Sie in Zukunft vorsichtiger mit dem Hochladen pikanter

Bilder auf den einschlägigen Seiten sein. Sie haben es mir leicht gemacht, ich konnte Ihre Pseudonyme schnell herausfinden", erwiderte die Stimme. Das Freizeichen ertönte. Der Mörder hatte aufgelegt.

Er zögerte lange, bis er die Ausgabe der Ronsdorfer Gazette von vor zehn Tagen erneut aufschlug. Er dachte an seine Frau, was sie von ihm halten würde, wenn sie sein Geheimnis erfahren würde. Er schlug das Impressum auf und wählte die Nummer der Redaktion.

„Dieter Kraft, Ronsdorfer Gazette, was kann ich für Sie tun?", meldete sich kurz darauf eine Männerstimme.

„Ich würde gerne mit Mathilde Krähenfuß sprechen", sagte er, ohne seinen Namen zu nennen.

„Frau Krähenfuß ist eine freie Mitarbeiterin und nicht im Haus", wurde er informiert. „Ich gebe Ihnen gerne ihre Mobilfunknummer. Haben Sie etwas zum Schreiben?"

„Ja", hauchte Jansen. Er notierte sich die Nummer auf der Rückseite eines alten Einkaufszettels und steckte ihn weg. Der spontane Mut, bei der Gazette anzurufen, war verschwunden. Schamgefühle hielten ihn davon ab, sich Mathilde Krähenfuß anzuvertrauen.

Carola Rott hielt das Smartphone in den Händen und lächelte zufrieden. Sie nahm einen letzten Zug von ihrer Zigarette und drückte sie aus. In Janinas Wohnung durfte sie nicht rauchen. Sie war froh, dass ihre Schwester aus Paris zurückgekehrt war. Carola hatte ihr die Heimreise angeraten und sie über das Telefonat mit Mathilde Krähenfuß informiert. Heute wollte Janina ihr ihre Neuerwerbung zeigen. Sie steckte das Smartphone und die Zigarettenschachtel in die Taschen ihrer Shorts und betätigte die Türschelle. Schnell ging sie die Treppenstufen hoch und geriet dabei mächtig ins Schwitzen. Janina wohnte im Dachgeschoss.

„Das ist aber hübsch", entfuhr es ihr beim Anblick ihrer in der Tür stehenden Schwester entzückt.

Stolz drehte sich diese einmal um ihre Achse. Sie trug einen figurbetonten, rosafarbenen Kurzoverall.

„Das darf nicht wahr sein", sagte Carola weiter. Sie deutete mit der Hand auf den Gürtel, dessen Schlaufe ein unverwechselbares Logo abbildete. „Gucci."

„Jawohl", erwiderte Janina lächelnd. Etwas Farbe war in ihr Gesicht zurückgekehrt, das dezente Make-up hatte sie passend zum Outfit gewählt. Ihre Haare waren zum lockeren Pferdeschwanz gebunden. „Komm erstmal rein. Ich habe auf dem Balkon gedeckt."

Carola folgte ihr durch die mädchenhaft eingerichtete Wohnung, die unverkennbar zeigte, dass Janina Pastellfarben bevorzugte. An den Wänden hingen Bilder vom Louvre, vom Eiffelturm und Porträts von ihr selbst und von Karlo.

„Wo sind die Bilder von Kalle?", erkundigte sich Carola verwundert.

„Eins hängt an der Kinderzimmerwand, eins liegt in der Nachttischschublade", antwortete Janina. „Ich darf der Vergangenheit nicht weiter nachtrauern. Deine Worte haben mich nachdenklich gestimmt. Schon Karlo zuliebe muss ich das Beste aus der Situation machen."

Die Nachmittagssonne tauchte den Balkon in gleißendes Licht. Jedoch spendete eine ausgefahrene Markise den zwei Frauen Schatten. Frische Erdbeeren standen neben einer Flasche Champagner auf dem Tisch.

„Was hat der Spaß gekostet, Schatz?", wollte Carola wissen. Wohlig streckte sie die Beine aus, sodass ihre bloßen Füße von der Sonne gewärmt wurden.

„Das möchtest du nicht wissen", entgegnete Janina grinsend. Sie ließ den Korken knallen und füllte die Champagnergläser. „Den habe ich aus Paris mitgebracht. Genieße ihn."

„Prost", erwiderte Carola, mit der Schwester anstoßend. „Wie teuer war der Overall, Janina?"

„2.500 Euro", antwortete die Gefragte, heftig mit den Lidern klimpernd.

„Du bist verrückt", sagte Carola kopfschüttelnd.

„Wieso?", entgegnete Janina gelassen. „Darf ich dich an deine eigenen Worte erinnern? Du hast selbst gesagt, dass ich mir etwas Gutes tun soll. Schon vergessen?"

Carola nahm einen großen Schluck Champagner.

„Etwas bescheidener hättest du schon einkaufen dürfen", erwiderte sie, sich mit dem Zeigefinger an die Stirn klopfend. „Das Geld soll schließlich etwas reichen."

„250.000 Euro reichen für eine Weile", beruhigte Janina die Schwester. „Was anderes...", sie griff sich eine Erdbeere, tunkte sie in das perlende Getränk und biss schließlich genussvoll hinein. „Was genau wollte dieser Mucke von dir?"

„Er stellte mir viele unangenehme Fragen", gab Carola Auskunft. „Was ganz wichtig ist, mein Herz, ich habe ihm erzählt, dass wir nichts von der Versicherungspolice wussten."

„Warum? Wir haben doch nichts zu verbergen", entgegnete Janina verständnislos. „Du glaubst doch nicht, dass ich unter Verdacht stehe?"

Eifrig schüttelte Carola den Kopf.

„Nein, nein, natürlich nicht", sagte sie beschwichtigend. „Aber wir wollen uns doch unnötigen Stress ersparen. Ich jedenfalls habe keine Lust auf überflüssige Nachfragen von der Kriminalpolizei."

„Aber die ERICO-Versicherung kennt mich", erwiderte Janina.

„Wie, die Versicherung kennt dich?", fragte Carola nach. Mit einem weiteren Schluck trank sie ihr Glas aus.

„Kalle nahm mich einmal mit nach Wuppertal, weil ich etwas unterschreiben musste", erklärte Janina beiläufig. „Ist doch nicht schlimm, Carola. Das zeigt doch nur, dass Kalle ein guter Mensch war."

Schlagartig kippte die gute Stimmung. Der Schatten war auf Janinas Gesicht zurückgekehrt, und ihre Augen wurden feucht.

„Natürlich ist das schlimm", ärgerte sich Carola. „Das steht im Widerspruch zu meiner Aussage. Wollen wir hoffen, dass sie das nicht überprüfen."

„Wenn ich dich richtig verstanden habe, hast du dem Kommissar lediglich berichtet, dass du nichts von der Police wusstest und ich deiner Meinung nach auch nicht. Dann hast du dich eben geirrt. Irren ist menschlich."

Schweigend schenkte Carola sich nach.

Fluchend riss sich Norbert Franken den Motorradhelm vom Kopf. Achtlos befestigte er ihn am Lenker und ging mit großen Schritten auf die weit offenstehende Tür zu.

Die Parkplätze direkt vor der Logen-Residenz wurden von mehreren Polizeiwagen und einem Privatwagen mit Blaulicht auf dem Dach blockiert.

„Holger, was ist hier los?", rief er dem aufgeregt gestikulierendem Hüter der Pforte zu.

„Norbert, die Kriminalpolizei ist hier", antwortete dieser mit bebender Stimme.

„Das sehe ich", erwiderte Franken unwirsch, reichte seinem Bruder die Motorradjacke und betrat das Anwesen. „Wo sind die Beamten?"

Eigentlich war ihm die Antwort klar. Horst Malik hatte sich zu Recht um die Logensicherheit gesorgt. Franken hatte die Angelegenheit nicht dringlich genug eingestuft. Heute bereute er, dass er nicht bereits gestern die Daten im Computer geändert hatte. Jetzt musste er improvisieren.

„In deinem Büro, Großmeister", antwortete Holger Simon schwitzend. Er hatte schreckliche Angst, mit in die Sache hineingezogen zu werden. In Gedanken verfluchte er den Ausgang der Großmeisterwahl.

„Lass das mit dem Großmeister", sagte Franken wütend. „Ruf Rolf an. Sag ihm, er soll die Akte P vernichten. Er wird wissen, was zu tun ist. Und mach schnell."

„Wird augenblicklich erledigt", entgegnete Holger hastig. Er griff zum Telefon neben dem Eingang und wählte.

Franken ignorierte die Polizeibeamten, die ohne Scham im Ritualraum herumwuselten und alles mit ihrer Neugierde besudelten. Er würde ein Ritual vollziehen müssen, um die heiligen Gegenstände wieder zu reinigen. Mit geballten Fäusten trat er in sein Büro. Er sah einen langhaarigen Mann in zivil vor seinem Computer sitzen. Hinter ihm stand der Kriminalhauptkommissar.

Behalte die Nerven, Norbert, redete er sich in Gedanken gut zu. *Sie werden mein Passwort nicht knacken können, dafür bin ich zu gut. Außerdem wird Rolf die Dateien in wenigen Augenblicken gelöscht haben."*

„Was soll das hier?", fragte er böse in den Raum.

„Ah, der werte Herr Großmeister", antwortete Herbert ironisch. „Das sollte ich besser Sie fragen."

Norbert trat näher an den Bildschirm heran. Was er sah, ließ ihn den Atem stocken. Der junge Mann am Computer hatte es tatsächlich geschafft, Einblick in seine gespeicherten Dokumente zu bekommen. Er musste Zeit schinden.

„Ich verstehe Sie nicht", sagte er scheinheilig. „Sie müssen schon deutlicher werden."

„Bei unserem letzten Gespräch belehrten Sie mich darüber, dass die Bruderschaft überparteiisch sei. Sie sagten zudem, es würde niemanden interessieren, welche politische Gesinnung die Brüder hätten. Wie erklären Sie es sich, dass hier, nach Parteien sortiert, aufgelistet ist, wie viele der Brüder Mitglieder in den verschiedensten Parteien sind?"

Norbert war nicht religiös, doch in diesem Moment betete er zu Gott, dass der IT-Spezialist an seinem Computer die Akte 'FDP' noch nicht entdeckt hatte. Er blickte auf die Wanduhr. Mit etwas Glück würde Rolf schnell genug sein.

„Ich wüsste nicht, was das mit dem Mord an Karl zu tun haben sollte", konterte er frech. „Sie sind doch in der Mordkommission. Was geht Sie es eigentlich an, in welchen Parteien unsere Brüder Mitglied sind?"

„Inwiefern diese Angelegenheit mit dem Mord an Karl von Horsten zu tun hat, kann ich in diesem Augenblick noch nicht sagen", erwiderte Herbert gelassen. „Aber ich schließe nicht aus, dass es einen Zusammenhang mit Ihrer Parteieninvasion gibt."

„Parteieninvasion? Was reden Sie für einen Blödsinn?", fragte Franken und studierte genau, welche Dateien am unteren Bildschirmrand als geöffnet zu sehen waren.

„70 % Ihrer Brüder sind seit einiger Zeit Mitglieder in den unterschiedlichsten Parteien, wobei die Anzahl der beigetretenen Brüder abhängig von der Größe der jeweiligen Partei ist", antwortete Herbert, seinen Schnurrbart zwirbelnd. „Sie wollen mir nicht weismachen, dass das ein Zufall ist. Doch seien Sie unbesorgt, die diesbezüglichen Ermittlungen wird ein anderes Dezernat übernehmen."

„Ist es eine Straftat, Mitglied in einer Partei zu sein?", erkundigte sich Franken mit hochgezogenen Augenbrauen. Er strich sich die Haare hinter die Ohren. Es verlangte ihn dringend nach einer Zigarette.

„Es kommt darauf an, welchen Zweck diese Mitgliedschaft erfüllt", erklärte Herbert. „Manipulation zum Beispiel ist ein Delikt."

Nobert Franken erinnerte sich mit Bangen daran, wie Rolf und er sich darüber gefreut hatten, dass ihr FDP-Kandidat es in den Landtag geschafft hatte. Wie sie ihr Ziel erreicht hatten, die Partei dazu zu bringen, ihren Bruder aufzustellen. Darüber hatte er akribisch Buch geführt. Es war sein erstes erfolgreiches Experiment, ein gelungener, von langer Hand geplanter Test. Der Erfolg hatte Norbert die Möglichkeit gegeben, seine Ziele der

Bruderschaft als realisierbar zu präsentieren. Er dankte es Rolf bis heute, dass dieser ihm als damaliger Großmeister in dieser Angelegenheit Vertrauen geschenkt hatte.

„Was ist jetzt los?", machte sich plötzlich der junge IT-Spezialist lautstark bemerkbar. „Spinne ich?"

„Probleme?", fragte Herbert, dem Mann besorgt über die Schulter blickend.

Franken atmete auf. *Gerettet*, dachte er erleichtert.

„Alles ist weg, Herr Mucke", erwiderte der IT-Mann, wie wild Tastenkombinationen ausprobierend. „Die Dokumente sind alle verschwunden. Ich war mit der Sichtung fast durch. Mir haben lediglich noch zwei Dokumente gefehlt. Das ist mir unheimlich." Er warf einen Blick über seine Schulter auf Norbert Franken. „Wie haben Sie das gemacht?"

„Was bitte soll ich gemacht haben?", fragte dieser unschuldig. Er ging zum Schrank, nahm sich eine Diät-Cola-Dose und ließ den Verschluss zischen. Durstig trank er einige Schlucke.

„Zaubern kann auch ein Großmeister nicht", sagte Herbert verärgert zu seinem Kollegen. „Haben Sie vielleicht eine falsche Taste gedrückt?"

Verzweifelt tippte der Angesprochene auf die Tastatur.

„Nichts zu machen", gab er nach einiger Zeit auf. Er blickte Franken mit weit aufgerissenen Augen an. Herbert merkte ihm deutlich an, dass er diesem durchaus etwas Zauberei zutraute. Wider seinen Willen musste er schmunzeln.

„Der Computer ist beschlagnahmt", bestimmte er schließlich entschlossen. „Wir werden ihn von weiteren Spezialisten durchsuchen lassen. Irgendeine Spur von den Dokumenten werden wir gewiss finden. Ich habe sie ja mit eigenen Augen gesehen. Herr Prott, haben Sie irgendwelche Sicherungsmaßnahmen durchgeführt? Ein Foto mit Ihrem Smartphone vielleicht?"

Martin Prott schüttelte betreten den Kopf. Seine hüftlangen Dreadlocks wippten hin und her. Wieder einmal dachte Herbert, dass der Beruf eines IT-Spezialisten bei der Polizei so gar nicht zu dem Rastafari passte.

„Wenn Sie weiter nichts finden, hätte ich den Computer gerne zeitnah zurück", bemerkte Franken selbstbewusst. „Schließlich habe ich eine Loge zu leiten. Ich bin mir keinerlei Schuld bewusst. Jeder Bruder darf selbst entscheiden, ob er einer Partei beitreten möchte. Das hat mit der Bruderschaft nichts zu tun."

„Wir sprechen uns noch, Herr Franken", kündigte Herbert an. Er verspürte heftigen Durst und blickte neidvoll auf die Dose in der Hand seines Gegenübers. Er gab den Beamten das Zeichen zum Aufbruch, verließ grußlos die Logen-Residenz und schickte seiner Tante eine lange Sprachnachricht von seinem Smartphone.

Am späten Nachmittag saß Mathilde schwitzend vor ihrem Computer und versuchte, sich zu konzentrieren. Die hohe Zimmertemperatur und die Geräuschkulisse machten ihr arg zu schaffen.

Wäre die Klimaanlage eingeschaltet, hätten wir vielleicht Ruhe vor dem Geschrei der Babys, überlegte sie genervt. Sie hörte Faides in der Küche aus vollem Hals singen. Peter und Paul in ihrer Voliere stimmten in den Gesang ein. Aufgrund der geöffneten Fenster durften sie im Moment nicht frei fliegen. Seufzend stand Mathilde auf und ging zur Kommode neben dem Sofa. Sie suchte eine Weile, bis sie zu ihrer grenzenlosen Erleichterung die Ohrstöpsel fand. Zurück an ihrem Schreibtisch ging sie zum wiederholten Male ihre Aufzeichnungen durch. Ihr fehlte der Austausch mit Martha. Ständig war diese in Begleitung von Faides oder Rafiki. Sie war unzufrieden, nahm ein leeres Blatt aus dem Drucker und legte es vor sich auf den Tisch. Mit einer Hand raufte sie sich ihre nicht vorhandenen Haare, mit der anderen malte sie einen Kreis, in den sie ʼKarl von Horstenʼ schrieb. Nach einer Weile füllte sich das Blatt, und eine Zeichnung aus miteinander verbundenen Pfeilen entstand. Sie schob ihre Brille zurück an die richtige Position, hielt das Blatt eine Armlänge von ihrem Gesicht entfernt in die Höhe und kniff die Augen zusammen.

„Du meine Güte", entfuhr es ihr plötzlich. „Habe ich das etwa die ganze Zeit übersehen?"

Spontan griff sie zum Telefon.

„Mucke", meldete sich ihr Neffe mit knurriger Stimme.

„Herbert", sagte Mathilde aufgeregt. „Was hast du nochmal gesagt? Bis auf Rolf Marx hatten die anderen Kandidaten der Freiwerker mehr oder weniger gesicherte Alibis?"

„Horst Maliks Frau bestätigte uns die Anwesenheit ihres Mannes beim Mittagessen zur Tatzeit. Dasselbe gilt für Asuka Franken. Mitbewohner im Haus Frankens versicherten zudem, in der offenen Garage sowohl sein Motorrad als auch seinen Wagen gesehen zu haben. Hans ist noch dabei, die Alibis genauer zu untersuchen. Rolf Marx, der alte Mann, ist meiner Ansicht nach bei den Ermittlungen zu vernachlässigen. Trotzdem werde ich Florian zur Befragung zu ihm schicken. Hast du einen konkreten Verdacht?"

„Nein", entgegnete Mathilde nach kurzem Zögern. „Natürlich brachte der Tod von Horstens für Malik und Franken Vorteile mit sich. Schon allein aus dem Grund, dass ein Anwärter auf die Großmeisterschaft fehlte. Doch danach blieb immer noch eine 50:50 Chance. Reicht das als Motiv für einen Mord?"

„Malik schien fest davon auszugehen, von Horstens Stimmen zu ergattern", argumentierte Herbert nachdenklich. „Unsere IT-Leute können im Übrigen die Dokumente auf Frankens Computer nicht wiederherstellen. Sie sind einfach verschwunden. Unser kleiner Rastafari glaubt an Hexerei. Er ist so von sich überzeugt, dass er der Ansicht ist, keinen Fehler gemacht haben zu können."

„Hexerei", wiederholte Mathilde verächtlich. „Vielleicht hat jemand extern auf die Festplatte zugegriffen? Ich kenne mich mit solchen Dingen nicht aus, aber wäre das nicht möglich? Möglicherweise sind die Dateien sogar auf einem anderen Computer gespeichert. Franken arbeitet schließlich bei einem Software- und Hardwarehersteller, der Mann ist vom Fach. Ich würde an deiner Stelle seine privaten Geräte, die von Rolf Marx und die von Horst Malik ebenfalls untersuchen lassen."

„Und dann befindet sich der externe Speicher an einem geheimen Ort? Die sind jetzt gewarnt, ich denke nicht, dass wir etwas finden werden." Herbert fluchte mehrmals hintereinander.

„Was ist mit ‚Luxor'?", wollte Mathilde wissen, nebenbei einen Blick auf ihre Armbanduhr werfend. Sie hatte vor, heute noch den Optiker aufzusuchen.

„Magst du morgen mit mir dorthin fahren?", fragte Herbert hoffnungsvoll. Er gestand es sich nicht gerne ein, doch in diesem Fall schien er auf Mithilfe angewiesen zu sein. „Ich werde dich um neun Uhr abholen, einverstanden?"

„Einverstanden", bestätigte Mathilde. Sie beendete das Telefonat. Etwas hatte sie in letzter Sekunde davon abgehalten, ihren Verdacht auszusprechen. Ein inneres Gefühl sagte ihr, dass sie zunächst ihre ganze Kraft darauf verwenden musste, das fehlende Glied in der Kette zu finden.

Dienstag, 19. Juni 2018

Herbert parkte den Wagen in der Nähe der Wallfahrtskirche, für die der Velberter Stadtbezirk Neviges bekannt war. Er hatte mit Absicht keinen Termin vereinbart, weil er das Überraschungsmoment nutzen wollte. Zielstrebig schritt er in Mathildes Begleitung auf das Haus in der Elberfelder Straße zu.

„Jetzt bin ich gespannt", murmelte diese.

Das kleine Gebäude war grau, die Wände hatten Risse, und die Fensterläden waren heruntergelassen.

„Sieht von außen nicht sehr belebt aus", bemerkte Herbert, die Schelle betätigend. Immerhin stand der Name `Luxor´ auf dem Klingelschild am Eingang.

„Vielleicht besitzen die keine Klimaanlage und schützen sich mit den Rollläden vor der Sonne", sagte Mathilde schulterzuckend.

Erst nach einigen Minuten öffnete sich die Haustür. Eine Frau im Rentenalter mit Lockenwicklern in den Haaren blickte sie überrascht an.

„Guten Morgen", sagte sie nur.

„Kriminalhauptkommissar Herbert Mucke, Mordkommission", stellte Herbert sich vor. Er hielt der Frau seinen Dienstausweis vor die glänzende Nase. Sie hatte eine Schönheitsmaske im Gesicht. „Gehören Sie zur Firma ʻLuxorʼ?"

„Mordkommission", kreischte die Frau aufgeregt. Sie drehte sich um und rief: „Willy, komm mal schnell runter."

„Dürfen wir reinkommen, gute Frau?", fragte Mathilde behutsam. Sie nahm ihren Sonnenhut ab und trat, ohne die Antwort abzuwarten, über die Schwelle. Im Inneren des Gebäudes war es angenehm kühl.

„Mein Mann wird gleich für Sie da sein", kündigte die Frau an. Sie trug einen einfachen braunen Kittel und Pantoffeln.

„Wären Sie so freundlich, uns Ihren Namen zu verraten?", fragte Herbert höflich.

„Waltraud Bauer", antwortete die Frau zögerlich.

„Was ist los, Trudi?", fragte der die Treppe runterhumpelnde weißhaarige Mann. Er war lediglich mit einem weißen Feinrippunterhemd und einer knielangen Boxershorts bekleidet.

„Herr Bauer?", wandte sich Herbert fragend an ihn.

Der Angesprochene nickte, als er keuchend das Treppenende erreichte.

„Was kann ich für Sie tun?", fragte er japsend.

„Mucke, Mordkommission", stellte sich Herbert erneut vor. „Ich habe bezüglich der Firma ʻLuxorʼ einige Fragen an Sie. Ist in diesem Gebäude der Hauptsitz der Firma?"

Betreten blickte Willy Bauer zu seiner Frau.

„Trudi, mach mal Kaffee, ich führe die Herrschaften ins Geschäft", sagte er zu seiner Frau. „Folgen Sie mir doch." Auffordernd deutete er mit der faltigen Hand ans Ende des langen, schmalen Flures. Mathilde und Herbert gingen langsam hinter dem Mann her. Sein Krückstock schlug in regelmäßigen Abständen auf dem Boden auf. Er öffnete die Durchgangstür und ging zielstrebig auf die Fenster zu, um die Rollläden hochzulassen. Das Tageslicht offenbarte einen rechteckigen Raum mit einem ebensolchen Tisch in seiner Mitte. Darauf standen ein moderner Computer und etliche Aktenordner.

„Nehmen Sie Platz, meine Frau wird den Kaffee gleich bringen", erklärte Willy Bauer.

„Herr Bauer, wir sind hier nicht zum Kaffeetrinken", sagte Herbert ungeduldig. Er setzte sich neben seine Tante an den Tisch und besah sich die karge Einrichtung des Raumes. „Sie wollen mir nicht erzählen, dass in diesem Raum an Übungsmaterialien für Studierende gearbeitet wird, oder?"

Seufzend nahm der alte Mann dem Beamten gegenüber Platz.

„Bei der Firma 'Luxor' bin ich als Geschäftsführer eingestellt", erwiderte er. „Ich bin zuständig für das Sortieren der Post. Meine Frau kümmert sich um eingehende Telefongespräche. Dafür dürfen wir in der oberen Etage günstig wohnen, das Gehalt bessert meine kleine Rente auf."

„Sie werden zugeben müssen, dass Sie eine Scheinfirma verwalten", warf Mathilde ein. Gewohnheitsmäßig wollte sie ihre Brille zurechtrücken. Plötzlich fiel ihr ein, dass sie beim Optiker gewesen war, und sie hielt inne.

„Wer zahlt Ihnen Ihr Gehalt?", erkundigte Herbert sich forsch. „Gibt es Kontoauszüge, die Sie mir zeigen können?"

Die Tür öffnete sich, und Frau Bauer erschien mit einem Tablett, das sie unsicher zum Tisch brachte. Hilfsbereit stand Mathilde auf, um es ihr abzunehmen.

„Vielen Dank, Frau Bauer", sagte sie lächelnd. Sie war von der Harmlosigkeit des älteren Ehepaares überzeugt.

In der Zwischenzeit zog Willy Bauer einen Schnellhefter aus der Schreibtischschublade.

„Hier", sagte er und reichte Herbert einige Auszüge an.

„Anonyme Bareinzahlungen", stellte Herbert fest. „Aber Sie kennen Ihren Arbeitgeber?"

„Mir ist nur Frau Barakesch bekannt", antwortete Willy Bauer zerknirscht. „Herr Mucke, darf ich Ihnen etwas erzählen?"

Dieser nickte auffordernd.

„Mein Leben lang habe ich geschuftet, als Buchhalter bei einer Staubsaugerfirma gearbeitet." Schweißtropfen bildeten sich auf seiner Stirn. Er fühlte sich sichtlich unwohl in seiner Haut. „Meine Frau und ich haben fünf Kinder, die wir großziehen mussten. Trudi konnte nicht arbeiten gehen, nichts in die Rentenkasse einzahlen, hat auch nichts gelernt." Umständlich öffnete er ein Päckchen Kaffeesahne. Er goss einen ordentlichen Schluck in seinen Kaffee und rührte nachdenklich mit dem Löffel um. „Das Angebot von Frau Barakesch kam uns vor sechs Jahren sehr gelegen. Unsere Vorgänger waren zu alt geworden, sind mittlerweile im Altenheim. Die Arbeit hier ist leicht. Meine Frau sagt ihre auswendig gelernten Worte am Telefon, und ich schreibe Gehaltsabrechnungen."

„Gehaltsabrechnungen an wen?", fragte Mathilde überrascht. „Zufällig auch an einen Horst Malik?"

„Sicher", antwortete Willy Bauer spontan. „Aber das darf ich nicht erzählen. Bitte verraten Sie mich nicht." Er wischte sich mit einem Taschentuch den Schweiß von der Stirn.

„Ich darf Sie darauf hinweisen, dass das Führen einer Scheinfirma strafbar ist", bemerkte Herbert sachlich.

„Ich habe es dir immer gesagt, Willy", rief Waltraud Bauer. Ihre Hände zitterten stark. „Jetzt müssen wir auf unsere alten Tage noch ins Gefängnis."

„Warten Sie erstmal ab, Frau Bauer", sagte Mathilde beschwichtigend. Sie tätschelte der alten Frau beruhigend die Hände.

„Es wäre schön, wenn Sie uns alles erzählen würden, was Sie über `Luxor´ wissen", warf Herbert ein.

Willy Bauer warf seiner Frau einen schwer zu deutenden Blick zu.

„Ja, eigentlich weiß ich gar nichts über `Luxor´", sagte er schließlich.

„Sie überweisen schließlich Gehälter, Sie müssen doch wissen, wer das Geld erhält", sagte Herbert kopfschüttelnd.

„Natürlich weiß ich das", entgegnete Willy Bauer. „Einen Namen haben Sie selbst soeben erwähnt. Aber für den fülle ich nichts mehr aus. Ehrlich gesagt, was ich da so überweise, dass ist alles nur für die Buchführung. Damit die Leute was zum Vorzeigen haben."

„Und Sie hatten in all den Jahren keine Skrupel dabei?", wollte Herbert fassungslos wissen.

„Nein", antwortete Willy Bauer. Mathilde glaubte

ihm sogar. „Die Frau Barakesch sagte, die ganze Angelegenheit sei im Sinne einer guten aber streng geheimen Sache. Ich würde sogar Deutschland mit meiner Arbeit unterstützen. Angst vor der Polizei brauche ich ebenfalls nicht zu haben, meinte sie zu mir. Die Polizei sei ihrer Institution untergeordnet, beruhigte sie mich."

Herbert warf Mathilde einen Blick zu.

„Die Deutschlandflagge auf der Drohne", sagte diese leise.

Ihr Neffe pfiff durch die Zähne.

„Militär", sagte er nur.

„Was geschieht jetzt mit uns?", fragte Waltraud Bauer ängstlich.

„Zunächst nichts", erwiderte Herbert. Er erhob sich vom Tisch, trank im Stehen seinen Kaffee aus und sagte: „Mathilde, ich fahre dich nach Hause. In dieser Angelegenheit werde ich einen alten Freund um Mithilfe bitten müssen."

„Das gibt es doch nicht, wo ist Ingo?", entfuhr es Mathilde entsetzt.

„Ich dachte, es würden nur zwei Verwandte von Martha über dich wachen", antwortete Herbert grinsend.

Die Garagenauffahrt war reich bevölkert mit bunt gekleideten, laut durcheinanderredenden dunkelhäutigen Frauen. Martha saß lachend unter dem Sonnenschirm, der eigentlich für den Garten bestimmt war, vor der geöffneten Garagentür und fächerte den schreienden Babys Luft zu. Lotte bellte laut, und die zwei Neugeborenen verstummten. In der Luft lag der Duft von Grillanzünder. Wütend sprang Mathilde aus dem Wagen und rannte schnurstracks auf ihre Haushälterin zu.

„Mathilde", wurde sie von dieser strahlend begrüßt. „Ich habe Ingo heute ausnahmsweise bei den Meyers vor die Garage gestellt. Die wissen Bescheid und haben nichts dagegen. Du hast nicht etwa vergessen, dass heute Faides' Geburtstag ist?"

„Nein, das habe ich nicht vergessen", erwiderte Mathilde. „Hier in dem Paket sind Pralinen für sie. Und jetzt verrate mir bitte, was das hier werden soll." Sie deutete mit dem Päckchen in der Hand auf die geschäftigen Frauen. Aus der Küche wurden große Platten mit Fleisch und Fisch getragen, Salatschüsseln standen in der freigeräumten Garage. Auf dem Schaukelstuhl saß ein kleiner glucksender Junge.

„Wir bereiten alles für das Fest vor", antwortete Martha ungerührt. „Um zwölf erwarten wir die ersten Gäste. Bis zum Abend werden alle hier sein. Wir werden den ganzen Tag feiern, ist das nicht schön?"

„Noch mehr Leute?", fragte Mathilde entsetzt. „Wo sollen die alle hin? Ist doch jetzt bereits kein Platz mehr."

„Ach, Mathilde", sagte Martha lächelnd. „Uns stehen die Auffahrt, die Garage, das Haus und der Garten zur Verfügung. Das sollte reichen."

„Was ist mit Peter und Paul?", wollte Mathilde wissen.

„Sind geduscht und haben viel Spaß", erwiderte Martha. Sie nickte eifrig, und ihre roten Creolen wippten hin und her. „Die Kinder bringen ihnen afrikanisch bei. Mach dir keine Sorgen, alles wird gut. Heute traut sich hier auf keinen Fall ein Ganove hin."

Mathilde verdrehte die Augen. Sie ging zu der am Grill stehenden Faides, um ihr zu gratulieren und das Geschenk zu überreichen. Schnuppernd beugte sie sich über den Kugelgrill.

„Wann ist der erste Fisch fertig?", wollte sie wissen. Es roch bereits hervorragend, und ihr Magen knurrte heftig.

„Jetzt gleich", erwiderte Faides, die gefüllten Forellen wendend. „In der Garage sind Salate. Mach dir einen Teller fertig."

Dieser Aufforderung kam Mathilde nur zu gerne nach.

Wenig später versuchte sie vergeblich, einen Artikel über ein neues Stück des Wuppertaler Tanztheaters zu verfassen. Pina Bausch hatte die Stadt durch ihre moderne Kunst berühmt gemacht. Sogar ein in Wuppertal gedrehter Film über ihr Leben war in den Kinos erschienen. Auch nach ihrem Tod lief das Tanztheater erfolgreich weiter.

Seufzend fuhr Mathilde den Computer runter. Ständig liefen muntere Kinder quer durch das Wohnzimmer, Peter und Paul krächzten afrikanische Zaubersprüche, und Fayola und Fanta schrien im Wettstreit mit Lottes Bellen. Sie entschied, sich aus dem Staub zu machen. Mathilde schnappte sich ihre Hündin, verließ ihr Grundstück und eilte zu den Meyers. Froh über die Ruhe stieg sie in ihren Wagen und machte sich auf den Weg zum Briller Viertel.

Mittlerweile war es früher Nachmittag, und sie hatte Glück. Während sie Ingo rückwärts in eine Parklücke einparkte, sah sie im Rückspiegel einen roten VW Cabrio in die geöffnete Doppelgarage der von Horstens reinfahren. Sie rückte ihre Perücke zurecht, nahm ihre Handtasche vom Beifahrersitz und ließ Lotte aus dem Auto. Schnellen Schrittes ging sie auf die drei aus dem Cabrio aussteigenden Frauen zu.

„Frau von Horsten", rief sie laut.

Überrascht drehte diese sich um.

„Frau Krähenfuß?", fragte sie erstaunt. „Waren wir verabredet? Ich denke nicht, oder bin ich durch den Tod meines Mannes durcheinander geworden?"

„Keine Sorge, wir waren nicht verabredet", erwiderte Mathilde. „Trotzdem würde ich Ihnen gerne einige weitere Fragen stellen. Haben Sie einen Moment Zeit für mich?"

Erika von Horsten blickte beunruhigt auf die hechelnde Lotte.

„Der beißt nicht, oder?", erkundigte sie sich, einen besorgten Blick auf die blonde Frau an ihrer Seite werfend.

„Das ist Lotte. Sie hört hervorragend und versteht sich sehr gut mit Ihrem Max", antwortete Mathilde. Erika von Horstens Frage verwunderte sie.

„Simone hat Angst vor Hunden", sagte Erika zögerlich. Sie drückte einen Knopf auf ihrem Smartphone, und die Garagentür schloss sich automatisch. Einen Moment standen die vier Frauen im Dunkeln, bis Neonlicht das Garageninnere erhellte. Neben dem VW Cabrio stand ein brauner Mercedes GLC Coupé.

„Meine Mutter hat Max ins Tierheim abgeschoben", mischte sich Andrea von Horsten böse ein.

„Andrea", sagte Erika mahnend. Sie öffnete eine Tür, die in einen kleinen Aufzug führte. Die Mathilde als

Simone vorgestellte Frau drückte sich eng an die hintere Wand. Sie schien Lotte wirklich zu fürchten. „Ich habe Max nicht abgeschoben. Es ist nur zu seinem Besten. Karl war seine Bezugsperson, zu mir hatte er keine intensive Bindung. Mir ist das alles zu viel, die Spaziergänge, die Zuwendung..."

„Streicheleinheiten erteilst du lieber dieser Person", erwiderte Andrea spitz. Sie drückte auf einen der Aufzugsknöpfe, die Tür schloss sich, und der Aufzug setzte sich in Bewegung. „Du besitzt Geld genug, hättest einen Hundesitter engagieren können. Das wäre gut für Max gewesen. Zumindest hätte er in seinem gewohnten Umfeld bleiben können. Jetzt hockt er in einem Zwinger im Tierheim Remscheid. Ich verstehe auch Barbara nicht. Sie mit ihren Pferden hätte ihn auch nehmen können."

Der Aufzug hielt, und die Tür öffnete sich erneut. Mathilde sah, dass sie in der zweiten Etage der Villa angekommen waren.

„Barbara muss, bzw. möchte als Vollzeitkraft in der Bank arbeiten", entgegnete Erika bissig. „Pferde warten geduldig im Stall, aber Max wäre viel zu lange allein in der Wohnung gewesen."

„Ihr seid herzlos", sagte Andrea wütend. „Ich werde gleich meinen Flug nach New York buchen. Mich hält hier nichts mehr. Du hast ja deine Simone, die dich tröstet."

Mit diesen Worten drehte sie den Frauen den Rücken zu und ging über die Wendeltreppe runter in die erste Etage. Mathilde wurde die junge Frau etwas sympathischer. Wenn sie an den in seinem Zwinger wartenden Boxerrüden dachte, zerriss es ihr das Herz.

„Setzen Sie sich bitte mit Frau Ehrenberg auf den Balkon", sagte Erika auffordernd. „Nutzen wir den schönen Sommertag. Wer weiß, wie lange sich das Wetter hält. Ich werde uns schnell einen Kaffee kochen."

Wie selbstverständlich fuhr Simone Ehrenberg die Markise aus, griff nach dem auf der Fensterbank liegenden Aschenbecher und zündete sich eine Zigarette an.

„Sie sind eine gute Freundin von Erika von Horsten?", wollte Mathilde wissen. Sie schätzte ihr Gegenüber auf Anfang fünfzig, also etwa in Erika von Horstens Alter.

„Ich bin nicht nur eine Freundin von Erika", antwortete diese, Mathilde von oben bis unten musternd. „Ich bin ihre Lebensgefährtin."

Mathilde fiel die Kinnlade runter. Ihr fehlten die Worte. Damit hatte sie nicht gerechnet.

„Und Sie sind diese neugierige Frau von der Zeitung, über die sich Erikas Tochter so aufgeregt hat?", fragte Simone, tief den Zigarettenrauch inhalierend.

Mathilde rümpfte missbilligend die Nase.

„Neugierde ist meine Berufskrankheit", konterte sie gelassen. Sie fixierte Simone mit ihren Augen. Dem klassischen Bild von einer frauenliebenden Frau entsprach diese ihrer Meinung nach nicht. Ebenso wenig wie Erika von Horsten, die mit einem Tablett zu ihnen auf den Balkon zurückgekehrt war. Beide Frauen hatten roten Lippenstift aufgelegt und trugen leichte Sommerkleider. Erika von Horsten wirkte jedoch im Vergleich zu ihrer Partnerin sehr weich. Simones gebräunte Arme und Beine waren für eine Frau ziemlich muskulös.

„Treiben Sie viel Sport?", wollte Mathilde von ihr wissen. „Danke, Frau von Horsten. Ich trinke meinen Kaffee mit Milch."

„Seit einigen Monaten sehr intensiv, ja", erwiderte Simone nickend. Sie schenkte sich Kaffee ein. „Schatz, ich habe Frau Krähenfuß bereits über unsere Beziehung aufgeklärt", fuhr sie an Erika gewandt fort.

„Ich muss ehrlich zugeben, dass ich arg verwundert bin", gab Mathilde zu. „Noch vor wenigen Tagen schienen Sie mir aufrichtig bestürzt über den Mord an Ihrem Mann zu sein."

Erika errötete verlegen und nahm einen Schluck Kaffee.

„Natürlich hat mich der Verlust meines Mannes zutiefst betroffen", sagte sie zögerlich. „Ich ging sogar auf Distanz zu Simone, weil ich mit meiner Trauer beschäftigt war. Doch dann fiel mir diese Versicherungspolice in die Hände, und mir wurde bewusst, dass Karl mich jahrelang betrogen und belogen hatte. Simone war immer ehrlich zu mir, ich musste sie einfach wiedersehen." Sie warf der Freundin einen zärtlichen Blick zu.

„Also kennen Sie sich bereits länger?", hakte Mathilde nach.

„Ich besitze seit langer Zeit eine Dauerkarte für die Wuppertaler Schwimmoper. Dort nutze ich den Fitnessbereich, die Sauna und das Sportbecken. Ich weiß, mir sieht man das nicht so sehr an wie Simone. Meine Weichheit muss Veranlagung sein", erwiderte Erika mit geschlossenen Augen, scheinbar in der Vergangenheit versunken.

„Dein Körper ist wunderschön, mein Herz", sagte Simone zärtlich, mit den Fingern sanft über Erikas bloßen Arm streichend.

Mathilde musste sich ein Grinsen verkneifen. Das Verhalten frisch verliebter Paare fand sie witzig. Martha sagte immer, Verliebtheit sei eine hormonelle Erkrankung, die zum Glück mit Gewissheit von selbst wieder heile.

„Vor wenigen Monaten begegnete ich Simone dort zum ersten Mal", fuhr Erika versonnen fort. „Bei ihr war es Liebe auf den ersten Blick. Meine Gefühle mussten sich erst entwickeln. Es ist das erste Mal, dass ich derart für eine Frau empfinde. Ich muss gestehen, zunächst tat mir einfach die Aufmerksamkeit gut, die Simone mir schenkte. Ich war ausgehungert nach Zärtlichkeit, Karl und ich lebten schon seit geraumer Zeit wie Bruder und Schwester nebeneinander her. Ich liebte ihn noch, doch ich vermisste vieles." Erika öffnete die Augen. Sie atmete mehrmals tief durch und sagte: „Doch deswegen sind Sie heute mit Sicherheit nicht hier. Frau Krähenfuß, wie kann ich Ihnen noch helfen? Ich denke, Ihnen alles gesagt zu haben."

„Es gibt interessante Neuigkeiten bezüglich der Bruderschaft, in der Ihr Mann Mitglied war", erklärte Mathilde. „Doch zuvor möchte ich Sie bitten, etwas Wasser für Lotte bereitzustellen."

„Wie unaufmerksam von mir", sagte Erika, eilig aufstehend und den Balkon verlassend.

„Woher kommt Ihre Angst vor Hunden?", erkundigte sich Mathilde bei Simone.

„In meiner Jugend wurde ich von einem Schäferhund gebissen", gab diese Auskunft. „Seitdem meide ich den Umgang mit Hunden." Sie blickte zu der neben Mathildes Füßen zusammengerollten Lotte. „Sie scheint harmlos zu sein, aber streicheln würde ich sie nicht."

„Was machen Sie beruflich, wenn ich fragen darf?",
wollte Mathilde wissen.

„Ich bin gelernte Mechanikerin", antwortete Simone.
„Meinen Beruf liebe ich."

„In welchem Betrieb arbeiten Sie?", fragte Mathilde
weiter.

„Bei der C Plan GmbH in Duisburg", berichtete Simone stolz. „Ich besetze dort den Posten der Versuch-
singenieurin." Sie griff nach ihrer Zigarettenschachtel.

„Schrecken Sie die Bilder auf den Verpackungen nicht
ab?", erkundigte sich Mathilde.

„Man gewöhnt sich an den Anblick", erwiderte Simone und zündete sich ungerührt eine Zigarette an.

„Hier, Lotte", sagte die zurückgekehrte Erika. Sie
stellte einen bis obenhin gefüllten Napf vor die Hündin
und setzte sich neben Simone. Augenblicklich begann
Lotte damit, das Wasser zu schlappen.

„Was sind das für Neuigkeiten, die Sie mir mitteilen möchten?", fragte Erika interessiert. Unwillkürlich
langte sie nach Simones Zigarettenschachtel und drehte
sie hin und her.

„Im Rahmen der laufenden Ermittlungen stieß die
Kriminalpolizei auf ein ungewöhnliches Interesse der
Bruderschaft an der Wuppertaler Parteienlandschaft.
Außerdem wurden Dokumente entdeckt, die darauf hin-
deuten, dass die Loge vorhat, die Parteien zu unterwandern und zu manipulieren. Diesem Verdacht wird nun
nachgegangen", erklärte Mathilde, die beiden Frauen
dabei genau studierend. „Denken Sie nach, Frau von
Horsten, könnte es diesbezüglich einen Zusammenhang
mit dem Mord an Ihrem Mann geben?"

„Das hätte ich Norbert nicht zugetraut", warf Simone aufgeregt ein. Sie nahm Erika die Schachtel ab und griff nach einer weiteren Zigarette.

„Frau Ehrenberg, Sie kennen Norbert Franken?", fragte Mathilde erstaunt und konnte dem Drang, sich die Kopfhaut zu kratzen, nicht widerstehen.

Mit wenigen Worten berichtete Simone, in welchem Verhältnis sie zu dem Großmeister der Freiwerker-Loge `Zu den drei Wölfen´ stand.

Mathilde war froh, dass sie zu Beginn des Gespräches unauffällig die Aufnahmefunktion ihres in der Hosentasche steckenden BlackBerrys aktiviert hatte.

„Wie bereits erwähnt", begann Erika schließlich, „Karls Aktivitäten in der Bruderschaft interessierten mich nicht." Nachdenklich kniff sie die Augen zusammen. „Aber ich erinnere mich tatsächlich an ein Telefonat, das ich zufällig mitbekam. Sie müssen wissen, dass unsere Festnetzanlage so eingerichtet ist, dass wir auf jeder Etage in die Gespräche eingreifen können. Zwar hört man das, und auch Karl schien es gemerkt zu haben, denn das Gespräch änderte seine Richtung, nachdem ich mich zugeschaltet hatte, doch ich hörte meinen Mann noch sagen: `Rolf, du musst eingreifen, sonst wird der Konflikt zwischen Horst und Norbert wegen der FDP böse enden.´ Karl wirkte auf mich besorgt." Erika blickte Mathilde schulterzuckend an. „Trotzdem dachte ich mir nichts dabei. Dass diese Großmeisterwahl bevorstand und mein Mann ein Kandidat war, wusste sogar ich. Männer geraten wegen jeder Kleinigkeit in Streit, wieso sollte es in der Bruderschaft anders sein? Mehr kann ich Ihnen leider nicht berichten, Frau Krähenfuß. Aber sagen Sie mal, Sie sehen irgendwie verändert aus. Wie kann es sein, dass Ihre Haare in wenigen Tagen derart gewachsen sind?"

„Ich trage meine Zweitfrisur", erwiderte Mathilde ungerührt. Mittlerweile hatte sie sich an diese Frage gewöhnt.

Die Balkontür öffnete sich, und Andrea von Horsten erschien.

„Mutter, Barbara wird mich morgen vor der Arbeit nach Düsseldorf zum Flughafen fahren", erklärte sie. „Ich beginne jetzt mit dem Packen."

Ohne die Antwort ihrer Mutter abzuwarten, drehte sie sich um und verschwand im Haus. Auch Mathilde erhob sich. Sie bedankte sich für das Gespräch und verabschiedete sich.

Mittwoch, 20. Juni 2018

Hinter Mathildes Stirn pochte es schmerzhaft. Als sie gestern ihr Knusperhäuschen betreten hatte, war die Hölle los gewesen. Junge Männer hatten auf afrikanischen Djemben getrommelt, die Gäste hatten gesungen und getanzt. Mathilde hatte mehrere Gläser des Dawas, ein köstlicher Cocktail aus Wodka, Limette, braunem Zucker, Honig und Eis, getrunken.

Sie seufzte, nahm einen Schluck Kaffee, öffnete Google und tippte: ‘Simone Ehrenberg’. Diese hatte ihre Ausbildung in einer Werkstatt in Wuppertal Vohwinkel gemacht und war anschließend zu einem Betrieb in Barmen gewechselt. Später hatte sie an der Bergischen

Universität ʿBaumechanik und Numerische Methodenʾ studiert. Ihr Werdegang ließ sich lückenlos bis in die Gegenwart recherchieren.

„Respekt, Respekt", murmelte Mathilde, während sie die Folgeseiten inspizierte. Auf Seite vier angelangt, stutzte sie plötzlich. „Was haben wir denn da? ʿOpen Mind Guide, die App, die Ihr Leben verbessert. Beginnen Sie Ihre glücklichere Zukunft gleich heute mit der kostenfreien Installation.ʾ"

ʿOMGʾ funktionierte laut Angaben des Herstellers Microsoft sowohl auf dem Computer als auch auf dem Smartphone. Eine Nutzerin hatte die App mit fünf Sternen bewertet. Und diese Userin war Simone Ehrenberg. Mathilde wagte sich an einen Test und klickte auf ʿInstallationʾ. Doch statt ein Ergebnis zu liefern, stürzte der Computer ab. Mathilde entschied, es dabei zu belassen, eine Kopfschmerztablette zu nehmen und ihren Neffen auf der Wache zu besuchen.

„Swahili Kioja", krächzte Peter.

„Wunder, Wunder", übersetzte Paul ins Deutsche.

Mathilde schüttelte ihren schmerzenden Kopf und verließ das Wohnzimmer. Der Kopf war nicht das Einzige, was ihr wehtat. Auch ihr Rücken machte sich nach den Nächten auf der Luftmatratze bemerkbar.

In der Küche waren Faides und ihre Mutter mit den Aufräumarbeiten beschäftigt. Marthas Schwester hatte die Nacht neben Mathilde auf einer zweiten Luftmatratze verbracht.

„Ist das Wetter heute nicht traumhaft, Mathilde?", wurde sie von der gut gelaunten Farah begrüßt. „Martha sitzt mit meinen Enkeln draußen unter dem Sonnenschirm. Sind Fayola und Fanta nicht süß?"

„Sehr süß", erwiderte Mathilde trocken. „Schade nur, dass sie ständig schreien. Ich bin das nicht gewöhnt, Farah. Es ist lieb, dass deine Tochter und Rafiki mich hier beschützen möchten, ich bin wirklich sehr dankbar. Aber langsam reicht es mir. Mir tut der Rücken weh, und ich kann mich schlecht auf die Arbeit konzentrieren."

„Was möchtest du damit andeuten, Mathilde?", warf Faides fragend ein. „Martha", rief sie laut durch die offen stehende Haustür. „Mathilde möchte uns rauswerfen."

Es dauerte nicht lange, bis eine vor Wut schnaubende Martha im Inneren des Hauses erschien.

„Mathilde, wie kannst du so undankbar sein?", tobte sie aufgeregt. Ihr zitronenfarbenes Sommerkleid wogte, die grünen Creolen wippten hin und her. Fayola und Fanta begannen zu weinen. „Jetzt hast du die Kleinen aufgeregt."

„Ich soll die Schreihälse aufgeregt haben?", empörte Mathilde sich. Sie griff nach der an der Garderobe hängenden Hundeleine und rief: „Lotte, wir gehen!"

„Nenn die Babys nicht `Schreihälse´", schimpfte Martha. Ihre dunklen Augen funkelten verärgert. „Gut, wenn du es so willst, werden wir augenblicklich das Haus verlassen."

„Was heißt wir?", wollte Mathilde ungläubig wissen. „Du kannst natürlich bleiben."

„Wer meine Familie verletzt, greift auch mich an", erwiderte Martha beleidigt. „Ich kündige. Du kannst dir eine neue Haushälterin suchen."

Martha wird sich gewiss beruhigen, dachte Mathilde, leinte Lotte an und trat kommentarlos in die Sonne.

„Deine Perücke", rief Martha. Sie ging Mathilde nach und reichte Mathilde die Perücke samt Sonnenhut. Tränen standen ihr in den Augen.

„Ach, Martha", sagte Mathilde beschwichtigend. Sie berührte ihre Freundin sanft an der Schulter. „Wir zwei sind ein tolles Team, und Rafiki und Faides werden gewiss glücklich sein, in ihre Wohnung zurückkehren zu können."

„Auf Wiedersehen, Mathilde", erwiderte Martha kläglich. Sie kehrte der staunenden Mathilde den Rücken und verschwand im Inneren.

In Gedanken immer noch mit dem Streit beschäftigt, stieg Mathilde die Stufen zum Büro ihres Neffen empor. Lotte schien ihre schlechte Stimmung zu spüren, mit gesenkter Rute ging sie neben ihr her.

„Guten Morgen", sagte ein mit langen Schritten die Treppe heruntereilender sehr großer Mann um die dreißig. Er war mit einer grauen Uniform samt Kappe gekleidet. Aufnähte in den Deutschlandfarben und ein Orden zierten diese.

„Guten Morgen", grüßte Mathilde zurück.

Die Bürotür war ausnahmsweise geschlossen. Mathilde klopfte kurz und trat ohne abzuwarten hinein.

„Wer war das denn?", wollte sie grußlos wissen. Sie leinte Lotte ab, die schnurstracks auf ihren Neffen zutrabte und ihm den Kopf auf den Schoß legte. Herbert war allein im Büro. Anscheinend waren Hans Flachs und Florian Vogel im Außeneinsatz.

„Das war Jakob Nobel", erklärte Herbert, zwirbelte sich den Schnurrbart und tippte etwas auf die Computertastatur. „Setz dich zu mir, Tante Mathilde. Du kommst genau im richtigen Moment."

Der Aufforderung kam sie nur zu gerne nach. Sie nahm sich aus der geöffneten Gebäckmischungstüte eine Schokowaffel und schenkte sich Kaffee ein. Langsam begann ihre Kopfschmerztablette zu wirken, und sie konnte wieder klar denken. Kurz berichtete sie ihrem Neffen von der eskalierten Situation bei ihr zu Hause. Nachdem Herbert sie beruhigt hatte, erzählte er von seinem Gespräch mit Jakob Nobel: „Jakob ist ein alter Bekannter von mir. Wir spielten lange Jahre Skat. Die Gruppe hat sich zwar zerschlagen, aber unser Kontakt besteht zum Glück weiter. Er wird uns im Fall 'Karl von Horsten' eine große Hilfe sein. Das hoffe ich zumindest."

„Der Aufmachung nach gehört er zum Militär", stellte Mathilde fest. Sie musste trotz der Ereignisse am Vormittag über den die Hündin kraulenden Kriminalhauptkommissar schmunzeln.

„Richtig", erwiderte dieser nickend. „Er besetzt den Posten des Generalleutnants bei der Bundeswehr. Die Abteilungen Ausrüstung und Informationstechnik werden von ihm geleitet. Er ist der Stellvertreter des Generalinspektors, für uns also genau der richtige Mann."

„Wahnsinn", kommentierte Mathilde beeindruckt. „Wie kann er uns helfen?"

„Zunächst hat er mir erzählt, dass im Velberter Stadtteil Neviges, genauer gesagt in einem Randgebiet davon, eine unterirdische Forschungseinrichtung stationiert sei, die sich mit Waffentechnologie befasst. Dazu gehöre auch die Drohnenentwicklung. Die Scheinfirma 'Luxor' ist ihm ebenfalls bekannt. Das alte Ehepaar lässt sich nichts zuschulden kommen. Die zwei werden wirklich für ihre Arbeit dort bezahlt. Die Einrichtung unterliege der größten Geheimhaltungsstufe und leiste hervorragende Arbeit, berichtete Jakob mir weiter. Er war fassungslos, als ich ihn über den Mordeinsatz einer Drohne aus dieser Institution informierte."

„Wie konnte ihm das eigentlich entgehen?", fragte Mathilde aufrichtig verwundert. „Gut, die Gazette ist ein kostenloses Wuppertaler Tagesblatt, aber WZ und WDR haben ebenfalls berichtet."

„Niemand hat einen Zusammenhang vermutet", antwortete Herbert. „Drohnen besitzt heutzutage jeder Hinz und Kunz. Das Militär hat ein starkes Selbstbewusstsein. Was nicht sein darf, existiert auch nicht. Wahrscheinlich hat die Velberter Führung alles dafür getan, dass der Mantel des Schweigens über die Entwendung der Drohne gehalten wurde und wird."

Gebannt lauschte Mathilde den Ausführungen ihres Neffen. Dabei aß sie ein Plätzchen nach dem anderen. Ein Frühstück hatte sie ausgeschlagen, mit einer Köstlichkeit von Martha war am Nachmittag nach den gegebenen Umständen nicht zu rechnen. Sie würde in der Uni- Mensa essen müssen.

„Jedenfalls wird Jakob dort richtig aufmischen", sagte Herbert zufrieden. „Der Chef der Institution, ein gewisser Piroget, hätte die Entwendung der Drohne melden müssen. Warten wir ab, was Jakob entdecken wird. Ich jedenfalls würde dort keine Zugangserlaubnis bekommen. Militärangelegenheiten werden intern geregelt, selbst wenn Zivilisten in Mitleidenschaft gezogen werden."

„Ich habe ebenfalls etwas zu berichten", warf Mathilde ein. „Gestern besuchte ich spontan Frau von Horsten. Mehr oder weniger unter einem Vorwand. Jedenfalls war sie in bester Stimmung und in Gesellschaft von ...", sie machte eine bedeutungsvolle Pause, „ihrer Geliebten Simone Ehrenberg."

Herbert verschluckte sich fast an seinem Kaffee.

„Ihrer Geliebten?", fragte er verdutzt nach. „Sachen gibt's."

„Die Liaison läuft bereits seit etlichen Monaten", fuhr Mathilde fort. „Die beiden Frauen lernten sich beim Fitnesstraining kennen. Erika von Horsten besitzt schon jahrelang eine Dauerkarte für die Schwimmoper, Simone Ehrenberg erst seit Kurzem. Für mich fühlte es sich so an, als ob das Verhältnis für Frau von Horsten eher ein Ausgleich für die verschwindend geringe Zuwendung ihres Mannes war als eine Liebesbeziehung. Nachdem sie von seinem Verhältnis mit Janina Rott erfuhr, hat die Beziehung zu Simone an Gewicht gewonnen."

„In Ordnung, Mathilde, das ist echt eine Überraschung. Aber wo siehst du hier einen Zusammenhang mit dem Mord an Karl von Horsten?", wollte Herbert wissen. Nachdenklich stand er auf und ging zum Waschbecken.

„Es gibt zwei Sachen, die mir merkwürdig vorkommen", sagte Mathilde weiter. „Tatsächlich ist Simone Ehrenberg seit Langem mit Norbert Franken bekannt. Dessen Mutter war ihre erste große Liebe, die sich schließlich für Frankens Vater entschied."

Herbert pfiff anerkennend durch die Zähne. Mit einem gefüllten Wassernapf kehrte er an den Schreibtisch zurück. Im Büro war es trotz der geöffneten Fenster sehr heiß. Dankbar machte Lotte sich über das Wasser her.

„Ich habe sie heute gegoogelt", stellte Mathilde fest. Sie nahm ihre Perücke ab und seufzte.

„Die wirst du noch einige Wochen tragen müssen", stellte Herbert fest. „Beweisen kann ich es nicht, aber mein Bauchgefühl sagt mir, dass dieser Überfall auf dich weniger mit dem Mord an Karl von Horsten zu tun hat als mit der Drohnenentwendung."

„Du meinst das Militär hat die Männer beauftragt?", fragte Mathilde erstaunt nach.

„Warten wir's ab", erwiderte ihr Neffe. „Was hat Google dir bezüglich Simone Ehrenberg mitgeteilt?"

Noch während Mathilde von ihren Recherchen berichtete, rief Herbert die Startseite des App Stores von Microsoft auf.

„Nicht installieren", warnte ihn Mathilde. „Bei mir stürzte danach der Computer ab."

Herbert griff zum Telefon.

„Werden wir mal sehen, was man uns über diese App sagen kann", meinte er mit einem Augenzwinkern.

„Hauptkommissar Herbert Mucke, Wuppertaler Mordkommission", stellte er sich wenig später einer überraschten Dame von der Zentrale vor. „Ich muss Sie bitten, mir Informationen über die in Ihrem Store angebotene App ‛Open Mind Guide´ zukommen zu lassen."

Herbert schaltete den Lautsprecher an.

„Einen Augenblick bitte, ich verbinde Sie mit einem zuständigen Mitarbeiter", hörte Mathilde die Frau sagen.

Die Warteschleifenmusik ertönte. Doch es dauerte nicht lang, bis eine Männerstimme sagte: „Knoche, was kann ich für Sie tun?"

Rasch wiederholte Herbert sein Anliegen.

„Bitte haben Sie einen Moment Geduld, ich sehe mir die App an", sagte Herr Knoche eifrig. „Das ist merkwürdig, diese App existiert überhaupt nicht. Zumindest nicht in meinem Datenspeicher, auf der Webseite hingegen sehe ich sie als kostenloses Angebot. Wären Sie so freundlich, mir Ihre Telefonnummer zu hinterlassen? Meine Ermittlungen werden etwas Zeit in Anspruch nehmen."

Herbert kam der Aufforderung nach, und das Gespräch brach ab.

„Wie geht's Jasmin und den Kindern?", erkundigte sich Mathilde, mit den Fingern ungeduldig auf die Tischplatte trommelnd.

„Alles läuft wieder gut seit dem Urlaub", antwortete Herbert, während er den Blick zur Wanduhr schweifen ließ. Sein Magen knurrte. Es war bereits kurz nach zwölf Uhr. „Und Mutter kann sich auch nicht beklagen. Sie durfte uns ausgiebig verwöhnen. Apropos meine Mutter. Was machst du mit Peter und Paul an den Wochenenden, falls Martha ihre Drohung wahr macht?"

„Ich werde sie mitnehmen", erwiderte Mathilde schulterzuckend. „Sie sind früher bereits im Duschkäfig verreist."

Das Telefon schellte. Hastig nahm Herbert das Gespräch an. Mathilde signalisierte ihm, dass er die Lautsprechertaste drücken sollte.

„Die Angelegenheit ist uns ein Rätsel, Herr Mucke", hörte Mathilde Herrn Knoche bedauernd sagen. „Kein

Mitarbeiter hat die App online gestellt, bzw. entwickelt. Sie gehört definitiv nicht in unser Sortiment. Unsere IT-Spezialisten tippen auf einen Hacker-Angriff. Wozu der gut sein soll, entzieht sich unserem Verständnis."

„Wäre es möglich, ein Mitarbeiterverzeichnis zu bekommen?", fragte Herbert hoffnungsvoll.

„So ohne Weiteres geht das leider nicht", antwortete Herr Knoche. „Ich brauche einen Durchsuchungsbefehl. Sollte mir der vorliegen, werde ich Ihrem Wunsch unverzüglich nachkommen. Ansonsten geht der Schutz unserer Mitarbeiter vor."

Missmutig entgegnete Herbert: „Weil die App bisher nicht in einem konkreten Zusammenhang mit dem Mordfall steht, kann ich Ihnen leider keinen vorlegen. Trotzdem vielen Dank für Ihre Mithilfe. Gegebenenfalls werde ich mich erneut bei Ihnen melden."

„Immerhin wissen wir jetzt, dass die App nicht von Microsoft vertrieben wurde, zumindest nicht offiziell", sagte Mathilde nachdenklich.

„Da muss sich jemand sehr gut auskennen", erwiderte Herbert. Er öffnete seine Brotdose und warf einen neugierigen Blick hinein. „Entweder haben wir es tatsächlich mit einem Microsoftmitarbeiter zu tun, oder es hat sich jemand geschickt dieser Webseite bedient."

Mathilde zog die Stirn in Falten. Sie griff nach ihrer Perücke und dem Sonnenhut und sagte: „Ich werde darüber nachdenken, Herbert."

„Hast du eine Idee?", erkundigte sich dieser hoffnungsvoll.

„Ja, mein Lieber, die habe ich", erwiderte sie bestimmt. „Aber sie ist zu vage, um sie dir zu verraten."

Franziska Hansen begutachtete sich eingehend in dem großen Spiegel ihres Appartements im Frankenberger Viereinhalb-Sterne-Hotel `Die Sonne´. Statt des Hosenanzugs, den sie während der außerordentlichen Fortbildung der Filialleiter der Salamander-Bank getragen hatte, trug sie nun ein schlichtes rotes Sommerkleid. Ihre braunen Arme und Waden waren entblößt, die Länge des Kleides ließ sie größer wirken. Ihre breiten Wangenknochen hatte sie mit Rouge modelliert, jetzt erschien ihr asiatisches Gesicht schmaler. Sie hatte ihre glatten Haare mit dem Lockenstab in Form gebracht und war sehr zufrieden mit ihrem Aussehen. Nach dem förmlichen Geplänkel mit den zumeist männlichen Kollegen, freute sie sich auf einen entspannten Abend in der Gesellschaft der sympathischen Eventmanagerin. Heute war der zweite Tag der mehrtägigen Veranstaltung, und sie begann, sich mit Janina Rott anzufreunden. Deren Angebot, sie am Abend in ein Insider-Restaurant mitzunehmen, hatte sie dankbar angenommen.

Das Hotel lag direkt am Marktplatz des idyllischen Fachwerkstädtchens neben dem zehntürmigen Rathaus. Gut gelaunt nahm Franziska den Aufzug und stieg in der Lobby aus. Sie grüßte zwei am Eingang stehende Männer und trat hinaus in die Abendsonne. Weil sie sich nicht auskannte, nahm sie ein Taxi und ließ sich die kurze Strecke zur Winklerstraße fahren.

Dort, vor dem Eingang des griechischen Restaurants `Athene´, wartete Janina Rott in Begleitung ihrer Schwester und ihres Sohnes. Janinas Anblick erschütterte ihr Selbstbewusstsein kurzfristig. Sie trug einen rosafarbenen Kurzoverall von Gucci, der gewiss eine Stange Geld gekostet hatte.

„Guten Abend, Frau Rott", sagte sie jedoch gefasst. „Sie sehen großartig aus."

„Das Kompliment gebe ich gerne zurück", erwiderte die Angesprochene lächelnd. „Aber sagen wir doch du zueinander. Das ist Carola Rott, meine Schwester, und der Junge hier ist Karlo, mein Sohn."

Artig schüttelte Franziska Carola und Karlo die Hände.

„Du bist schön braun", sagte sie staunend zu dem Jungen.

„Ich war bei Opa auf Mallorca, weil mein Papa gestorben ist. Er wartet jetzt im Himmel auf uns", erwiderte dieser leise.

Fürsorglich nahm Janina ihn an die Hand und machte sich auf den Weg ins Restaurant.

„Mein Beileid, Janina", flüsterte Franziska betroffen.

Diese nickte nur und grüßte die Bedienung. Sie wurden an einen Ecktisch geführt, und wenig später standen drei Ouzo vor ihnen.

Janina hatte am Nachmittag angekündigt, für alle die Speisen auszuwählen. Erwartungsvoll hörte Franziska zu, was sie bestellte: „Als Vorspeisen möchten wir dreimal die Mousse Trilogie, zum Hauptgang dürfen Sie uns Kalamaria servieren, mit dem Dessert werden wir warten. Und bitte bringen Sie uns drei mittelgroße Karaffen des halbtrockenen Makedonikos. Mein Sohn freut sich wie immer auf seine Nudeln mit Tomatensoße und die Apfelschorle."

Carola ist das komplette Gegenteil von ihrer schönen Schwester. Doch irgendwie meine ich, ihr Gesicht schonmal gesehen zu haben, überlegte Franziska irritiert.

„Was machen Sie beruflich, Frau Rott?", wollte sie neugierig von ihr wissen.

„Ich bin Cheftechnikerin bei Viessmann in Allendorf", antwortete diese.

Auch so ein Püppchen wie meine Schwester, dachte Carola verächtlich.

„Also sind Sie handwerklich begabt", bemerkte Franziska, vorsichtig an ihrem Aperitif nippend.

„Unterschätze meine Schwester nicht", warf Janina lachend ein. „Einen Ouzo trinkt man im Übrigen in einem Zug aus, meine Liebe."

„Ich bin in der Firma nicht nur mit der Entwicklung neuer Technologien beschäftigt, Auslandsgespräche mit Kunden und viel Internetarbeit gehören ebenfalls zu meinen Aufgaben", sagte Carola. Sie leerte ihr Schnapsglas.

„Ich wünsche einen guten Appetit", unterbrach die korpulente griechische Kellnerin freundlich das Gespräch. Sie stellte einen Korb mit warmem Brot, neun Schälchen mit dreierlei Mousse und die Weinkaraffen auf den Tisch. „Damit ihr nicht verhungert und verdurstet. Die Hauptspeisen werden etwas dauern. Wir bereiten alles frisch zu, und heute ist viel Betrieb."

Janina reichte ihrem Sohn ein Stück Brot. Sanft strich sie ihm über den Kopf.

„Sie kommen mir bekannt vor, Frau Rott", sagte Franziska nachdenklich. Mit Bedacht strich sie Zaziki auf ihr Brot. „Jetzt erinnere ich mich. Als ich die E-Mails meines verstorbenen Vorgängers durchging, stieß ich auf eine Korrespondenz zwischen Ihnen und Herrn von Horsten. Ihrer Adresszeile ist ein Foto von Ihnen beigefügt."

Unwillkürlich legte Janina ihr Brot zurück auf den Teller.

„Carola, was soll das bedeuten?", wollte sie aufgeregt wissen. „Warum hat mir keiner von diesem E-Mail-Austausch erzählt? Hattet ihr Geheimnisse vor mir?"

„Die Kommunikation war rein beruflich", rechtfertigte sich Carola hastig. Beschwichtigend legte sie ihre Hand auf Janinas. „Es ging um einen Kunden von Viessmann. Er lebt in Wuppertal. Ich bat Kalle, dessen Liquidität zu prüfen."

„Jetzt komme ich nicht mit", mischte sich Franziska verständnislos ein. „Kalle, Karl, sprechen wir von derselben Person?"

„Karl von Horsten ist der Vater meines Sohnes. Hier in Hessen nannten ihn alle Kalle", erklärte Janina. „Ich hätte dir das noch erzählt. Genauso wie dich lernte ich ihn auf einer von mir ausgerichteten Tagung kennen." Mit einem besorgten Seitenblick auf Karlo fügte sie hinzu: „Über die Todesumstände sprechen wir bitte ein anderes Mal."

„In der E-Mail stand auch etwas vom Hundetraining, wenn ich mich recht entsinne. Sie fragten, ob Herr von Horsten noch daran teilnehme. Ich wunderte mich über den vertraulichen Tonfall dieser geschäftlichen Korrespondenz. Wahrscheinlich ist mir diese E-Mail deswegen im Gedächtnis geblieben", sagte Franziska mit zusammengekniffenen Augen. „Es schmeckt im Übrigen köstlich."

Carola warf ihr einen bitterbösen Blick zu.

„Auch wenn ich Kalle nicht besonders zugetan war, seinen Max mochte ich. Das weißt du, Janina", sagte sie, während sie ihre Schwester aus den Augenwinkeln beunruhigt beobachtete. „Der Hund tut mir leid. Er hing sehr an seinem Herrchen. Die zwei gab es nur im Doppelpack. Aber Kalles Ehefrau wird sich gewiss um ihn kümmern."

„Warum bist du keine Ehefrau, Mama?", wollte Karlo mit weit aufgerissenen Augen wissen.

Franziska registrierte, dass Janina unbehaglich auf ihrem Stuhl hin und her rutschte.

„Deine Mutter ist selbstständige Geschäftsfrau", sagte sie spontan. „Du kannst sehr stolz auf sie sein. Seht, das Essen wird gebracht. Wir können das Thema morgen in der Mittagspause wieder aufgreifen."

Donnerstag, 21. Juni 2018

Jakob Nobel verließ den Aufzug und schritt den grell beleuchteten Gang entlang. Es war später Vormittag und hinter den geschlossenen Bürotüren im UG 2 der militärischen Forschungseinrichtung ʽAbwehr-Abteilung-NRWʼ herrschte bereits reger Betrieb. Er hatte den unterirdischen Stützpunkt nie zuvor besucht, sich jedoch mit seiner übergeordneten Identifikationskarte problemlos Einlass verschaffen können. Er klopfte nicht an, sondern betrat mit ausdrucksloser Miene Frank Pirogets Büro. Dieser saß vor seinem Computer und zuckte zusammen. Wie von der Tarantel gestochen, sprang er auf und salutierte.

„Guten Tag, Generalleutnant Nobel", sagte er wie aus der Pistole geschossen. „Stabsoffizier Piroget steht Ihnen zur Verfügung."

Der fette Kerl schimpft sich Stabsoffizier im Forschungs-einsatz, dachte Nobel angeekelt.

Er schwieg eine Weile und genoss den Anblick des stramm stehenden Untergebenen, dem aus allen Poren der Schweiß ausbrach.

„Sie dürfen sich setzen", sprach er schließlich die er-lösenden Worte. Demonstrativ blickte er sich in dem schmucklosen Raum um. Er schob den Besucherstuhl zur Seite und stützte sich mit den Händen auf der Tisch-kante ab, dem zitternden Stabsoffizier dabei fest in die Augen blickend. „Möchten Sie mir etwas erzählen?"

„Es ist nicht meine Schuld, unsere Ermittlungen lau-fen", stammelte Piroget. Das Blut schoss ihm in den Kopf, und ihm wurde kurz schwarz vor Augen. Wie-der musste er an die Worte seines Hausarztes denken. „Sie werden doch verstehen, dass wir den Vorfall geheim halten mussten. Ich habe im Sinne des Militärs gehan-delt. Es lag in meiner Verantwortung, diese Abteilung zu schützen."

„Was ist nicht Ihre Schuld?", fragte Nobel hinterlistig nach. Er bemerkte, dass sein Gegenüber kurz zögerte, zu überlegen schien, ob sein Vorgesetzter vielleicht aus anderen Gründen als den angenommenen vor Ort war. Piroget wich seinem Blick aus und griff nach einer Me-dikamentenschachtel, die neben der Computertastatur lag. Ohne zu antworten, entnahm er ihr eine Tablette und schluckte sie mit einem Rest Kaffee runter.

„Begehen Sie jetzt vor lauter Angst Selbstmord?", fragte Nobel lakonisch.

Immer noch sprachlos schüttelte Piroget den kahlen Kopf.

„Blutdruck", flüsterte er. „Notfallmedikament."

„Genau darum geht es", zischte Nobel.

„Um meinen Blutdruck?", wollte Piroget verblüfft wissen.

„Wie konnte ein Depp wie Sie in die Position des Stabsoffiziers aufsteigen?", entgegnete Nobel fassungslos. Er ging um den Tisch herum und legte Piroget von hinten die Hände auf die Schultern. „Es geht um einen Notfall, nämlich um die Entwendung eines Forschungsobjektes aus dieser Institution. Dieser Vorfall allein wiegt schwer genug, um Sie augenblicklich vom Dienst zu suspendieren. Aber dass mit dieser Drohne ein Mord begangen worden ist, schlägt dem Fass den Boden aus."

Er entfernte die Hände von dem Stabsoffizier und zog sein BlackBerry aus der Uniformtasche. Demonstrativ hielt er es Piroget vor die Nase.

„Sie haben zwei Stunden Zeit, mir alles zu erzählen, was Sie wissen, mir alles zu zeigen, was ich sehen sollte und mir jeden vorzustellen, den ich kennenlernen sollte", sagte er drohend. „Anschließend werde ich entscheiden, ob ich den Generalinspektor mit ins Boot hole. Die Wuppertaler Kriminalpolizei jedenfalls werde ich nicht außen vor lassen können. Dafür ist es zu spät. Wir müssen retten, was zu retten ist, und den Beamten helfen, den Täter zu ermitteln." Er ging wieder um den Tisch herum und nahm seinem Untergebenen gegenüber auf dem Stuhl Platz. „Warum haben Sie mich nicht augenblicklich informiert? Sie konnten davon ausgehen, dass ich von dieser unliebsamen Geschichte früher oder später erfahren würde."

Frank Piroget tastete vorsichtig mit seinem Fuß nach der Taste neben dem rechten Tischbein. Jetzt war er heilfroh, dass er sich für diese Notfalleinrichtung entschieden hatte. Es blieb ihm nur zu hoffen, dass Marc Cramer das Schlimmste verhindern konnte.

„Ich wollte Sie nicht unnötig behelligen", sagte er unterwürfig. „Warum sollte ich einen derart viel beschäftigten Mann nach Velbert-Neviges bestellen? Schließlich bin ich befugt, hier für Ordnung zu sorgen."

„Wissen Sie, warum ich bereits mit Anfang dreißig Generalleutnant geworden bin?", fragte Nobel. Er spielte mit den Orden an seiner Uniform. „Ich habe ein untrügliches Gefühl dafür, wenn Menschen mich belügen. Und ich bekomme die Wahrheit immer raus. Merken Sie sich das gut."

Piroget sah wieder Sterne. Er schluckte, stand taumelnd auf und ging zum Wandschrank. Er bedauerte, die darin auf ihn wartende Schnapsflasche in Gegenwart seines Vorgesetzten nicht an die Lippen halten zu können, und nahm eine Wasserflasche und zwei Gläser heraus. Zurück am Schreibtisch versuchte er, Nobel einzuschenken. Doch seine Hände zitterten derart, dass er Wasser vergoss. Der Generalleutnant nahm ihm die Flasche aus der Hand und füllte die Gläser.

„Wollen Sie mir jetzt die Wahrheit sagen?", fragte er kühl.

„Es ist so, wie ich es gesagt habe", beteuerte Piroget, bevor er das Glas Wasser mit großen Schlucken leerte. Er schielte auf die Wanduhr. Er brauchte mehr als zwei Stunden, damit Cramer im UG 6 für Ordnung sorgen konnte. Aber zwei Stunden waren Nobels Limit, und er konnte gewiss nicht auch noch den Generalinspektor hier gebrauchen.

„Ich möchte die Drohne sehen", befahl Nobel. „Sofort!"

„Folgen Sie mir zum Aufzug", erwiderte Piroget, seinen unförmigen Körper erneut mühevoll vom Stuhl erhebend. „Die Drohnen sind im UG 4."

Jakob Nobel wunderte sich über den ungewöhnlichen Schnitt des Raumes. Wie ein Halbmond angelegt umgab die Wand mit den Drohnenboxen die große Arbeitsfläche. Techniker waren mit Wartungsarbeiten und Reparaturen beschäftigt. Ein merkwürdiger Summton störte ihn.

„Jakob Nobel, Generalleutnant", stellte Piroget ihn vor, und augenblicklich wurde es still. Die Techniker starrten ihn mit großen Augen an. Jeder wusste, warum er in diesem Moment in ihrem Labor war. Auch Paul Jansen wusste es.

Piroget deutete mit seinen Wurstfingern auf ihn: „Paul Jansen, Cheftechniker."

„Öffnen Sie die Box mit der Drohne", befahl Nobel.

Jansen nickte heftig und steckte seine Identifikationskarte in den Schlitz. Bebend tippte er den achtstelligen Sicherheitscode ein. Diesen hatte er gewissenhaft geändert. Er würde ihn nicht mehr preisgeben, das hatte er sich geschworen.

„Frau Reck", sprach er seine Kollegin förmlich an. „Würden Sie mir bitte zur Hand gehen? Ich möchte Prototyp XAlien2 zur Begutachtung auf den Tisch transportieren."

Die Drohne war zwar für die weitere Entwicklung ausgesetzt, da kleinere Modelle zum Einsatz kommen sollten, trotzdem hätte er sie bequem allein transportieren können. Er fühlte sich jedoch derart unwohl, dass er sich die Unterstützung seiner Kollegin wünschte.

„Sind hier eigentlich alle mit einem schwachen Verstand ausgestattet?", mischte Nobel sich wütend ein. „Nicht anfassen!" Er eilte mit großen Schritten zur geöffneten Drohnenbox. „Wurde die Drohne nach der Tat von irgendjemanden berührt, gereinigt oder Ähnliches?"

„Natürlich nicht", antwortete Nina Reck. „Wie Sie vielleicht nicht wissen, Herr Generalleutnant, XA2 genügt unseren Ansprüchen nicht. Wir arbeiten, wie Sie auf dem Tisch sehen können, an deutlich kleineren Modellen." Sie deutete mit der behandschuhten Hand auf die vor ihr liegende etwa faustgroße Drohne. „Sie ist zwar nicht dazu in der Lage, Kurzwaffen zu transportieren, besitzt aber großes Potential für Sprengwaffen und Biokampfstoffe."

„Danke für Ihren Vortrag", entgegnete Nobel eisig. „Biokampfstoffe, so, so. Dafür sind Sie hier nicht zuständig."

Piroget krallte die Fingernägel in seine Handballen. Der Schmerz verdrängte seinen Schwindel etwas.

„Wir forschen an den Transportmitteln, nicht an den Stoffen selbst", sagte er und rang nach Luft.

Jakob Nobel fotografierte XA2 mit seinem BlackBerry.

„Ich werde mit dem Kriminalhauptkommissar der Wuppertaler Mordkommission wiederkommen", kündigte er an. Er versendete das Foto per Bildnachricht. „Bis dahin muss XA2 unangetastet bleiben."

„Herr Generalleutnant, nicht dass ich Sie kritisieren möchte, aber denken Sie daran, unsere Einrichtung soll nicht publik werden", warf Piroget vorsichtig ein.

„Leider lässt sich das nicht verhindern", erklärte Nobel bestimmt. „Die Presse wird darüber berichten. Uns bleibt nichts anderes übrig, als zu hoffen, dass der Mörder Karl von Horstens kein Mitarbeiter dieser Institution ist. Ich werde heute noch die Pressemitteilung schreiben." Er warf Piroget einen durchdringenden Blick zu. „Sagen Sie Ihrer Security-Abteilung, sie soll sich vor weiteren Alleingängen hüten."

„Was meinen Sie damit?", fragte Piroget. Ihm war, als würde sich eine Schlange um seinen Hals winden, die ihren Würgegriff immer mehr verstärkte.

„Ich denke in diesem Zusammenhang an eine gewisse Mathilde Krähenfuß, Reporterin bei der Ronsdorfer Gazette und Tante des Kommissars", erwiderte er bedeutungsvoll.

Bei der Erwähnung dieses Namens zuckte Paul Jansen zusammen. Er erinnerte sich an die Telefonnummer, die er sich auf der Rückseite eines gebrauchten Einkaufszettels notiert hatte.

„Übrigens, die Idee mit der falschen Spur zur US-Air Force finde ich sehr fantasievoll", fuhr Nobel mit vor Sarkasmus tropfender Stimme fort. „Aber Verleumdung und üble Nachrede hätten zu einer Verschlechterung der militärischen Beziehungen zwischen Amerika und Deutschland führen können. Führen Sie mich jetzt durch sämtliche Geschosse. Ich möchte mir einen genauen Überblick über die ʻAbwehr-Abteilung-NRWʼ verschaffen."

Freitag, 22. Juni 2018

Als Mathilde endlich das Fachwerkhaus in Rosenthal erreichte, in dem ihre Schwester wohnte, war sie erleichtert. Peter und Paul waren über die mehrstündige Autofahrt, die sie im Kofferraum des Berlingo neben Lotte verbracht hatten, unüberhörbar entrüstet gewesen. Fast ununterbrochen hatten sie geschimpft und die Stimmen der WDR4 Moderatoren imitiert. Genervt hatte Mathilde schließlich das Autoradio ausgeschaltet. Der Wetterbericht hatte ab morgen eine Schlechtwetterperiode angekündigt, doch heute war es immer noch sommerlich warm. Mathilde hatte die Klimaanlage einschalten müssen und war in ständiger Sorge gewesen, ob sich eines der Tiere erkälten würde. Martha hatte ihre Drohung wahr gemacht und war nicht zu Mathilde zurückgekehrt. Auch Mathildes ständige Anrufe hatte die beleidigte Afrikanerin ignoriert.

Erst wacht sie mit Faides und Rafiki Tag und Nacht über mich, jetzt lässt sie mich einfach im Stich, dachte Mathilde verärgert. Sie öffnete den Kofferraum, nahm Lottes Leine in die eine und den Duschkäfig in die andere Hand.

„Martha", krächzte Peter.

„Banane", zeterte Paul.

„Es gibt keine Bananenstücke von Martha mehr", sagte Mathilde unglücklich zu den Papageien. Sie merkte, dass ihre Augen feucht wurden. *Reiß dich zusammen, Mathilde*, ermahnte sie sich in Gedanken. Seufzend ging sie zum Haus und stellte den kleinen Transportkäfig auf der Fußmatte ab. Ihre Handtasche baumelte an ihrem

Handgelenk. Sie platzierte sie neben den Vögeln und suchte ungeduldig nach Roswithas Ersatzschlüssel.

„Akili", kommentierte Paul Mathildes Bemühungen.

„Intelligent", übersetzte Peter ins Deutsche.

Mathilde konnte die Tränen nicht länger zurückhalten. Sie vermisste ihre Haushälterin schrecklich. Ohne nachzudenken, drehte sie ihre Handtasche um und kippte den Inhalt auf die Fußmatte. Es schepperte heftig.

„Oh nein", rief sie bestürzt aus. Vor lauter Schreck versiegte der Tränenfluss. Eines der beiden Objektiv-Gläser ihres Fernglases war zersplittert. Die Haustür öffnete sich, und Roswitha Mucke stand im Türrahmen.

„Mathilde, warum hast du nicht einfach geschellt?", wollte sie kopfschüttelnd wissen. Ihr rundes Gesicht drückte Besorgnis aus. „Ich habe dich aus dem Fenster beobachtet und gewunken, doch du warst derart mit dir und deinen Tieren beschäftigt, dass du nichts mitbekommen hast. Hallo, Lotte, ja, ich habe dich auch lieb."

Die Hündin schleckte ihr zur Begrüßung ausgiebig die Hand.

„Das hast du jetzt davon, Mathilde", sagte sie weiter. „Wie oft habe ich dir geraten, dir eine Handtasche mit abgetrennten Bereichen anzuschaffen?"

„Es liegt nicht an der Tasche", erwiderte Mathilde traurig. „Ich hätte sie nicht gedankenlos auskippen sollen. Jetzt ist mein schönes Fernglas kaputt."

„Weißt du was? Ich nehme jetzt Lotte und die Papageien und bringe sie in meine Wohnung", schlug Roswitha fürsorglich vor. „Du kümmerst dich um deine Tasche und deren Inhalt und kommst nach. Ich werde uns einen Kaffee kochen, und heute Mittag darfst du dich auf Sauerbraten freuen."

Mathilde nickte kläglich.

„Schließe bitte die Fenster", sagte sie, Knirps und Brillenetui einräumend. „Peter und Paul müssen raus aus dem kleinen Käfig."

Nachdem Mathilde eine große Portion des von ihrer Schwester liebevoll zubereiteten Sauerbratens verspeist hatte, fühlte sie sich etwas besser. Zuvor hatte sie über ihr BlackBerry im Internet nach Ferngläsern gegoogelt und sich bei der Firma Pearl ein hochwertiges Exemplar bestellt. Mit etwas Glück würde sie es kommenden Montag bereits geliefert bekommen. Sie leinte Lotte an und verließ mit ihr das Haus in der Frankenberger Straße. Gemütlich schlenderte sie durch das beschauliche Rosenthal in Richtung des Rathauses. Dort angekommen, hielt sie einen Moment inne, um das braunweiße Fachwerkhaus mit dem spitz zulaufenden braunen Schieferdach zu bestaunen. Mathilde mochte die Architektur des Gebäudes mit der langen Geschichte und dem kleinen Erker an einer Seite. Ihr Blick schweifte von den Blumenkästen, die die weiß vergitterten Fenster der ersten Etage schmückten, zum kleinen Sträßchen, auf dem sie ihren Spaziergang fortsetzen wollte. Sie zog die Nase kraus und kniff die Augen zusammen. In trauter Zweisamkeit kamen Janina Rott und Franziska Hansen die Straße runter spaziert.

„Frau Hansen, Frau Rott", rief sie aufgeregt, eifrig den beiden Frauen zuwinkend. Sie eilte ihnen entgegen und stolperte über einen auf dem Boden liegenden Stock. Es gelang ihr gerade soeben, die Balance zu behalten.

„Frau Krähenfuß, so passen Sie doch auf", sagte Janina. Sie hatte sich bei ihrer Begleiterin untergehakt. Gemeinsam blieben sie vor Mathilde stehen.

„Wie ungeschickt von mir", keuchte Mathilde, und Franziska grinste. „Heute geschehen mir ständig Missgeschicke. Zuerst geht mir mein geliebtes Fernglas kaputt, und jetzt wäre ich beinahe gestürzt. Es ist zwar Freitag, aber doch nicht der 13."

„Ihre Haare sind in Unordnung geraten", sagte Janina kichernd. Sie zog einen kleinen Spiegel aus ihrer cremefarbenen Schultertasche von Chloé. „Hier, sehen Sie selbst."

Peinlich berührt rückte Mathilde ihre Perücke zurecht.

„Trotzdem ist es ein lustiger Zufall, dass wir uns hier am Rathaus in Rosenthal treffen", stellte sie fest. „Sie leben hier, Frau Rott, aber mit Ihnen hätte ich nicht gerechnet, Frau Hansen. Was hat Sie aufs Land verschlagen?"

„Ich nahm an einer mehrtägigen Fortbildung in der Nachbarstadt teil", gab diese bereitwillig Auskunft. „Heute Mittag ging sie zu Ende, und Janina hat mich eingeladen, mit ihr vor meiner Heimreise im Restaurant Rosengarten zu Mittag zu essen. Wir sind dorthin unterwegs."

„Ich freue mich, Sie zu treffen, Frau Rott", sagte Mathilde eifrig. „Ich habe noch eine Frage an Sie bezüglich Ihres verstorbenen Freundes."

„Möchten Sie uns auf dem Weg zum Restaurant begleiten?", erkundigte sich Franziska Hansen. „Ich habe nicht ewig Zeit."

Mathilde nickte zustimmend, und die drei Frauen marschierten los.

„Frau Rott, ist Ihnen bekannt, dass die Freiwerker-Loge ›Zu den drei Wölfen‹ das irrwitzige Ziel verfolgt, die Wuppertaler Parteienlandschaft zu unterwandern? Die Kriminalpolizei sucht derzeit nach konkreten Beweisen. Sprach Karl von Horsten einmal mit Ihnen über diese Angelegenheit? Ich bitte Sie, sagen Sie mir die Wahrheit."

Eine Weile schwieg Janina Rott. Schließlich antwortete sie: „Kalle ist tot. Ihn wird es nicht mehr stören, wenn ich Ihnen gestehe, dass ich davon weiß."

„Ich dachte, Herr von Horsten sei ein intelligenter Mann gewesen, wie konnte er etwas derart Größenwahnsinniges unterstützen?", wunderte sich Mathilde.

„Aber das hat er nicht", erwiderte Janina heftig. „Er war strikt dagegen. Wäre er Großmeister geworden, hätten Franken und Marx einpacken können. Ach, Frau Krähenfuß…", Janina seufzte, „Kalle war eine ehrliche Haut und der Bruderschaft sehr zugetan. Wie ich Ihnen bereits bei unserem letzten Gespräch erzählte, er wollte mehr Raum für Frauen schaffen, mehr Öffentlichkeitsarbeit organisieren und das Parteienprojekt stoppen. Er zeigte sich mir gegenüber sehr besorgt, dass Franken die Wahl manipulieren könne. Tatsächlich überlegte er, den Brüdern ein Geheimnis von Norbert Franken zu enthüllen, damit diese seine Kandidatur ablehnen würden. Ehrbarkeit und Ehrlichkeit zwischen den Brüdern ist diesen Männern sehr wichtig."

„Und Norbert Franken ist nicht ehrbar und ehrlich?", hakte Mathilde nach.

„Herr Franken brauchte vor einigen Jahren viel Geld, um seine Frau aus Japan zu holen", sagte Janina leise.

„Er hat sich seine Frau gekauft?", fragte Mathilde entrüstet.

„Nein, im Gegenteil", antwortete Janina. Mathilde merkte ihr die Aufregung deutlich an. „Er musste sie freikaufen. Genaueres kann ich Ihnen dazu nicht sagen. Ich weiß nur das, was Kalle mir berichtete. Jedenfalls hat Franken Spendengelder unterschlagen. Keine unbeträchtliche Summe. Um die fünfhunderttausend Euro waren es wohl, die die Bruderschaft gut hätte gebrauchen können. Dummerweise hatte Franken das Geld in der Salamander-Bank deponiert, unter falschem Namen zwar, aber Kalle kam irgendwie dahinter. Die zwei führten intensive Gespräche von Bruder zu Bruder. Kalle hatte ein weiches Herz. Frankens Liebe zu Asuka ließ ihn dahinschmelzen. Er ließ Franken ein Geständnis unterschreiben und schriftlich versprechen, das Geld der Bruderschaft nach und nach zurückzuzahlen. Das macht Franken sogar bis heute. Er hat fast die gesamte Summe zurückerstattet. Trotzdem hätte ihn bei Bekanntwerden dieser Geschichte kein Bruder mehr gewählt. Lug und Trug gehören zu den Todsünden der Brüder. Zumindest gegenüber den Mitgliedern."

„Verstehe", sagte Mathilde, hielt gedankenverloren an und packte das von Lotte verrichtete Geschäft in eine Tüte. „Und kurz vor der Wahl spielte von Horsten mit dem Gedanken, Franken zu sabotieren?"

Sie waren auf dem zum Rosengarten gehörenden Parkplatz angekommen. Mathilde registrierte, dass Franziska Hansen zwischen Neugierde und Ungeduld hin und her gerissen war.

„In Wuppertal werde ich sofort mit der Untersuchung

beginnen", bemerkte sie. „Janina, kennst du zufällig den Namen, den Herr Franken zur Rückzahlung nutzt?"

„Leider nein", entgegnete diese schulterzuckend.

„Das wird mein Neffe ermitteln, keine Sorge", versicherte Mathilde den Frauen.

„Jedenfalls wollte Kalle die Geschichte mit den Parteien um jeden Preis unterbinden", fuhr Janina fort. „Er sagte, so etwas werde die Bruderschaft in Teufels Küche bringen. Er konnte auch nicht verstehen, dass der damalige Großmeister, Rolf Marx, Franken die Erlaubnis für das Experiment mit der FDP erteilt hatte. Ich schätze, Kalle hätte Franken kurz vor der Wahl bloßgestellt, um die Bruderschaft zu schützen."

„Was war das für ein Experiment?", wollte Mathilde wissen. Sie ärgerte sich, dass sie BlackBerry und Diktiergerät bei Roswitha gelassen hatte. Zu gerne hätte sie das Gespräch aufgezeichnet. Nun musste sie sich auf ihr Gedächtnis verlassen.

Franziska Hansen warf einen Blick auf ihre Armbanduhr. Es war mittlerweile halb zwei Uhr. Dennoch schwieg sie und wartete auf Janinas Antwort.

„Zunächst wurden Mitglieder der Bruderschaft in die Partei eingeschleust", begann diese zögernd zu berichten. „Gar nicht mal so viele; fünf Männer, soweit ich weiß. Diese hatten die Aufgabe, Trends zu erforschen, die Parteimitglieder zu beobachten und Meinungen zu manipulieren. Wie genau sie das machten, müssen Sie schon Herrn Franken persönlich fragen. Dieser schaffte es zu einem späteren Zeitpunkt, erfolgreich eine Landtagswahl zu manipulieren. Als Computerexperte hatte er die besten Voraussetzungen, die wichtigen Leute dort zu beeinflussen, wo sie nicht damit rechneten. Bei sich zu Hause vor den Computern und auf ihren Smartphones. Denken Sie an die Ereignisse der aktuellen Weltpolitik. Wie oft hört man davon, dass persönliche Daten mittels der sozialen Netzwerke missbraucht werden." Janina holte mehrmals tief Luft, und in Mathildes Gehirn ratterte es. „Das Ganze dauerte etliche Monate."

„Vielen Dank, Frau Rott", sagte Mathilde. Sie konnte es kaum erwarten, ihren Neffen zu informieren. „Bitte tun Sie mir den Gefallen und stehen der Wuppertaler Polizei Rede und Antwort. Ihre Zeugenaussage bezüglich der Parteien ist Gold wert. Versprechen Sie mir, den Beamten gegenüber auszusagen?"

Janina zögerte keinen Augenblick.

„Natürlich", sagte sie fest.

Montag, 24. Juni 2018

Herkunftsort der Horrordrohne wurde ermittelt!

Neue Hinweise im Mordfall Karl von Horsten.

Von Mathilde Krähenfuß

WUPPERTAL. Laut Angaben der Kriminalpolizei gehört die Todesdrohne zu einer militärischen Forschungsstation. Der Quadrokopter wurde von der Polizei gesichtet und beschlagnahmt. Jakob Nobel, der in die Ermittlungen einbezogene Generalleutnant, versicherte den ermittelnden Beamten, dass die Militärstation in der Nähe von Wuppertal dem Land wertvolle Dienste leiste. Um die Arbeitsqualität weiter gewährleisten zu können und um die Forscher zu schützen, dürfe der konkrete Ort des Forschungszentrums der Öffentlichkeit nicht preisgegeben werden. Nobel sagte weiter, man sei entsetzt über die Entwendung der Drohne und deren Einsatz bei einem Gewaltverbrechen. Außerdem sicherte er der Kriminalpolizei seine vollste Unterstützung zu.

Keuchend versuchte Inge Ehrenberg mit ihrer Schwester Schritt zu halten. So hatte sie sich ihren Geburtstagsausflug in den Wuppertaler Zoo nicht vorgestellt. Sie hatte sich riesig über Simones Gutschein gefreut. Endlich zeigte diese wieder Interesse an ihr. Seit sie in der Villa Erika von Horstens lebte, hatten sich die Schwestern nicht gesehen. Hals über Kopf hatte Simone ihre kleine Wohnung am Domagkweg gekündigt und war zu ihrer Freundin gezogen. Inge Ehrenberg hatte ihren diesbezüglichen Unmut in zahlreichen Telefonaten und WhatsApp-Nachrichten deutlich zum Ausdruck gebracht. Ihrer Meinung nach war dieser Umzug viel zu überstürzt gewesen. Doch Simone hatte sich nicht beirren lassen.

„Renn bitte nicht so, Simone", machte Inge sich hinter dem Rücken der zügig voranschreitenden Schwester bemerkbar. Wuppertal war eine Stadt im Bergischen Land, und der Zoo hatte beachtliche Steigungen zu bieten. Der steilste Weg führte zu dem riesigen Freigehege der Löwen, dem Ziel der Schwestern. Inge Ehrenberg war froh, dass die Hitzeperiode erstmal vorüber zu sein schien. Ihre Körperfülle machte ihr bei Wärme stark zu schaffen. Diesen Vormittag über jedoch hatte es stark geregnet, die Temperaturen waren deutlich gesunken. Auch zu dieser frühen Stunde am Nachmittag hingen bedrohliche Wolken am Himmel.

„Du musst mehr für deinen Körper tun", knurrte Simone unwirsch. Widerwillig reduzierte sie ihr Tempo. „Verzeih mir, dass ich das sage, aber du bist fett und untrainiert. Kein Wunder, dass du keinen Mann abkriegst."

Das hatte gesessen. Simone wusste, wie sehr Inge unter ihrer Einsamkeit litt. Zu der Zeit, als es Simone noch ebenso ergangen war, hatten die zwei wesentlich mehr gemeinsam unternommen. Derart böse und direkte Worte kannte Inge nicht von ihrer Schwester.

„Warum bist du eigentlich heute so schlecht gelaunt?", wollte sie wütend wissen. Sie waren bei den Löwen angekommen. Simone stand wortlos vor der Glasscheibe und hielt Ausschau nach den Raubtieren.

„Ich habe ein großes Problem", sagte sie nach einer Weile leise.

„Ein Problem?", wiederholte Inge erstaunt. „Ich denke, du bist glücklich mit deiner Erika und deinem Zimmer in diesem Schloss im Briller Viertel?"

„Ich werde alles wieder verlieren", wisperte Simone. Sie setzte sich auf einen künstlichen Felsbrocken. Die Architekten hatten sich beim Neubau der Löwenanlage viel Mühe gegeben. Alles wirkte täuschend echt. Man hatte das Gefühl, in einer Höhle zu sitzen und auf eine Savanne zu blicken, der ein Unwetter bevorstand.

„Wie kommst du auf diesen Gedanken? Frag doch einfach deine Super-App um Rat, wenn dich etwas bedrückt", sagte Inge sarkastisch. „Apropos `OMG´. Nach unserem Gespräch in der Sauna googelte ich danach. Ich wurde auch bei Microsoft fündig und wollte die App spaßeshalber testen. Installieren konnte ich sie jedoch nicht. Bei jedem meiner vergeblichen Versuche stürzte mein Computer ab. Also ließ ich es sein."

Simone stützte den Kopf auf ihre Hände.

„Inge", hauchte sie. „Die App funktioniert nicht mehr und ist nicht mehr aufzufinden. Wie soll es bloß weitergehen?"

„Schwesterherz", erwiderte die Angesprochene ernst. „Es gibt Schlimmeres. Wenn du unbedingt eine Ratgeber-App brauchst, such dir eine andere. Es gibt Tausende davon."

„Aber keine ist wie `OMG´", entgegnete Simone verzweifelt. „`OMG´ war mir ein Freund, jemand, der mit mir sprach. Jeder Tipp war einzigartig und für mich konzipiert. Erika möchte mit mir nächstes Wochenende verreisen. Wie soll ich jetzt wissen, ob das gut für uns ist? `OMG´ hätte mir gesagt, ob wir im Urlaub Streit bekommen würden oder nicht."

„Das darf alles nicht wahr sein, Simone", sagte Inge entsetzt. Sie beugte sich zu ihrer Schwester runter, zog ihr die Hände unter dem Kinn weg und schüttelte sie kräftig. „Wach auf! Das war nur ein Computerprogramm. Du redest, als wäre `OMG´ ein Mensch."

„`OMG´ war mein bester Freund und viel mehr, als es ein Mensch sein kann", sagte Simone kläglich. Fahrig zog sie eine Schachtel aus der Leinenhose und zündete sich eine Zigarette an.

„Langsam mache ich mir Sorgen um deine seelische Gesundheit", erwiderte Inge fassungslos. „Wer weiß, wozu es gut ist, dass diese App vom Markt ist. Das wird gewiss seine Gründe haben. Wann hast du das letzte Mal eigenständig gedacht?", fragte sie und drehte sich abrupt um. „Schöner Geburtstag ist das. Ich für meinen Teil habe keine Lust mehr auf den Zoo. Such dir einen Psychologen. Der gibt dir Tipps, wie du dir wieder selbst helfen kannst."

Simone blickte der weggehenden Schwester hinterher und dachte über deren Worte nach. Sie schloss die Augen. Plötzlich donnerte es. Nur wenig später ließ der grelle Blitz sie hinter ihren Augenlidern Sternchen sehen. Sie beschloss, das Gewitter in der Höhle abzuwarten.

Diese Höhle ist keine echte, dennoch erscheint sie mir wirklich, überlegte sie. *Was ist meine Wirklichkeit?*

Schlagartig riss sie ihre Augen weit auf und begann am ganzen Leib zu zittern. Ihr Herz raste wie verrückt. Sie wollte aufspringen, doch ihre Knie waren wie aus Wackelpudding. Sie schnappte nach Luft, vergaß das Ausatmen, atmete ein und ein. Plötzlich wurde alles schwarz.

Asuka Franken saß mit gefalteten Händen in der Mitte des roten Ledersofas. Ihre schlanken Beine waren aneinandergepresst, das bronzefarbene Gesicht war ernst. Herbert konnte den Blick nicht von ihr abwenden. Selten war ihm eine derartige Schönheit begegnet. Auch Florian Vogel an seiner Seite war sichtlich von der jungen Frau beeindruckt. Tiefschwarze lange Haare fielen ihr über die zarten Schultern. Sie trug ein fliederfarbenes Sommerkleid und war barfuß. Seit Norbert Franken die zwei Polizeibeamten ins Wohnzimmer geführt hatte, sprach niemand ein Wort.

„Meine Frau", sagte Franken in die Stille.

Herbert räusperte sich. Er riss sich vom Anblick der schweigenden Japanerin los und drehte sich um.

„Möchten Sie, dass sie bei unserem Gespräch anwesend ist?", fragte er leise.

Ich verstehe, dass Franken für diese Frau Spendengelder abgezweigt hat, dachte er. Das zu erwähnen, hatte er heute nicht vor. Franken brauchte noch nicht zu wissen, dass ihm sein Vergehen zu Ohren gekommen war.

„Asuka", sagte Franken ernst zu seiner Frau, statt dem Beamten zu antworten. „Das Unwetter ist vorüber. Die Luft ist rein, wie du es liebst. Magst du einen Spaziergang unternehmen?"

Ohne ein Wort zu sagen, und ohne einen Blick an einen der drei Männer zu verschwenden, stand sie auf und ging zur Tür. Ein leises Klacken, und die Tür schloss sich hinter ihr.

„Nehmen Sie doch Platz", forderte Franken die Beamten auf.

„Nein danke", erwiderte Herbert. „Es wird nicht lange dauern. Ich möchte, dass Sie sich ein kleines Video ansehen. Sagt Ihnen der Name Janina Rott etwas?"

Nachdenklich strich sich Franken durch die hellen Locken. Nach kurzer Überlegung schüttelte er den Kopf.

„Karl von Horsten hatte eine langjährige Geliebte", klärte Herbert ihn auf. „Sogar einen gemeinsamen Sohn haben die beiden."

„Bedauerlich", entgegnete Franken kühl. „Seine Frau erwähnte das mir gegenüber bereits. Doch die Brüder sind frei, mehrere Frauen zu haben, wenn sie es wünschen."

„Lassen Sie das Geschwafel", sagte Herbert genervt. „Florian, würdest du bitte die Videoaufnahme abspielen?"

Florian Vogel entnahm seiner Aktentasche ein Tablet. Damit ging er zu dem großen Schreibtisch am Fenster. Er platzierte es zwischen Frankens Computer.

„Kommen Sie zu mir", sagte er auffordernd zu ihm.

Herbert war auf Frankens Reaktion gespannt. Gestern hatte ihm Janina Rott eine Videoaufnahme per E-Mail zukommen lassen. Sie hatte gegen die Freiwerker-Loge `Zu den drei Wölfen´ ausgesagt und sich dabei selbst gefilmt. Wie es Herberts Wunsch gewesen war, hatte sie über Frankens Geldunterschlagung geschwiegen.

„Glauben Sie dieser Frau etwa?", wollte Franken empört wissen. Er hatte die Hände zu Fäusten geballt und lief wütend im Zimmer auf und ab. „Hier steht Aussage gegen Aussage. Diese Frau lügt. Ein Bruder würde einer Frau niemals Logengeheimnisse anvertrauen."

„Anscheinend doch", konterte Herbert. Er hörte das Geräusch eines Schlüssels. Anscheinend war Asuka Franken bereits zurückgekehrt.

„Damit haben Sie keinerlei Beweise", sagte Franken erbost.

„Wir werden sehen, was die Ermittlungen der Kollegen bei der FDP ergeben", entgegnete Herbert gelassen. „Ich für meinen Teil würde gerne von Ihnen wissen, ob Sie Streit mit Karl von Horsten hatten. Nach Angaben von Frau Rott, war von Horsten strikt gegen die Sache mit den Parteien und wollte alles dafür tun, um Sie zu stoppen."

„Nein, wir hatten keinen Streit", antwortete Franken. „Abgesehen von einigen gewöhnlichen Meinungsverschiedenheiten. Außerdem gibt es nichts, wovor Karl die Bruderschaft hätte schützen müssen. Wer weiß, was diese Frau Rott mit ihrer Falschaussage erreichen möchte."

„Ich stelle fest, dass Sie uneinsichtig sind", kommentierte Herbert Frankens Worte. „Sie bewegen sich auf dünnem Eis, sehr dünnem Eis."

Er gab Florian das Zeichen zum Aufbruch. Dieser packte das Tablet zurück in die Aktentasche. Der rothaarige Mann war zu lange in der Sonne geblieben, sein Gesicht leuchtete wie eine Tomate, und die Haut begann sich zu schälen.

Unvermittelt schellte Herberts Smartphone.

„Hans", sagte er augenzwinkernd zu Florian.

Zufrieden lächelnd, lauschte er dem Bericht seines Kollegen.

„Das Eis ist soeben gebrochen", erklärte Herbert, nachdem er das Gespräch beendet hatte. „Unsere IT-Spezialisten haben Ihrem geschätzten Bruder Marx einen Überraschungsbesuch abgestattet. Tatsächlich wurden sie auf seinem Computer fündig. Es war ein Fehler, dass Sie nicht sämtliche existierenden Sicherheitskopien vernichtet haben."

„Was ist so schlimm daran?", wollte Franken aufgeregt wissen. „Ich habe keinen Wahlschein in die Urnen geschmissen, das haben die Parteimitglieder selbst gemacht."

„Sie haben akribisch dokumentiert, wie Sie mittels Computerprogrammen gezielt Einfluss auf die Gesinnungen der FDP-Mitglieder nahmen, sodass diese tatsächlich einen Logen-Bruder in den Landtag gewählt haben. Wahlmanipulation ist eine Straftat. Wie bereits gesagt, die diesbezüglichen Ermittlungen werde nicht ich weiterführen", erklärte Herbert. Er öffnete die Wohnzimmertür und verließ den Raum. „Die Schuldfrage wird ein Richter klären und auch, wer von den Brüdern mitschuldig ist. Vielleicht werden Sie für verrückt erklärt. Wie kann ein intelligenter Mensch glauben, dass so ein Vorhaben funktionieren könnte?", meinte er mehr zu sich und Florian als zu dem im Wohnzimmer zurückbleibenden Franken.

„Ich sage nur: Präsidentschaftswahl in den USA", erwiderte Florian Vogel. „Beispiele für erfolgreichen Größenwahn gibt es aktuell genug."

Asuka legte die Arme um die Hüften ihres Mannes. Sie reichte ihm gerade bis zu den Schultern.

„Und jetzt?", flüsterte sie. „Ich habe Angst um dich."

„Beruhige dich, mein Schatz", erwiderte Franken. „Ich werde augenblicklich einen Anwalt konsultieren, der unsere Bruderschaft vertritt. Noch ist nichts verloren. Wir werden das Experiment unterbrechen und die Brüdern in den anderen Städten warnen. Wenn Gras über die Sache gewachsen ist, starten wir erneut. Ich schwöre dir, dass ich einer der mächtigsten Männer auf dieser Erde werde. Wir zwei sind jung. Die Zeit ist auf unserer Seite. Du weißt, wozu ich in der Lage bin. Vertrau mir. Habe ich dich nicht aus den Fängen der Yakuza, dieser japanischen Mafia, befreit?"

Asuka lief ein eiskalter Schauer über den Rücken. An den meisten Tagen gelang es ihr, die Gedanken an diese schlimme Zeit zu verdrängen. Heute jedoch holte sie die Vergangenheit ein. Franken löste sich von ihr und ging zum Computer-Tisch. Zunächst beseitigte er alle Spuren, die zur FDP oder zur Bruderschaft führten. Mit einem Rechtsstreit konnte er umgehen. Er würde die Bruderschaft zum Erfolg führen und gewiss auch die Verhandlungen manipulieren können.

Gewohnheitsmäßig tippte er ein Passwort ein und stutzte. Was er sah, gefiel ihm nicht. Es gefiel im ganz und gar nicht. Er würde handeln müssen, sonst war alles verloren. Von dieser Person ging große Gefahr aus.

Tief atmete Mathilde die frische Luft ein. Nachdem das Unwetter abgeklungen war, hatte sie mit Lotte einen ausgiebigen Spaziergang unternommen. Jetzt freute sie sich auf eine Tasse Kaffee. In ihrer Hand hielt sie eine Bäckertüte mit einem Puddingteilchen.

„Die Tür ist nicht abgeschlossen", brummte sie verärgert vor sich hin. „Sollte ich das etwa vergessen haben?" Stirnrunzelnd zog sie den Schlüssel aus dem Schloss und öffnete vorsichtig die Eingangstür.

„Mathilde, der Kaffee ist fertig", wurde sie von einer strahlenden Martha begrüßt. Peter saß auf ihrer linken und Paul auf ihrer rechten Schulter.

Lotte jaulte laut auf. Es gab kein Halten mehr. Mathilde entglitt die Leine, und Lotte sauste auf die lachende Afrikanerin zu.

„Ist ja gut, Lotte", versuchte diese das aufgeregte Tier zu beruhigen. Lotte sprang an ihr hoch wie ein Reh, bellte, warf sich auf den Boden und rollte hin und her.

„Martha", krächzte Paul.

„Banane", forderte Peter.

Seelenruhig schälte Martha eine Banane, brach sie in drei Stücke und verteilte sie an die Papageien und die Hündin.

„Du kannst deinen Mund wieder schließen, Mathilde", sagte sie anschließend trocken. „Ich habe Waffeln mitgebracht. Sie sind frisch, eben erst gebacken."

Immer noch sprachlos starrte Mathilde ihre Haushälterin an. Sie schien gezaubert zu haben, denn Mathilde war gerademal eine gute Stunde außer Haus gewesen. Die Küche blitzte, und das dreckige Geschirr, das sich in den letzten Tagen angesammelt hatte, war verschwunden.

„Martha, du bist wieder da", rief sie überglücklich. „Gott sei Dank!"

Schnell schritt sie zu der Afrikanerin hin und fiel ihr in die Arme. Freudentränen standen ihr in den Augen. Peter erhob sich in die Lüfte, flog zum Obstkorb und mopste sich eine Weintraube. Kichernd befreite sich Martha aus der Umarmung und brachte das Obst in Sicherheit.

„Ich habe im Wohnzimmer gedeckt", informierte sie Mathilde. „Komm, wir lassen es uns schmecken. Und dann möchte ich alles erfahren, was du über den Mord herausgefunden hast."

„Du bist zum richtigen Zeitpunkt zurückgekehrt", erwiderte Mathilde bedächtig. „Ich habe einen ungehörigen Verdacht. Du wirst staunen."

„Hast du deinen Neffen informiert?", wollte Martha wissen, die Kaffeekanne in der Hand haltend und zum Wohnzimmer gehend.

„Es gibt noch ein fehlendes Bindeglied", antwortete Mathilde stirnrunzelnd. „Bevor ich mir nicht absolut sicher bin, wer oder was es ist, kann ich mich nicht äußern. Aber mein Gefühl sagt mir, dass es bald soweit sein wird."

Dienstag, 25. Juni 2018

Die Krankmeldung in der Hand haltend, verließ Paul Jansen die Hausarztpraxis an der Uellendahler Straße. Kurz überlegte er, sofort in seinen Wagen zu steigen, entschied sich jedoch dagegen. Auf der gegenüberliegenden Straßenseite gab es ein McDonalds-Restaurant, und ihm war nach einem McDouble Chili Cheese.

Wenig später saß er vor seinem Tablett und befreite den Burger von dem Papier. Seine Frau hasste McDonalds. Sie hasste alles, was er liebte. Er ging gern ins Kino, sie bevorzugte das Theater und die Oper. In letzter Zeit fragte er sich vermehrt, ob er seine Frau eigentlich noch liebte. Er wusste auch nicht, warum gleichzeitig der Drang, Frauenkleider anzuziehen, stärker geworden war.

Eigentlich kann es mir gleichgültig sein, ob Marie davon weiß oder nicht, überlegte er und biss herzhaft zu.

„Sollen sie es ruhig alle erfahren. Der fette Piroget interessiert mich nicht, und auf die Arbeit in der Forschungsstation kann ich gut verzichten. Sollen andere Transportmittel zum Töten entwickeln. Was habe ich eigentlich zu verlieren? Meine Freiheit? Die habe ich bereits seit Langem verloren. Ich werde mich nicht weiter erpressen lassen", murmelte er vor sich hin.

Er blickte sich im Restaurant um. Die Frühstückszeit war gerade erst vorbei, nur wenige Gäste saßen an den Tischen. Er nahm sein Smartphone aus der Tasche und wählte die verhasste Nummer. Der Mörder nahm den Anruf nicht entgegen, doch kurz darauf erhielt er eine SMS: 'Rufe in wenigen Minuten zurück.'

Jansen stand auf, räumte sein Tablett weg und stellte sich erneut vor die Essensausgabe. Kurz darauf steuerte er mit einem Glas Cola in der Hand auf einen Tisch in der hintersten Ecke des Restaurants zu. Er musste nicht lange warten, bis der Mörder zurückrief.

„Was gibt's", erkundigte sich die blecherne Stimme.

Paul Jansen nahm seinen ganzen Mut zusammen.

„Ich wollte Ihnen bloß mitteilen, dass es mich nicht mehr interessiert, ob Sie meine Bilder verbreiten oder nicht. Egal ob im Internet oder sonst wo", sagte er lauter als beabsichtigt. „Sie haben mich betrogen und belogen. Mir versuchten Sie weiszumachen, auf die Jagd gehen zu wollen mit XA2. Auf Menschenjagd sind Sie gegangen." Jansen holte tief Luft. „Und ich habe mich mehrfach mitschuldig gemacht. Ich habe Ihnen Zugang verschafft, alles erklärt und, was das Schlimmste ist, ich habe die Drohne bestückt, sodass Sie lediglich das Bild der Zielperson einscannen und die Zeit programmieren mussten. Woher wissen Sie eigentlich von meiner kleinen Schwäche? Wer sind Sie?"

An seinem Ohr erklangen merkwürdige Geräusche. Er stutzte. Das metallische Scheppern klang wie ... - Der Mörder weinte. Ohne Paul Jansen zu antworten, beendete er das Telefonat.

Jansen hatte mit vielem gerechnet, aber mit einem Gefühlsausbruch des Täters gewiss nicht. Schockstarr saß er in dem Restaurant, beobachtete eine junge Frau mit einem Kleinkind, das fröhlich Pommes Frites in seinen Mund steckte. Das Opfer hatte zwei erwachsene Töchter. Das hatte er herausgefunden, als er Karl von Horsten gegoogelt hatte. Plötzlich fingen seine Finger an zu zittern. Sollte er die Polizei anrufen? Sich stellen? Sagen, dass er nicht gewusst hatte, was der Erpresser mit der Drohne vorgehabt hatte? Wenn er ehrlich zu sich selbst war, hatte er es geahnt. Keine Sekunde hatte er geglaubt, dass der Mörder beabsichtigte, Damwild zu jagen. Jansen griff in seine Hosentasche und faltete den zerknüllten Einkaufszettel auseinander. Langsam tippte er die darauf stehende Nummer auf den Touchscreen seines Smartphones.

Mathilde fröstelte, als sie am Eingang des kleinen Wäldchens, das die Wuppertaler liebevoll `Wester Busch´ nannten, auf Paul Jansen wartete. Ihrer Meinung nach löste ein Spaziergang die Zunge. Deswegen hatte sie den Mann gebeten, sie auf ihrer nachmittäglichen Hunderunde zu begleiten. Ein Blick auf ihre Armbanduhr verriet ihr, dass Paul Jansen bereits fünfzehn Minuten verspätet war. Als er sie am Vormittag angerufen hatte, war er schrecklich nervös gewesen. Jetzt sorgte sich Mathilde, dass ihn der Mut verlassen haben könnte. Er hatte davon gesprochen, eine wesentliche Zeugenaussage im Fall Karl von Horsten machen zu wollen.

Zu ihrer grenzenlosen Erleichterung sah sie schließlich einen großen, schlanken Mann den steilen Berg raufkommen. Den ‚Wester Busch‘ erreichte man über eine Stichstraße, die von der Zubringerstraße zur Autobahn abbog. Mathildes Wohnsiedlung schloss sich unmittelbar an die von der Hauptstraße abzweigende Nebenstraße an. Von ihrem Knusperhäuschen bis zum Wäldchen brauchte sie nur knappe zehn Minuten.

„Frau Krähenfuß?", fragte der Mann keuchend. „Paul Jansen."

Sein Händedruck war fest, die Handinnenfläche feucht.

„Guten Tag, Herr Jansen", sagte Mathilde, indem sie den Mann genau beobachtete. Er trug eine randlose Brille und einen Dreitagebart. Eine Mütze verbarg seine Haare und schützte ihn vor dem Nieselregen. Ebenso wie Mathilde hatte er für den Spaziergang eine dünne Regenjacke gewählt. Er schien auf Märsche im Regen gut vorbereitet zu sein.

„Sind Sie Hundebesitzer?", erkundigte Mathilde sich neugierig, während sie Lotte ableinte und das Wäldchen betrat.

„Nein, wie kommen Sie darauf?", fragte Paul Jansen verblüfft.

„Wegen Ihrer Regenkleidung", erwiderte Mathilde.

„Hundebesitzer wissen sich vor schlechtem Wetter zu schützen."

„Ich wanderte früher gern in meiner Freizeit", erklärte Jansen. Er klang traurig.

„Früher?", hakte Mathilde nach.

„Ach", sagte er seufzend, „meine Frau teilt meine Wanderleidenschaft nicht. Aber das ist unwichtig. Wenn ich Ihnen alles erzählt habe, werde ich ins Gefängnis wandern."

Abrupt blieb Mathilde stehen. Sie betrachtete ihr Gegenüber von oben bis unten. Das war nicht der Mörder Karl von Horstens, dessen war sie sich gewiss.

„Erzählen Sie", forderte Mathilde ihn auf, den Spaziergang fortsetzend.

Doch Paul Jansen schwieg. Er schritt zügig voran und atmete die regenfrische Waldluft tief ein und aus. Beim Laufen streckte er die Arme weit von sich, sodass seine geöffneten Handinnenflächen benetzt wurden.

„Ich liebe es, im Regen durch die Wälder zu wandern", sagte er nach einer Weile leise. Er räusperte sich mehrmals hintereinander und holte erneut tief Luft. „Ich muss bei meinem Privatleben anfangen", begann er zu berichten. „Seit meiner Jugend habe ich das Bedürfnis, Frauenkleider zu tragen." Er warf Mathilde einen verlegenen Seitenblick zu.

„Wenn es das ist, was Sie mir beichten wollen, kann ich Ihnen versichern, dass es weitaus Schlimmeres gibt", erwiderte Mathilde schlicht.

„Natürlich ist das nicht meine Beichte, aber damit begann es", erzählte Jansen weiter. „Meine Frau weiß davon nämlich nichts. Niemand weiß davon. Jahrelang ist mir die Geheimhaltung gelungen. Vor einigen Jahren passierte es dann. Ich hatte einen Umschlag mit zur Arbeit genommen, den ich später an einen Freund mit derselben Neigung verschicken wollte. Er war noch nicht verschlossen, da ich eine Postkarte von Wuppertal hinzufügen wollte."

„Apropos Arbeit", unterbrach Mathilde seine Rede. „Welche berufliche Tätigkeit üben Sie aus?"

„Ich arbeite als Cheftechniker in der militärischen Forschungseinrichtung ʻAbwehr-Abteilung-NRWʼ", sagte er. „Ich leite den auf Drohnen spezialisierten Bereich."

„Einen Augenblick bitte", mischte Mathilde sich aufgeregt ein.

Verwirrt blickte Jansen seine Begleiterin an. Diese wühlte ungeduldig in ihrer Handtasche und nahm ein elegantes Fernglas heraus, eines, das den modernsten Kriterien entsprach, wie er anerkennend feststellte. Stirnrunzelnd suchte Mathilde weiter in der etwas zu groß geratenen Handtasche. Schließlich erhellte sich ihre Miene.

„Ich werde das Gespräch ab jetzt aufzeichnen", kündigte sie an. Sie hielt ein altmodisches Diktiergerät in ihrer Hand. „Wiederholen Sie bitte kurz, was Sie bisher erzählt haben."

Paul Hansen nickte, fasste zusammen und fuhr fort: „Jedenfalls ließ ich den Umschlag versehentlich auf dem Arbeitstisch liegen, während ich zur Toilette ging. Keiner meiner Techniker hätte einen Blick hineingeworfen, ihnen vertraue ich blind. Doch ich hatte nicht mit der überraschenden Visite des Stabsoffiziers gerechnet - Horst Malik, mein damaliger Chef. Er dachte, der Brief hätte mit unserer Arbeit zu tun. Tage später sprach er mich darauf an. Er war sehr nett, sagte, jeder habe so seine kleinen Geheimnisse. Ich bräuchte mich nicht zu sorgen, er könne schweigen wie ein Grab, sagte er augenzwinkernd. Ich glaubte ihm. Die jüngste Vergangenheit hat mich eines Besseren belehrt. Etwa einen Monat vor der Drohnenentwendung, kurz vor meinem Jahresurlaub, erreichte mich ein anonymer Drohbrief. Ich bekam genaue Anweisungen, was ich zu tun hätte, wenn ich nicht wollen würde, dass die ganze Welt von meiner Vorliebe für Damenkleidung erfahre." Paul Jansen hielt inne. Lotte hatte einen anderen Hund getroffen, einen kleinen Dackelrüden. Mathilde unterbrach die Aufnahme, legte Paul beruhigend die Hand auf die Schulter und begrüßte die Hundehalterin. Eine Weile sprachen die Frauen über Belanglosigkeiten, schließlich sagte die als Frau Behrendt vorgestellte grauhaarige Dame: „Schrecklich dieser Verlust. Simone verlässt das Bett nicht mehr vor lauter Trauer um Tim. Meiner Meinung nach braucht sie einen neuen Hund."

„Frau Behrendt", sagte Mathilde schnell, Paul Jansens verständliche Ungeduld registrierend. „Im Remscheider Tierheim wartet ein Boxerrüde auf einen neuen Besitzer. Sein Halter ist überraschend verstorben. Ich kannte ihn. Max hört hervorragend und verträgt sich gut mit anderen Hunden. Schicken Sie Ihre Tochter dorthin."

Rasch verabschiedete sie sich und ermutigte Paul Jansen, mit seinem Bericht fortzufahren.

Dieser erzählte, dass er sich für den zurückgestellten Prototyp XAlien2 entschieden und die Drohne mit der Schießvorrichtung bestückt habe. Dem unbekannten Mörder habe er am Telefon erklärt, wie man ein Bild einscannen müsse. Fast atemlos gestand er zuletzt, dass er seine Identifizierungskarte vor seinem Urlaub in einer Tüte in einem ausgehöhlten Baumstamm versteckt habe.

„Der Täter erzählte mir, er wolle Damwild jagen", sprach er nach mehreren tiefen Atemzügen weiter. „Ich redete mir ein, dass das stimme." Er lachte bitter. „Auch hier hat mich die Wirklichkeit mit Ihrem Bericht in der Ronsdorfer Gazette eingeholt. Hiermit habe ich Ihnen alles erzählt, was ich weiß. Ich gestehe alles und werde mit keiner Lüge mehr leben. Wer der Mörder ist, vermag ich Ihnen nicht zu sagen. Die Stimme am Telefon war immer bis zur Unkenntlichkeit verzerrt, gesehen habe ich die Person bis heute nicht. Glauben Sie, dass es Herr Malik gewesen ist? Er besitzt, seitdem er die Führung der Institution Frank Piroget übergeben hat, keine Identifizierungskarte mehr. Zugang zu den Aktivierungscodes hat er ebenfalls nicht. Wie mir zu Ohren gekommen ist, war er in derselben Bruderschaft wie das Opfer. Andererseits war er immer ein gewissenhafter Leiter der Forschungseinrichtung und sehr freundlich zu uns Technikern. Ich kann mir beim besten Willen nicht vorstellen, dass er zu einer Tat wie dieser fähig ist."

„Herr Jansen", erwiderte Mathilde ruhig. „Dass Sie einen schrecklichen Fehler gemacht und Beihilfe zu einem Mord geleistet haben, muss ich Ihnen nicht sagen. Trotzdem bedanke ich mich bei Ihnen für Ihren Mut und Ihre Ehrlichkeit. Möchten Sie mich direkt zur Polizeiwache begleiten, oder hätten Sie gerne etwas Zeit, um sich von Ihrer Frau zu verabschieden? Ich werde die Tonaufnahme Ihres Geständnisses noch heute der Mordkommission zukommen lassen. Sie werden zunächst in

Untersuchungshaft und später ins Gefängnis müssen. Aber mir ist klar, dass Ihnen das bewusst ist."

„Ja", antwortete Paul langsam. „Das ist mir bewusst. Ich würde mich gerne verabschieden. Lassen Sie mir eine letzte Nacht."

„Ich werde ein gutes Wort für Sie einlegen", versprach Mathilde. „Hauptkommissar Herbert Mucke ist mein Neffe."

Mittwoch, 26. Juni 2018

Carola Rott betrachtete sich im über dem Waschbecken angebrachten Spiegel. Ihr breites Gesicht war blass, und die Haare wurden immer dünner. Über ihren hohen Wangenknochen spannte sich die Haut. Seit drei Tagen hatte sie keinen Bissen mehr runterbekommen. Warum Sie ein schlechtes Gewissen plagte, verstand sie selbst nicht. Sie wurde das Gefühl nicht los, mitschuldig an Karl von Horstens Tod zu sein. Trotzdem sie lange Zeit gehofft hatte, dass Kalle sterben und ihrer Schwester Geld hinterlassen würde, war das natürlich absoluter Blödsinn. Als sie vom Mord an Janinas Geliebten erfahren hatte, war sie mehr als nur ein wenig euphorisch gewesen. Nachdem sie jedoch mit ihrer Schwester und dieser Frau von der Salamander-Bank im griechischen Restaurant gewesen war, hatte sich plötzlich ein Schalter in ihrem Kopf umgelegt. Was war, wenn dieser Mord nicht aufgeklärt werden würde? Würde man sie verdächtigen? Vielleicht war sogar ihre Schwester in Gefahr?

Sie nahm ihr Smartphone aus der Kitteltasche. Es war kurz vor zehn. Ihre Frühstückspause würde noch einige Minuten andauern. Vielleicht hatte sie Glück und Mathilde Krähenfuß von der Ronsdorfer Gazette Zeit für ein kurzes Telefonat.

Es dauerte eine gefühlte Ewigkeit, bis diese endlich das Gespräch annahm.

„Krähenfuß", hörte sie die angenehm tiefe Frauenstimme sagen.

„Frau Krähenfuß, hier ist Carola Rott, verzeihen Sie bitte die Störung", sagte sie unsicher. Es kreischte. Jemand stieß einen gellenden Schrei aus. „Alles in Ordnung bei Ihnen?"

„Einen Moment bitte, ich schließe kurz die Tür zum Flur", entgegnete Mathilde hektisch. „Meine Haushälterin duscht die Graupapageien."

Carola hörte das Geräusch einer zufallenden Tür, und das Geschrei verstummte.

„Frau Rott", sagte die Journalistin freundlich. „Was kann ich für Sie tun?"

„Ich habe mit dem Mord an Karl von Horsten nichts zu tun", antwortete Carola ängstlich.

Zu ihrer Überraschung lachte Mathilde Krähenfuß.

„Natürlich nicht. Ich weiß", sagte diese zu ihrer Erleichterung. „Wie kommen Sie bloß darauf, dass ich Sie in Verdacht haben könnte? Wer sich verteidigt, klagt sich an. Jetzt schütten Sie mir Ihr Herz aus."

Carola schluckte. So hatte sie die Sache nicht gesehen. Brachte sie sich durch diesen Anruf erst recht in Verdacht?

„Es ist nur... - Ich muss zugeben, dass ich den Kalle hasste", sagte sie zögerlich. „Ich ersehnte seinen Tod herbei. Über den Mord habe ich mich enorm gefreut. Ist das nicht schrecklich?"

„Ja", antwortete Mathilde ehrlich.

Carola schluckte erneut.

„Aber das hat sich geändert", verteidigte sie sich hastig. „Ich wusste von der Versicherungspolice, Frau Krähenfuß. Janina war einmal mit Kalle bei der ERICO Versicherung. Davon berichtete sie mir. Doch ich würde für Geld nicht töten. Aber was das Schlimmste ist: Ich hatte eine geschäftliche E-Mail Korrespondenz mit Karl. Es ging um einen Kunden von Viessmann. Dieses Schreiben hat sogar diese Frau Hansen gelesen, jeder wird es anscheinend lesen können – auch die Polizei!"

„Was steht denn Schreckliches in der E-Mail?", erkundigte sich Mathilde neugierig.

„Ich erkundigte mich nach dem Hundetraining, ob Max Fortschritte machen würde", gab Carola zerknirscht Auskunft. „Ich fragte ihn zudem, ob er noch immer montags seine Mittagspause dafür opfere."

„Und?", fragte Mathilde unschuldig.

„Man könnte jetzt denken, dass ich das wissen wollte, damit…", Carola brach ab.

„Damit Sie ihn mittels einer ferngesteuerten Drohne eiskalt um die Ecke bringen konnten?", ergänzte Mathilde den Satz. „Wo wollen Sie die Drohne hergehabt haben, meine Gute?"

„Keine Ahnung", antwortete Carola spontan.

„Sie können das nicht wissen, weil Sie mit dem Tod an Karl von Horsten nichts zu tun haben", entgegnete Mathilde knapp. „Jetzt beruhigen Sie sich. Ich muss zugeben, Sie bei unserem Treffen im Restaurant Rosengarten nicht besonders sympathisch gefunden zu haben, für eine Mörderin habe ich Sie jedoch nicht gehalten. Ich wünsche Ihnen noch einen schönen Tag. Für mich gibt es viel zu tun."

Mathilde Krähenfuß hatte die Verbindung unterbrochen. Aufgewühlt verließ Carola die Personaltoilette und begab sich zurück an ihre Arbeit.

Was wollen die eigentlich von mir?, fragte sich Horst Malik aufgebracht. Er fühlte sich wie ein Schwerverbrecher und wurde auch wie ein solcher behandelt. *Fehlt nur noch, dass die mir Handschellen anlegen*, dachte er wütend. Der junge rothaarige Beamte mit dem Sonnenbrand schritt hinter ihm auf und ab und tippte auf sein Smartphone. Das nervte ihn furchtbar. Ab und zu sprach der Mann eine Nachricht, die er anschließend verschickte. Er schien Ärger mit seiner Vermieterin zu haben. Warum der ernst dreinblickende Kriminalhauptkommissar frontal vor ihm nichts gegen diese private Kommunikation unternahm, war ihm ein Rätsel.

Die drei Männer warteten schon eine geschlagene Stunde auf das Ergebnis der Auswertung. Jörg Tauben von der Spurensicherung hatte ihm nicht nur einen Fingerabdruck genommen, sondern er hatte alle zehn Finger nacheinander auf das Kissen pressen müssen.

„Wie lange dauert das noch? Ist es so schwer, auf einer Drohne Fingerabdrücke zu finden?", unterbrach er das unbehagliche Schweigen.

„Momentan stehen Sie unter dringendem Verdacht, mit eben dieser Drohne den Mord an Karl von Horsten begangen zu haben", entgegnete Herbert trocken.

„Wie kommen Sie eigentlich auf diese irrwitzige Idee?",
wollte Malik empört wissen.

„Uns liegt eine Zeugenaussage vor, die Sie schwer belastet", gab Herbert bereitwillig Auskunft. „Erinnern Sie
sich an Ihren ehemaligen Untergebenen Paul Jansen?"

Malik nickte zustimmend.

„Selbstverständlich", erwiderte er. „Leistete gute Arbeit
und war allgemein beliebt. Ich habe ihn noch vor wenigen Tagen gesehen."

„Sie dürfen sich gerne die Tonaufnahme anhören, die
Frau Krähenfuß gemacht hat", schlug Herbert vor. Es
war eine Heidenarbeit gewesen, die Aufnahme des alten
Diktiergerätes zu digitalisieren, doch Florian Vogel war
es gelungen. Herbert schob die Diskette ins Laufwerk.

Aufmerksam hörte sich Horst Malik Mathildes Gespräch mit Jansen an.

„Jetzt verstehe ich", sagte er anschließend besorgt.
„Aber ich bin nicht der Erpresser, das schwöre ich Ihnen
auf alles, wofür wir Freiwerker stehen."

„Das sollten Sie lieber bleiben lassen", entgegnete Herbert lakonisch. „Gegen die Bruderschaft wird wegen
Wahlmanipulation ermittelt, wie Sie wissen."

„Das ist alles Frankens Schuld", erwiderte Malik erbost.
„Und der alte Marx hat sich mitschuldig gemacht, weil er
seinem Liebling während seiner Amtszeit freie Hand ließ."

„Sie schieben sich nur zu gerne einander die Schuld in
die Schuhe", stellte Herbert gelassen fest. „Jedenfalls sind
Sie der Einzige, der von Jansens Vorliebe für Frauenklei-
dung weiß. Außerdem war Karl von Horsten der Favorit
für die Großmeisterwahl und somit ihr Konkurrent. Im
Moment sieht es schlecht für Sie aus."

Obwohl Tante Mathilde die Sache anders sieht, bin ich der festen Überzeugung, dass der Mörder vor mir sitzt, dachte er, seinen Schnurrbart zwirbelnd. Was würde er jetzt für einen Moment der Auszeit mit seiner Pfeife geben.

„Meinen Sie nicht, ich wäre auf legalem Wege in die Forschungseinrichtung gelangt, wenn ich es gewollt hätte?", fragte Malik und schüttelte verständnislos den Kopf.

Herbert bewunderte dessen durchtrainierten Körper und jugendliches Erscheinungsbild. Horst Malik war etliche Jahre älter als er und hatte keinerlei Bauchansatz. Verstohlen blickte Herbert an sich herunter. Jeder Urlaub in Rosenthal bei seiner Mutter hinterließ bei ihm seine Spuren. Sie kochte einfach zu gut.

„Fakt bleibt nach wie vor, dass nur Sie wissen…", begann Herbert, wurde jedoch von seinem Gesprächspartner unterbrochen.

„Mir fällt gerade etwas ein", sagte dieser energisch. „Vor einem guten halben Jahr trafen Franken und ich uns privat bei Rolf Marx. Er war frisch in sein seniorengerechtes Haus am Westfalenweg eingezogen und hatte zum Umtrunk eingeladen. Ich muss gestehen, dass ich gegen Ende ziemlich betrunken war. Franken wusste bereits, dass `Luxor´ nur eine Tarnfirma war und wo ich wirklich arbeitete. Irgendwie rutschte mir an diesem Abend raus, dass ein Untergebener von mir ein armes Kerlchen sei, der sich gerne mit Frauenkleidern schmückt. Ich erinnere mich vage, wie gesagt, ich hatte mehr als nur ein Glas Wein zu viel getrunken, dass Franken sich sehr an Jansen interessiert zeigte."

Der Klingelton von Herberts Smartphone unterbrach die Unterhaltung.

„Hans, wie sieht es aus? Ist Jansen bereitwillig mitgekommen?", fragte er seinen Kollegen.

Malik bemerkte, dass der Kommissar dem Anrufer wie gebannt lauschte.

„Schrecklich", sagte dieser nach einer Weile.

„Schlechte Nachrichten?", erkundigte sich Malik neugierig.

„Paul Jansen hat sich heute Morgen in seiner Garage erhängt", antwortete Herbert leise.

„Das darf nicht wahr sein", erwiderte Malik entsetzt.

„Hoffentlich macht die Adlerkralle sich jetzt keine Vorwürfe", warf Florian ein. Er hatte sein Smartphone weggesteckt und sich vor seinen Computer gesetzt.

„Du meinst, weil sie sich dafür eingesetzt hat, dass er eine letzte Nacht zu Hause verbringen durfte?", fragte Herbert mit hochgezogenen Augenbrauen. „Es lag in unserem Ermessen, Florian, dem zuzustimmen oder es abzulehnen. Bei Jansen bestand keine Fluchtgefahr, und mit Suizid drohte er ebenfalls nicht. Wir können den Menschen nur vor den Kopf gucken. Ich denke, Tante Mathilde wird damit zurechtkommen."

Schwungvoll öffnete sich die Bürotür. Voller Elan stürmte Jörg Tauben ins Zimmer.

„Sollte dieser Mann hier der Täter sein, so hat er keine Spuren auf der Drohne und der Fernsteuerung hinterlassen", erklärte er, mit dem Finger auf Malik deutend.

Herbert seufzte tief. Bei diesem Fall häuften sich die Fehlschläge. Trotzdem war er erleichtert. Horst Malik war ihm nicht unsympathisch. Der Rentner war also nicht der Mörder.

„Auf der Drohne sind Fingerabdrücke von Männern und Frauen gefunden worden, die sämtlich nicht mit denen von Herrn Malik übereinstimmen", sagte Tauben weiter. Er setzte sich auf die Schreibtischkante und blickte Malik direkt in die Augen. „Von meiner Seite aus besteht kein Anlass dafür, Sie in Gewahrsam zu nehmen. Herbert? Was meint der Chef dazu?"

„Der Chef meint, dass Herr Malik gehen darf", stellte dieser fest. „Jörg, wir werden jetzt dem amtierenden Großmeister der Wuppertaler Freiwerker einen Besuch abstatten. Und seinem Vorgänger natürlich auch. Immerhin hängt Marx in der Parteien-Geschichte mit drin."

Mathildes BlackBerry schellte. Es klang, wie früher die altmodischen Festnetzgeräte geklungen hatten. Sie liebte diesen Klingelton.

„Martha, das Telefon ist in meiner Handtasche", sagte sie zu der auf dem Beifahrersitz vor sich hin summenden Afrikanerin. Diese hatte darauf bestanden, Mathilde zur Salamander-Bank zu begleiten. Sie wollte mit eigenen Ohren hören, was Franziska Hansen bezüglich Norbert Frankens Geldunterschlagung herausgefunden hatte. Herbert hatte den falschen Namen, den dieser für die Transaktionen benutzte, problemlos herausfinden können.

„Beeil dich", rief Mathilde ungeduldig. Sie steuerte Ingo mit leichtem Bedauern am Burger King Restaurant vorbei und weiter die Friedrich-Engels-Allee entlang in

Richtung Wuppertal Oberbarmen. Das hohe Bankgebäude war bereits in Sicht.

„Aus", kommentierte Martha die Stille. Auf ihrem Schoß lagen Knirps und Fernglas. „Bist du sicher, dass dein Telefon in der Tasche ist?"

Mathilde brummte etwas Unverständliches und parkte am Straßenrand. Sie griff nach ihrer Tasche und fasste hinein.

„Hier ist es doch", sagte sie mit einem Augenzwinkern. „Herbert", fügte sie nach einem Blick auf das Display hinzu. Sie tippte auf ‚Rückruf‘ und wartete.

Eine Weile lauschte sie schweigend den Ausführungen ihres Neffen. Dabei wurde sie von Martha neugierig beobachtet.

„Danke, Herbert", sagte sie schließlich leise. „Ich werde mich später bei dir melden."

„Alles in Ordnung?", erkundigte sich Martha besorgt. Mathilde wirkte sichtlich geschockt.

„Dieser Mann, von dem ich dir erzählt habe, der die Drohne präparierte und bereitstellte, hat sich heute Morgen in seiner Garage mit einem Seil erhängt", berichtete sie ernst. „Es ist nicht zu begreifen. Im Wald wirkte er auf mich gefasst, als hätte er sich mit dem Verlauf der Ereignisse bereits abgefunden. Hätte ich bloß nicht vorgeschlagen, dass er eine letzte Nacht zu Hause verbringt." Mathilde seufzte schwer. „Wenn ich ihn gedrängt hätte, mich direkt zur Wache zu begleiten, wäre er jetzt noch am Leben."

„Mathilde, du darfst dir keine Vorwürfe machen", sagte Martha behutsam. Sie strich ihrer Freundin liebevoll über den Arm. „Wer sich umbringen möchte, findet einen Weg. Wie oft hört man, dass sich Häftlinge in ihren Zellen erhängen."

Mathilde nickte traurig. Eine Zeit lang blickte sie aus dem Fenster und hing ihren Gedanken nach. Nachdem sie sich wieder gefangen hatte, sagte sie: „Jörg Tauben hat von Horst Malik, Norbert Franken und Rolf Marx Fingerabdrücke genommen. Keiner der Männer scheint die Drohne in den Fingern gehabt zu haben."

„Wenn deine Vermutung zutrifft, ist das doch kein Wunder", erwiderte Martha gelassen. „Was ist eigentlich mit der Fernsteuerung? Solch ein Ding fliegt nicht von selbst."

„Die wurde natürlich ebenfalls untersucht", antwortete Mathilde, bevor sie die Fahrt fortsetzte. „Darauf wurde ebenfalls nichts Belastendes gefunden. Ich werde noch eine Sache überprüfen müssen, damit ich sicher genug sein kann, um Herbert meinen Verdacht mitzuteilen."

„Ich traue dir viel zu, Mathilde, aber sollte deine Annahme stimmen, bist du eine Detektivin wie Miss Marple", sagte Martha bewundernd, und Mathilde musste trotz ihrer Betroffenheit lächeln. „Mal was anderes", sagte Martha weiter. Sie hielt immer noch das Fernglas in der Hand und war merklich beeindruckt. „Seit wann hast du ein neues Fernglas?"

„Ach, mein altes Glas ist mir bedauerlicherweise in Rosenthal kaputt gegangen", erklärte Mathilde und warf der Afrikanerin einen verschmitzten Seitenblick zu. „Ich hatte leichte Probleme damit, gleichzeitig Peter und Paul, Lotte und mir selbst gerecht zu werden."

Martha packte das Fernglas zurück in die Handtasche und bemerkte grinsend: „Schade nur, dass du dir nicht zusätzlich eine praktischere Tasche besorgt hast. Dass du diese Wühlerei nicht leid wirst."

Kommentarlos parkte Mathilde ihren Wagen auf dem Parkplatz der Salamander-Bank.

„Jetzt bin ich gespannt, was Frau Hansen uns zu erzählen hat", sagte sie nur.

Energisch klopfte Mathilde an die geschlossene Bürotür. Nur wenige Sekunden später öffnete sie sich, und zu ihrem Erstaunen trat Barbara von Horsten mit einem zufriedenen Lächeln auf den Lippen hinaus auf den Gang.

„Frau von Horsten", rief Mathilde aus. Sie erinnerte sich an das letzte Gespräch mit Barbara von Horsten und an deren abfällige Worte über ihre neue Vorgesetzte. Diese räusperte sich verlegen.

„Ich habe soeben erfahren, dass ich den Posten von Herrn Müller übernehmen werde", sagte sie. Stolz schwang in ihrer Stimme mit. Sie lehnte die Tür leicht an und ergänzte flüsternd: „Eigentlich ist die Hansen gar nicht so übel. Natürlich tut mir Herr Müller leid, aber es ist schön, dass nach Vaters Tod die von Horstens wieder in der Führungsliga mitspielen. Er wäre stolz auf mich."

„Hm", brummte Mathilde. Der Gesinnungswandel der jungen Frau kam ihr merkwürdig vor. „Vor wenigen Tagen noch sagten Sie, jeder Arbeitstag sei eine Qual, heute erklimmen Sie bereits die Karriereleiter. Trotzdem, herzlichen Glückwunsch."

Sie reichte Barbara von Horsten die Hand, öffnete die Tür und trat in Marthas Begleitung in Franziska Hansens Büro ein.

Diese starrte die Afrikanerin verdutzt an. Mühsam bekämpfte Mathilde den Drang, laut loszulachen. Martha bot einen lustigen Anblick. Ihre unzähligen Zöpfchen hatte sie mit einem roten Stirntuch gebändigt, grüne Creolen baumelten an ihren Ohrläppchen und ein rosafarbenes selbst genähtes Kleid mit bunten Papageien umgab ihre üppigen Rundungen.

„Wer ist das?", entfuhr es Franziska. Sie klappte den vor ihr liegenden Aktenordner zu und steckte ihn in ein hinter ihrem Schreibtisch angebrachtes Regal.

„Guten Tag, Frau Hansen", grüßte Mathilde höflich. „Das ist meine Assistentin Martha Awolowo. Ich habe im Anschluss an dieses Gespräch noch einen weiteren Termin, bei dem ich ihre Hilfe benötige. Bei der Hitze wollte ich sie nicht draußen warten lassen. Sie können offen vor ihr sprechen. Frau Awolowo ist meine engste Vertraute."

Tatsächlich hatte die Sonne in Wuppertal dem Wetterbericht einen Streich gespielt. Sie brannte von einem wolkenlosen Himmel, und die Temperatur hatte die Dreißiggradmarke überschritten.

„Nehmen Sie Platz", sagte Franziska, mit der feingliedrigen Hand auf die zwei Stühle ihr gegenüber deutend.

„Bringt uns Herr Müller heute wieder Kaffee?", erkundigte sich Mathilde unschuldig.

„Wir sind hier nicht in einem Café", erwiderte Franziska unwirsch. „Außerdem ist Herr Müller nicht im Haus."

„Ist er krank?", fragte Mathilde zuckersüß. „Hoffentlich ist es nichts Ernstes?"

„Frau Krähenfuß", entgegnete Franziska mit geschürzten Lippen. „Sie sind eine hinterhältige Frau. Aber ich muss zugeben, Sie werden mir mehr und mehr sympathisch. Um Ihre Frage zu beantworten: Nein, Herr Müller ist nicht krank. Ich habe ihm heute mitgeteilt, dass ich aus vielen Gründen sehr unzufrieden mit seiner Arbeit bin. Von daher habe ich die Erlaubnis des Vorstands eingeholt, ihn zurückzustufen und die Position meiner Stellvertretung mit Barbara von Horsten zu besetzen. Sie ist eine junge innovative Frau mit großem Ehrgeiz. Das möchte ich unterstützen."

Mathilde war selten um Worte verlegen, doch in diesem Moment fiel ihr dazu nichts ein. Sie beschloss, direkt zum Grund ihres Besuches zu kommen.

„Der arme Mann", mischte Martha sich ein. „Ist Karl von Horstens Tochter nicht etwas zu jung? Ist schon gemein, dass heutzutage ältere Menschen einfach so durch jüngere ersetzt werden." Sie schnaubte entrüstet, und Franziska warf ihr einen missbilligenden Blick zu. Ohne auf die Bemerkung zu reagieren, sagte sie zu Mathilde: „Ich denke, Sie sind heute nicht hier, um mit mir über die Bankangestellten zu reden."

„Was konnten Sie über Norbert Franken herausfinden?", fragte Mathilde, Martha unter dem Tisch auf den Fuß tretend.

„Autsch", beschwerte sich diese entrüstet.

„Herr Franken führt ein Konto unter dem Namen Sebastian Schmidt", berichtete Franziska. „Alles, was Janina Rott uns in Rosenthal erzählte, stimmt. An die Bruderschaft hat er fast seine Schulden zurückgezahlt. Nur dass bei den Freiwerkern niemand weiß, dass der großzügige Spender Sebastian Schmidt kein Geringerer als der amtierende Großmeister ist."

„Sozusagen hat sich Franken ein Darlehen erschlichen, von dem kein Bruder weiß, dass es vorhanden ist", fasste Mathilde zusammen.

„Richtig. So viel Geld war scheinbar auch für Herrn Franken schwer auf einen Schlag aufzubringen", sagte Franziska nickend. Sie faltete ihre Hände und stützte den Kopf darauf ab. „Die Spendengelder, die er abzwackte, haben die Bruderschaft nie erreicht, von daher freuen sich die Brüder über die regelmäßigen Überweisungen Sebastian Schmidts. Mittlerweile hat Franken keine finanziellen Sorgen mehr."

„Wo kein Kläger ist, gibt es keinen Richter", entgegnete Mathilde. „Was gedenken Sie mit Ihrem Wissen anzufangen?"

„Ich habe für kommende Woche einen Termin mit ihm vereinbart", antwortete Franziska. „Zumindest wegen der Kontoerstellung unter falschem Namen werde ich ihn zur Rede stellen. Ihr Neffe sagte mir, dass ohne Anzeige seitens der Bruderschaft in diesem Fall keine Straftat bestehe."

„Schlimm wäre es für ihn gewesen, wenn Karl von Horsten die Bruderschaft aufgeklärt hätte", warf Mathilde ein.

„Was wäre daran derart schlimm gewesen?", wollte Martha wissen, die fasziniert die Asiatin beobachtete.

„Ein solches Hintergehen seiner Brüder, um eine Frau freizukaufen, hätte ihm alles zerstört", erwiderte Mathilde. „Niemals hätte er seine Kandidatur aufrechterhalten können. Sein Traum vom Amt des Großmeisters wäre geplatzt wie Seifenblasen." Sie richtete den Blick auf die Filialleiterin und fragte: „Wann genau haben Sie den Termin mit Herrn Franken?"

„Nächsten Dienstag, wieso?", wollte diese wissen.

„Nur so", murmelte Mathilde. Sie wusste, was sie morgen als Erstes machen würde.

„Mathilde, wir müssen nach Hause", machte sich Martha bemerkbar. „Lotte wartet auf uns."

„Sagten Sie nicht etwas von einem im Anschluss an unser Gespräch stattfindenden Termin?", fragte Franziska mit hochgezogenen Augenbrauen. „Wer ist diese Frau wirklich? Das ist nie und nimmer Ihre Assistentin, Frau Krähenfuß."

„Frau Awolowo ist meine Haushälterin und Freundin", gab Mathilde zu. Beschwichtigend legte sie die Hände auf Franziskas. „Martha wollte Sie unbedingt persönlich kennenlernen, nachdem ich so viel von Ihnen erzählt habe."

Zu Mathildes Überraschung lachte Franziska Hansen herzlich.

„Frau Krähenfuß, alles ist gut", sagte sie. „Ich bin gar nicht so ein Scheusal, wie die meisten denken, und Herr Müller ist kein Engel. Tatsächlich war er sehr häufig krank in letzter Zeit. Außerdem unterliefen ihm viele Fehler. Meine Entscheidung, ihn zu ersetzen, habe ich nicht aus Gehässigkeit und auch nicht allein getroffen."

Mathilde nickte, löste ihre Hände von Franziska und stand auf.

„Mir steht es nicht zu, Ihre Entscheidungen in der Bank in Frage zu stellen", sagte sie. „Meine Aufgabe ist es, die Öffentlichkeit darüber zu informieren, wer der Mörder Karl von Horstens ist, und dass keine weiteren Drohnenopfer in Wuppertal zu befürchten sind."

„Sie wissen, wer der Mörder ist, nicht wahr?", fragte Franziska mit einem Anflug von Bewunderung in den braunen Augen.

Mathilde lächelte und legte den Zeigefinger vor die Lippen.

„Ich hoffe, Sie werden bald meinen Artikel in der Ronsdorfer Gazette lesen", sagte sie nur.

Donnerstag, 26. Juni 2018

„Was ist los mit dir, Simone?", erkundigte sich Erika von Horsten besorgt. Die beiden Frauen saßen unter einem Sonnenschirm auf dem großen Rondell mitten im Inneren des Gartenlabyrinths. Der Garten war Karl von Horstens ganzer Stolz gewesen. Seine Idee zu dem Labyrinth aus Hecken mit kunstvoll angelegten Plätzen, in denen Rosen aller Art wuchsen, hatte der Wuppertaler Gartenarchitekt Kämper aus der Mozartstraße hervorragend umgesetzt. „Du wirkst niedergeschlagen." Sorgenvoll betrachtete Erika die schweigsame Freundin. „Bereust du es, zu mir in die Villa gezogen zu sein? Erfülle ich deine Erwartungen nicht? Sollen wir am Wochenende nicht doch verreisen?"

Ohne zu antworten, zündete sich Simone eine Benson & Hedges an. Mehrmals hintereinander inhalierte sie tief.

„Das ist es nicht", erwiderte sie nach einer Weile. „Ich erfülle meine Erwartungen an mich selbst nicht!"

„Wie kommt das?", fragte Erika nach. Sie spielte nervös mit Simones Zigarettenschachtel. „Noch vor wenigen

Tagen habe ich dich für deine Entschlussfreudigkeit und Spontanität bewundert, jetzt stellst du jede Kleinigkeit in Frage."

„Ich fühle mich, als stünde ich auf einer schwankenden Brücke hoch über dem Abgrund", sagte Simone. Tränen glitzerten in ihren Augen. „Jeder falsche Schritt bringt mich dem Sturz in die Tiefe näher."

„So theatralisch kenne ich dich nicht. Du sprichst in Rätseln. Was ist passiert?", fragte Erika mit lauter Stimme. Ihre Hilflosigkeit verwandelte sich in Wut.

„Ohne ʿOMGʹ bin ich ein Krüppel", antwortete Simone mit bebender Stimme.

„Wer bitte ist ʿOMGʹ?", hakte Erika nach. Sie erhob sich aus dem Korbsessel und ging ein paar Schritte über die blaugrauen Natursteinplatten.

„Open Mind Guide", flüsterte Simone, drückte die Zigarette aus und griff nach einer weiteren. „Diese App hat mein Leben verändert."

„Eine App?", erkundigte sich Erika erstaunt. Sie ging um den Tisch herum und schüttelte ihre Freundin an den Schultern. „Wie kann eine App dein Leben verändern? Bisher war ich der Ansicht, ich hätte das getan."

„Aber ohne die App hätten wir uns nicht kennengelernt – und Karl wäre noch am Leben", hauchte Simone. Sie zündete die Zigarette an.

„Was möchtest du mir damit sagen?", fragte Erika entsetzt. Sie ließ von Simone ab und lief weiter auf und ab.

In diesem Moment klingelte Simones Smartphone.

„Ja bitte?", sagte diese, mit der Serviette ihre Augen trocknend. Ihr Frühstücksteller war unbenutzt, das von Erika liebevoll mit Schnittlauch und Champignons verfeinerte Rührei unangetastet. „Um Himmels Willen, das ist furchtbar. Ich fahre sofort zu ihr." Sie ließ das Smartphone achtlos auf den Tisch fallen und sprang auf.

„Simone, jetzt reicht es mir", schrie Erika aufgeregt. „Was ist nun schon wieder los?"

„Karin", rief Simone. Tränen strömten ihr über das Gesicht. „Ich habe nur an dich und mich gedacht, sie nicht angerufen, mich nicht um sie gekümmert. Was bin ich nur für ein Mensch."

Ein Funken Eifersucht regte sich in Erika.

„Immerhin hat sie dich abserviert. Dein Leben lang hast du darunter gelitten", fauchte sie. „Was möchte sie jetzt von dir?"

„Das war nicht Karin", erwiderte Simone. „Sie ist verunglückt. Ein Sturz. Gelähmt." Sie zitterte so heftig, dass sie kaum ihre Zigarettenschachtel vom Tisch nehmen konnte. „Sie ist zu Hause. Ich muss sofort zu ihr." Ohne die fassungslose Erika zu beachten, verschwand Simone zwischen den Hecken.

Fluchend und kopfschüttelnd griff sie nach der eiskalten Sektflasche und schenkte sich ein großes Glas ein. Sie leerte es in einem Zug.

Eine knappe halbe Stunde später holte eine Ouvertüre aus Beethovens einziger Oper 'Fidelio' Erika aus ihren trüben Gedanken. Karl war ein Liebhaber Beethovens gewesen und hatte für das Haustelefon ein Stück aus seiner Lieblingsoper gewählt.

Benommen von dem Champagner – Erika hatte die Flasche fast komplett geleert – griff sie zum schnurlosen

Gerät und drückte auf die Taste mit dem grünen Telefonhörer.

„Von Horsten", nuschelte sie benommen.

„Guten Morgen, Frau von Horsten, hier ist Mathilde Krähenfuß von der Ronsdorfer Gazette", hörte sie eine tiefe Frauenstimme sagen. „Ist Ihre Lebensgefährtin zufällig in der Nähe?"

„Leider nein, sie ist vor etwa einer halben Stunde überstürzt aufgebrochen", berichtete sie seufzend. „Wir hatten leider unseren ersten Streit."

„Wissen Sie, wann Frau Ehrenberg zurück sein wird? Es ist wichtig. Es geht um den Mord an Ihrem Mann", sagte Mathilde Krähenfuß eindringlich, und Erika lief ein Schauer über den Rücken. Mit einem Mal wurde ihr ganz schlecht.

„Wissen Sie von dieser App `OMG´?", wollte sie, einer Eingebung folgend, wissen.

„Ja", sagte ihre Gesprächspartnerin knapp. „Geben Sie mir bitte die Mobilfunknummer Ihrer Lebensgefährtin."

„Die wird Ihnen nicht viel nützen", entgegnete Erika. „Sie hat das Telefon auf dem Gartentisch liegen lassen."

„Können Sie mir sagen, wohin sie unterwegs ist?", fragte die Journalistin ungeduldig.

„Sind wir zu spät, Mathilde?", hörte Erika eine andere Frauenstimme im Hintergrund fragen.

„Ich befürchte es", antwortete die Gefragte.

„Frau Krähenfuß, Simone hat einen Telefonanruf erhalten", sagte Erika schnell. Sie drückte ihre Fingernägel fest in den Handballen. Ihr Herz raste, und ihr Magen rebellierte. „Ich weiß nicht von wem, aber es ging um Karin Franken, ihre Jugendliebe. Ein Leben lang trauerte sie ihr hinterher. Bis sie mich getroffen hat." Erika trank den restlichen Champagner direkt aus der Flasche. „Jetzt scheint Karin einen Unfall erlitten zu haben. Simone war völlig verstört und stammelte irgendetwas von ʻgelähmtʼ. Sie wollte augenblicklich zu Karin in die Wohnung fahren."

Die Frau am anderen Ende der Leitung stieß einen lauten Fluch aus.

„Wissen Sie, wo Frau Franken wohnt?", fragte sie aufgeregt. „Es ist wichtig. Versuchen Sie sich zu erinnern."

„Die Straße heißt Neuenhof", gab Erika Auskunft. „Ich meine, es wäre die Hausnummer 2. Jedenfalls wohnt Frau Franken unmittelbar neben dem Freibad."

„Vielen Dank. Und jetzt dürfen Sie beten", hörte Erika die Journalistin noch sagen, bevor diese das Gespräch beendete.

Mathilde drehte den Zündschlüssel um und setzte den Berlingo rückwärts aus der Einfahrt. Verbotenerweise hatte sie das BlackBerry zwischen Ohr und Schulter geklemmt. Ungeduldig wartete sie darauf, dass ihr Neffe ihren Anruf entgegennahm.

„Ja, Tante Mathilde, was kann ich für dich tun?", fragte Herbert nach einer gefühlten Ewigkeit.

„Wenn du einen weiteren Mord verhindern möchtest, fahre sofort mit deinen Jungs zum Neuenhof 2", sagte Mathilde knapp. „Das ist direkt neben dem Schwimmbad, in dem wir in deiner Kindheit oft waren. Wir sind bereits im Auto und unterwegs zu Frau Franken. Ich muss mich konzentrieren. Wir haben keine Zeit zu verlieren."

„Die Frankens wohnen doch im Briller Viertel. Was ist mit Asuka Franken?", fragte Herbert verwundert nach. „Und mit wem bist du unterwegs?"

„Ich spreche nicht von Norbert Frankens Frau, sondern von seiner Mutter. Beeile dich bitte. Bis gleich", sagte Mathilde aufgeregt, beendete das Gespräch und ließ ihr BlackBerry in die Handtasche fallen.

Zügig verließ sie ihre Miniaturwelt und fuhr weiter in Richtung der Opphofer Straße. Zu ihrem Glück führte die sich an die Mirker Höhe anschließende Seitenstraße direkt zur Hauptstraße und weiter zur Autobahn.

„Ich kann kaum schalten, Martha. Stell dieses Ungetüm bitte an deine andere Seite", brummte sie. „Es stört nur und wird uns nichts nützen."

„Das werden wir sehen", erwiderte Martha gelassen, während sie Abenis Eishockey-Schläger mit Mühe über ihre Beine wuchtete. Mit einem lauten Knall prallte er gegen das Autofenster.

„Herr Gott nochmal", schimpfte Mathilde verärgert.

„Hat sich schlimmer angehört, als es ist", sagte Martha beruhigend. „Das Fenster hat nur einen winzigen Sprung. Fällt überhaupt nicht auf."

Mathilde stöhnte und setzte den Blinker. Ein Autofahrer hupte mehrfach hintereinander.

„Mathilde, denk an den toten Winkel", kommentierte Martha den mit angeschalteter Warnblinkanlage wegbrausenden Mercedes.

„Wenn ich könnte, würde ich dich samt des Eishockey-Schlägers rausschmeißen", zeterte Mathilde. Ein Blick auf den Tacho verriet ihr, dass sie mit 160 Sachen über die Autobahn raste. Sie fuhr glatte 40 km/h zu schnell.

„Der Mercedesfahrer ist schließlich derjenige, der sich wie ein Rennfahrer verhält."

Sie startete einen neuen Versuch, den vor ihr fahrenden Wagen zu überholen.

„Du fährst 180!", rief Martha besorgt. Ihre dunkle Faust umklammerte den Haltegriff am Fenster.

„Ich habe einen heißen Draht zur Polizei, wird schon gut gehen. Ich möchte nicht, dass ein weiterer Mensch stirbt", antwortete Mathilde und drückte das Gaspedal weiter durch.

„Norbert, was soll das?", fragte Karin Franken. Ihre Augen waren vor Angst weit aufgerissen. Sie war im Schlafzimmer ans Bett gefesselt und starrte ihren Sohn ungläubig an. Vor einer guten Stunde hatte sie ihn ins Haus gelassen, freudig überrascht über seinen Besuch. Vorgebend ein Geschenk für sie zu haben, hatte Norbert sie ins Schlafzimmer gelockt. Anschließend war alles ganz schnell gegangen. Mühelos hatte er sie überwältigt und fixiert. Daraufhin war er in die Küche gegangen, und Karin Franken hatte gehört, dass er dort ein Telefonat führte. Ihr Name war gefallen.

„Mutter, es tut mir leid", sagte er jetzt kühl. Er entnahm seiner Motoradjacke eine bereits aufgezogene Spritze mit einer gefährlich aussehenden Kanüle. „Wir müssen alle Opfer bringen. Ich kann es nicht zulassen, dass du redest oder womöglich schreist." Langsam beugte er sich zu ihr runter. Todesangst überfiel sie.

„Norbert, ich bin deine Mutter, du wirst doch nicht…", ihr stockte der Atem, als er ihr den Arm abband und die Venen staute. „Ich würde nichts machen, was dir schadet. Glaub mir doch. Niemals würde ich erzählen, was du mit deinem Vater gemacht hast. Das ist doch der Grund, weshalb du mich umbringen möchtest, oder?"

Schweigend klopfte Norbert Franken gegen die Kanüle, um die beim Transport entstandenen Luftbläschen zu beseitigen. Verzweifelt kämpfte Karin gegen die Seile an, die ihr in Hand- und Fußgelenke schnitten. Nie zuvor in ihrem Leben hatte sie sich derart hilflos gefühlt, auch nicht an dem Tag vor sieben Jahren, als sie ihren Mann tot im Ehebett vorgefunden hatte. Sie war bloß kurz einkaufen gewesen, hatte den kranken Mann in Obhut des gemeinsamen Sohnes gelassen. Jochen war sterbenskrank gewesen, gezeichnet vom Lungenkrebs im Endstadium. Karin, eine gläubige Christin, hatte sich tapfer dem Wunsch ihres Mannes widersetzt, aktive Sterbehilfe zu leisten. Jochen hatte seinem Sohn und ihr genau erklärt, was zu tun sei, welches Medikament die gewünschte Wirkung habe. Norbert hatte ihm in ihrer Abwesenheit seinen letzten Wunsch erfüllt. Sie hatte ihrem Sohn schwere Vorwürfe gemacht, ihn des Vatermordes bezichtigt. Erst Monate später hatte sie ihm verzeihen können.

„Ich weiß, du wolltest das Beste für deinen Vater", flüsterte sie mit wackliger Stimme. „Warum sollte ich dich nach all den Jahren noch verraten? Du handeltest aus Liebe. Was ist mit deiner Liebe zu mir?"

Norbert hauchte ihr einen flüchtigen Kuss auf die Stirn und setzte die Injektion. Es dauerte nicht lang, bis Karins Welt im Nebel versank.

Herbert hatte auf seinem Dienstwagen ein Blaulicht platziert, und Florian Vogel gab Vollgas.

„Warum schickt uns die Adlerkralle zu Norbert Frankens Mutter?", wollte er wissen.

„Frag mich was Leichteres", erwiderte Herbert gepresst. Er hatte furchtbare Kopfschmerzen und wartete noch auf das Einsetzten der Wirkung des Ibuprofens. Die Hitze, der Mordfall Karl von Horsten und die Unwissenheit, was ihn erwartete, setzten ihm zu. „Mathilde sagte, es gelte einen weiteren Mord zu verhindern. Sie rief mich aus ihrem Ingo heraus an und war sehr aufgeregt."

„Vielleicht möchte die Frau eine Aussage machen, die ihren Sohn belastet", warf der auf der Rückbank sitzende Hans Flachs ein. Auf seinem fast kahlen Kopf glänzte der Schweiß.

„Mathilde sagte mir bereits gestern, sie gehe davon aus, dass Norbert Franken sehr wahrscheinlich der Mörder Karl von Horstens ist", berichtete Herbert. „Ein Detail wolle sie noch überprüfen, informierte sie mich."

„Wegen der Geldunterschlagung und aus Angst, dass von Horsten ihn erpressen oder gar bloßstellen würde?", überlegte Florian, überholte einen Autofahrer und fuhr so schnell er konnte die Bundesallee entlang.

„Weder auf der Drohne noch auf der Fernsteuerung wurden seine Fingerabdrücke gefunden", bemerkte Hans nachdenklich.

„Ausreichend kriminelle Energie besitzt der Gute jedenfalls", stellte Herbert fest und massierte sich mit den Daumenballen die pochenden Schläfen.

„Wie weit sind die Kollegen mit ihren Ermittlungen in der Parteienangelegenheit?", erkundigte sich Hans.

„Franken hat einen hervorragenden Anwalt konsultiert, der die Bruderschaft vertritt", erwiderte Herbert. „Doch

Jörg ist guter Dinge. Lange wird es diese Bruderschaft in Wuppertal nicht mehr geben. Ehrlich gesagt, so ein von Anfang an zum Scheitern verurteilter Größenwahnsinn interessiert mich nicht. Ich bin froh, mich damit nicht rumärgern zu müssen. Ich möchte endlich wissen, wer zum Teufel diese Drohne gesteuert hat."

„Größenwahnsinnige haben im Verlauf der Geschichte häufig Gefallen am Morden gefunden", ergänzte Florian. Endlich war die Autobahnauffahrt in Sicht. Die rote Ampel ignorierend, ließ er die Reifen aufheulen.

Die Geräusche der Schwimmer waren zu hören, als Simone aus ihrem alten Opel Astra stieg. Es würde nicht auffallen, dass sie einen der zum Schwimmbad gehörenden Parkplätze besetzte. Des schönen Wetters wegen war das Bad bereits am späten Vormittag gut besucht. Die große Masse würde jedoch erst am Nachmittag das Becken und die Liegewiesen stürmen.

Sie schritt zügig den steilen Berg empor und hielt vor der Haustür kurz inne. Erinnerungen wurden in ihr wach. Sie sah Karin und sich in Jugendjahren Hand in Hand durch den Regen laufen. Sie waren stolz gewesen auf ihre Liebe und den Mut, offen zu ihren Gefühlen zu stehen. Bilder von dem Tag, an dem ihre Welt zusammengebrochen war, weil Karin ihr von Jochen berichtet hatte, drängten sich ihr auf.

Ihre Hand näherte sich der Türschelle. Unsicher und besorgt zögerte sie. Als Jochen todkrank geworden war, hatte Simone sich gefreut und gehofft, Karin Trost spenden zu können und zurückzugewinnen. Tatsächlich hatte sie kurz nach Jochens Tod Erfolg gehabt. Leider hatte ihr zweites Glück mit Karin ebenfalls nicht lange gehalten. Mit Erika hätte alles anders werden sollen, doch die Vergangenheit holte sie ein. Sie konnte nicht mehr mit ihrer Schuld leben und würde auch Erika verlieren – verlieren an das Schicksal, das ihr nicht gewogen war.

„Ich steige aus und frage ihn", sagte Mathilde und warf einen sorgenvollen Blick auf ihre goldene Armbanduhr. Seit ihrem Telefonat mit Erika von Horsten waren zwar erst zwanzig Minuten vergangen, doch wenn deren Angaben zutrafen, hatte Simone Ehrenberg die Villa im Briller Viertel bereits vor fünfzig Minuten verlassen.

Mathilde eilte auf den Mann zu, der schwere Müllsäcke in eine am Kran hängende Transportschaufel hievte.

„Junger Mann, machen Sie bitte die Straße frei! Es geht um Leben und Tod. Ich muss augenblicklich hier durch", rief sie dem Mitarbeiter der Müllverbrennungsanlage außer Atem zu.

„Es sind nur noch fünfzig Säcke, die umgepackt werden müssen", antwortete dieser freundlich aber bestimmt. Sein braungebranntes Gesicht war schweißüberströmt. „Wir können den Kran nicht einfach wegfahren, so leid es mir tut."

„Wie lange wird es dauern?", wollte Mathilde nervös wissen. Das Adrenalin schoss durch ihre Adern, ihr Puls beschleunigte sich, und ihr wurde flau im Magen. Sie hatte Angst, schreckliche Angst.

„Etwa zwanzig Minuten schätze ich", erwiderte der Mann. Er drehte sich um und griff nach einem weiteren Sack.

Mathilde rannte zurück zum Berlingo, sprang hinein, lenkte ihn mitten auf den Bürgersteig und hielt an.

„Wir gehen die letzten Meter zu Fuß", befahl sie. „Los, Martha, Beeilung. Lass das Ding im Auto, wir müssen laufen."

Wortlos stieg Martha aus, den Eishockey-Schläger fest in den Händen haltend. Dann rannte sie los. Fassungslos starrte Mathilde ihrer Haushälterin hinterher. Sie musste sich arg sputen, um sie einzuholen.

„Ich bin zwar dick, Mathilde", japste Martha, „aber in meiner Jugend war ich Leichtathletin. Das steckt noch in meinen alten Knochen."

„Du bist zehn Jahre jünger als ich", keuchte Mathilde. „Und obwohl ich Rentnerin bin, gehöre ich noch lange nicht zum alten Eisen."

„Gut, dass du hergekommen bist", wurde Simone von Norbert Franken empfangen.

Trotz der hohen Temperaturen trug dieser seine Motorradhose aus schwarzem Leder. Simone hatte ganz vergessen, was für eine eindrucksvolle Erscheinung Karins Sohn war. Die halblangen, hellen Haare betonten sein gebräuntes Gesicht. Stahlblaue kalte Augen fixierten sie.

„Norbert, was ist geschehen? Wo ist Karin? Ist sie wirklich gelähmt?", erkundigte sie sich hektisch. „Ich kann es nicht glauben. Sie stand mitten im Leben, war fit wie ein Turnschuh."

Fassungslos schüttelte sie den Kopf. „Bring mich bitte zu ihr, Norbert."

„Meinst du, ,OMG' hätte dir zu diesem Besuch geraten, Simone?", fragte Franken zynisch. Grob schob er sie zur Seite und ließ die Haustür ins Schloss fallen. „Vielleicht hätte die App dir empfohlen, bei Erika und in der Gegenwart zu bleiben?" Er drehte den Schlüssel um und kehrte ihr den Rücken zu. „Komm, ich möchte in der Küche ein wenig mit dir plaudern, bevor ich dir Mutter zeigen werde." Arrogant und selbstgefällig ging er den Flur entlang. Kurz vor dessen Ende drehte er sich um und sagte: ‚OMG' gibt es nicht mehr. Aber du wirst die App sowieso nicht mehr benötigen." Franken verschwand in der Küche.

Simone lief es eiskalt den Rücken runter. Bei der Erkenntnis, was Norberts Bemerkungen andeuteten, stieg grenzenlose Wut in ihr auf. Wut auf Norbert, auf Karin, auf Jochen und auf sich selbst. Geistesgegenwärtig nutzte sie Frankens Überheblichkeit und drehte den Schlüssel im Schloss wieder um. Sie öffnete die Haustür und lehnte die Tür an, sodass sie von außen leicht geöffnet werden konnte. Der Fluchtweg war jedenfalls gesichert, sollte sie ihn benötigen.

„Simone", rief Norbert aus der Küche. „Möchtest du nicht die Wahrheit erfahren? Du graue Maus hättest ohne ‚OMG' nie im Leben mehr eine Frau kennengelernt."

„Ich bin unterwegs", rief Simone zurück. Sie tastete nach dem Messer in der langen Tasche ihrer Bermuda-Shorts. Eigentlich hatte sie Erikas Küchenmesser entwendet, um sich damit selbst zu richten. Nun brauchte sie es für einen anderen Zweck.

Zu Herberts Erleichterung setzte langsam die Wirkung der Kopfschmerztablette ein. Mit Stolz betrachtete er seinen jungen Kollegen hinter dem Steuer, der den Wagen konzentriert über die Brückenauffahrt lenkte, um von der A46 auf die Landesstraße 418 zu wechseln. Diese führte durch den Burgholztunnel zur Cronenberger Müllverbrennungsanlage und zum Freibad. Florians Gesicht glänzte. Er hatte Herberts Ratschlag befolgt und sein Gesicht großzügig mit Sonnenschutzcreme eingeschmiert. Der rothaarige Mann mit seiner empfindlichen Haut und den vielen Sommersprossen war gegen die massive Sonneneinstrahlung der letzten Zeit nicht gewappnet gewesen.

„Geht's dir besser, Florian?", erkundigte Herbert sich.

„Mit meiner Haut?", fragte Florian nach. Er warf einen schnellen Seitenblick auf seinen Chef, und dieser nickte. „In Zukunft werde ich mich besser schützen. Die Sommer in Deutschland werden immer heißer."

„Das liegt am Klimawandel", bemerkte Hans. „Hier ist es so heiß wie in Spanien. Dazu kommen die häufigen Gewitter und Starkregen. Wisst ihr noch dieser Dienstag Ende des letzten Monats? Die ganze Innenstadt stand unter Wasser. Aldi, Rewe und die City Arkaden, etliche Geschäfte mussten evakuiert werden und wurden lahmgelegt."

„Gleich sind wir da", wechselte Florian das Thema. „Ich sehe bereits das Licht am Ende des Tunnels."

Simone saß Franken gegenüber auf dem rustikalen Holzstuhl vor dem dazu passenden Tisch. Karin liebte den Landhausstil, hatte sich gegen ihren verstorbenen Mann bei der Kücheneinrichtung durchgesetzt.

Mittlerweile war sie ganz ruhig. Sie würde diesen Ort

nicht lebend verlassen, das war ihr bewusst. Es galt, Zeit zu schinden und Karin ein letztes Mal zu sagen, dass sie der wichtigste Mensch in ihrem Leben war, wichtiger noch als Erika. Anschließend würde sie versuchen, Norbert mit in den Tod zu nehmen, diesen eiskalten Killer, der seinen eigenen Vater auf dem Gewissen hatte.

„Du hast mich zur Marionette gemacht, Norbert", bemerkte sie sachlich. „Zu einer todbringenden Marionette."

„Ganz leise, Martha", hauchte Mathilde, vorsichtig die Haustür wieder anlehnend. Auf Zehenspitzen schlich sie durch den Flur und deutete ihrer Haushälterin mit der Hand, ihr zur offenstehenden Zimmertür an dessen Ende zu folgen. Dort angelangt, legte sie den Zeigefinder auf die Lippen und ihr Ohr ganz nah an die Tür. Aufgeregt tat Martha es ihr nach.

„Du hast großartige Arbeit geleistet, Simone. Das hätte ich dir nicht zugetraut", sagte Franken. „Und ich finde, ich habe deine Leistung sehr gut belohnt. Hattest du nicht schöne Stunden mit deiner heiß geliebten Erika?"

„Ich kann mir im Spiegel nicht mehr in die Augen sehen, weiß nicht mehr, wer ich bin, kann nicht glauben, was ich getan habe", entgegnete Simone leise.

„Ich meinerseits habe nicht geglaubt, dass es so einfach sein würde, dich dazu zu bringen, Karl von Horsten zu erschießen", erwiderte Franken. Er lachte. „Dass du aufgrund deiner Arbeit genug Wissen mitbringen würdest, um nach konkreten Anweisungen die Drohne zu programmieren und zu steuern, war mir klar. Schließlich kenne ich dich seit meiner Geburt."

Simone legte die Hand auf ihr Bein. Sie spürte das Messer unter dem dünnen Stoff.

„Was war es für ein Glück, dass der gute Horst Malik vor mir mit seiner Position beim Militär angeben musste", sagte er mit einem hinterhältigen Grinsen. „Und er konnte seine Klappe nicht halten. Etwas von Marx' Wein genügte, um mir Einzelheiten über die Forschungsinstitution und die diversen Mitarbeiter zu verraten." Selbstgefällig erhob er sich und stützte die Hände auf dem Tisch ab. Er beugte sich weit vor, sodass sein Gesicht Simones fast berührte. „Ich bin ein Genie, dem stimmst du gewiss zu, nicht wahr?"

„Du bist wahnsinnig, Norbert", zischte Simone. „Warum musste Karl von Horsten sterben? Hat das irgendetwas mit dieser seltsamen Bruderschaft zu tun?"

„Wie klug du bist", sagte Franken kalt. „Karl hätte mich ans Messer geliefert, dessen bin ich mir sicher."

„Wusste er, dass du deinen Vater um die Ecke gebracht hast?", fragte Simone böse.

„Halt deinen Mund", entgegnete Franken laut. Er ließ ab von dem Tisch und schlug ihr mit voller Wucht ins Gesicht. Ihre Lippe platzte. Sie spürte die Nässe und den metallenen Geschmack im Mund. „Ich habe Vater von seinen Qualen erlöst. Das weißt du so gut wie ich. Nein, Karl wusste, dass ich Geld, viel Geld, abgezwackt hatte, welches der Bruderschaft zugedacht war. Auch dies machte ich aus Liebe. Aus Liebe zu meiner wunderbaren Asuka." Langsam ging Franken um den Tisch herum und stellte sich hinter Simone. „Karl hat dichtgehalten. Er sagte, er habe Verständnis für meine Situation und werde schweigen, wenn ich das Geld zurückzahlen würde. Diesem Vorschlag stimmte ich zu. Aber in Anbetracht der Großmeisterwahl, die er unbedingt gewinnen wollte, um meine Arbeit zu zerstören und die Fortsetzung meiner Experimente in Wuppertal und anderen Städten zu verhindern, hätte er mich verraten. Ich konnte ihn nicht leben lassen. Asuka habe ich nach der Hölle in Japan den Himmel auf Erden versprochen."

Simones Hand glitt in ihre Hosentasche. Behutsam umfasste sie den Messergriff.

„Hast du noch nicht genug gehört, Mathilde?", wisperte Martha.

„Herbert muss jeden Augenblick auftauchen, lass uns noch etwas abwarten", flüsterte die Angesprochene zurück. „Dumm nur, dass ich nicht sehen kann, was drinnen geschieht. Noch lebt Simone. Zumindest das ist ein Glück."

„Zu deinem Pech hat mein Arbeitgeber meine kleine App entdeckt und deaktiviert", sagte Franken weiter. „Ich hätte dir noch wunderbare Momente beschert. Einen kleinen Unfall vielleicht. Klug genug, dass mein Chef von ʿOMGʾ keine zu mir führenden Spuren finden konnte, war ich. Und ich bin ebenfalls klug genug, weitere Spuren zu verwischen. Ich weiß, dass du dich stellen möchtest. Warum eigentlich? Du hast doch bekommen, was du immer wolltest?"

„Ich war nicht ich selbst", flüsterte Simone, den Schaft des Messers fester umklammernd. „Ich weiß nicht, wie es funktionieren konnte, aber die Erfolge, die ich durch ʿOMGʾ erzielt habe, und diese Begegnungen mit Erika in der Schwimmoper bauten mein Selbstwertgefühl neu auf. Mehr und mehr geriet ich in den Bann der App." Sie spürte Norberts Hände auf ihren Schultern. „Zum ersten Mal in meinem Leben fühlte ich mich stark, derart stark, dass ich dachte, mir würde alles gelingen, alles zustehen. Die Schritte, Paul Jansen zu erpressen, die Drohne einzusetzen und Erikas Mann zu erschießen, erschienen mir zwingend notwendig, logisch." Ihre Fingernägel krallten sich in ihre Handballen, während sie das Messer um einen Zentimeter bewegte. Norbert Frankens Hände glitten in Richtung ihres Halses. „Als die App schließlich nicht mehr aufrufbar war, kam ich in kleinen Schritten wieder zu mir. Jetzt weiß ich, was zu tun ist."

„Leider wirst du gar nichts mehr machen", sagte Franken leise.

Mathilde gab Martha das vereinbarte Zeichen. Die Afrikanerin stürmte in die Küche, den Eishockey-Schläger mit beiden Händen wie ein Schwert schwingend.

„Simama", schrie sie laut. „Simama. Stop. Simama."

Norbert Franken zuckte überrascht zusammen, ließ von Simone ab und kehrte ihr den Rücken. *Ein Teufel*, dachte er entsetzt. Panisch starrte er die ganz in schwarz gekleidete dunkelhäutige Furie an, die auf ihn zu polterte. Die zweite Frau, die ebenfalls im Raum auftauchte, nahm er nur am Rande wahr.

Simone nutzte die Gunst der Stunde und zog ihr Messer mit einem Ruck aus der Hosentasche. Mit aller Wucht stieß sie zu. Sekunden später traf sie der Eishockey-Schläger mit voller Kraft in den Rücken und nahm ihr sämtliche Luft zum Atmen. Sie sackte zusammen, und vor ihren Augen wurde es schwarz.

„Ein Arzt, ich brauche einen Arzt", schrie Norbert Franken. Er hielt sich mit beiden Händen die Seite. Simones Messer hatte ihn in den Rücken getroffen.

„Kriminalpolizei, alle Hände hoch", brüllte der in den Raum stürmende Herbert. Die drei Beamten hielten ihre Waffen in den Händen, bereit, sofort zu schießen, sollte es notwendig sein.

„Ich brauche einen Rettungswagen", kreischte Franken aufgeregt. Das Blut quoll aus der Wunde.

Ohne groß nachzudenken, riss Mathilde die Decke vom Tisch, schnitt mit dem blutbefleckten Messer ein Stück davon ab und legte einen Druckverband an. Im Hintergrund informierte Hans Flachs den Rettungswagen.

„Sie sind ein wahnsinniger, kaltblütiger Mörder", sagte Mathilde angeekelt. „Doch selbst in Gefahr, plärren Sie wie ein Kleinkind."

„Bevor Sie in einen Rettungswagen steigen, werden Sie uns alles sagen, was es zu sagen gibt", befahl Herbert.

Von Weitem hörten sie die Sirene des Rettungswagens.

„Ich bin die Mörderin", japste Simone. Ihr Rücken schmerzte furchtbar.

„Ich hoffe, ich habe Sie nicht stark verletzt?", erkundigte sich Martha besorgt. Mit einem Taschentuch fächelte sie der auf dem Boden sitzenden Frau Luft zu.

Herbert und Mathilde blickten sich ungläubig an und verdrehten gleichzeitig die Augen.

„Ich denke, hier wollte soeben einer die andere und

eine den anderen um die Ecke bringen", stellte Mathilde fest.

„Hilfe, ich bin im Schlafzimmer", hörten sie eine Frauenstimme kreischen.

„Karin", entfuhr es Simone.

Mathilde stapfte energisch mit dem Fuß auf.

„Ruhe!", brüllte sie mehrmals hintereinander.

Die Geräusche im Raum verstummten.

„Sie sind also die Mörderin Karl von Horstens?", stellte sie die rhetorische Frage, und Simone nickte. „Werden Sie im Verhör aussagen, dass Sie Paul Jansen dazu brachten, Ihnen die Drohne des Militärs zur Verfügung zu stellen? Sie folgten seinen Erläuterungen, scannten ein Bild des Ermordeten ein und programmierten Tatort und Tatzeit?" Simone nickte weiter. „Und Sie, Herr Großmeister, haben Sie diese Dame zu der Tat angestiftet, sie manipuliert wie die Wahl bei der FDP?" Franken krümmte sich vor Schmerz. Schweiß stand ihm auf der Stirn.

„Er hat es mir vor wenigen Minuten gestanden", warf Simone ein. „Er ist nicht nur ein Vatermörder, er hat mein Leben auf dem Gewissen. Aber ich werde nicht ins Gefängnis gehen." Sie rappelte sich auf und stieß Martha von sich. Mit letzter Kraft griff sie nach dem Messer.

„Martha", schrie Mathilde entsetzt.

Die Haushälterin reagierte prompt. Mit ihrer ganzen Körperfülle warf sie sich auf die verzweifelte Frau. Mit einem Knall landeten sie gemeinsam auf dem Boden. Florian Vogel eilte hinzu, entwirrte das Knäul aus Armen und Beinen und fand die richtigen Handgelenke, denen er die Handschellen anlegte.

„Sie sind festgenommen, Frau Ehrenberg", sagte er. „Alles was Sie jetzt sagen, kann..."

„Halten Sie Ihren Mund", sagte Simone bitter. „Ich werde einen Weg finden, mich umzubringen."

„Hier ist der Notarzt", machte Hans sich laut bemerkbar. Er war in Begleitung des Arztes und der Sanitäter.

„Dieser Mann geht nach dem Krankenhausaufenthalt in Untersuchungshaft", informierte Herbert den Arzt. „Treffen Sie bitte die notwendigen Sicherheitsvorkehrungen."

„Meine Mutter ist im Schlafzimmer ans Bett gefesselt", sagte Norbert rasch.

„Wolltest du sie auch umbringen?", kreischte Simone. Sie wand sich unter Florians Händen.

„Ich habe ihr lediglich ein starkes Schlafmittel verabreicht", erklärte Franken. „Sie sollte deinen Tod nicht mitbekommen. Ich wollte ihr diesen Anblick ersparen. Es geht ihr gut."

„Ich darf Sie darauf hinweisen, Herr Franken, dass Sie in diesem Augenblick gestanden haben, dass Sie Frau Ehrenberg ermorden wollten. Diese Aussage wird vor Gericht gegen Sie verwendet werden", sagte Herbert kühl. „Auch Ihre Messerattacke wird Sie vor Gericht schwer belasten, Frau Ehrenberg. Zu dem Mord an Karl von Horsten wurden Sie angestiftet, Herrn Franken zu erstechen, war hingegen Ihr eigener Entschluss. Die Frage, wer hier aus Notwehr agiert hat, werden wir heute an diesem Ort nicht beantworten können. Das wird das Gericht entscheiden." Er wandte sich seiner Tante zu und reichte ihr seine Hand. „Tante Mathilde, Du hast ganze Arbeit geleistet." Er blickte zu Martha, grinste und sagte:

„Ihr habt beide ganze Arbeit geleistet. Wisst ihr übrigens, was Jakob Nobel im Forschungszentrum hat auffliegen lassen?"

Die zwei Frauen schüttelten mit dem Kopf.

„Dieser Piroget hat mit einem Kumpan im tiefsten Untergeschoss mit Chemiewaffen experimentiert. Natürlich nicht, um sie Deutschland zur Verfügung zu stellen, sondern sie sollten an den Meistbietenden verhökert werden. In dem Laden wird jetzt ordentlich aufgeräumt, etliche Disziplinarverfahren stehen an. Aber jetzt macht euch auf den Weg nach Hause. Den Rest übernehmen wir."

„Was für eine Schlagzeile wird das werden", sagte Martha mit großen Augen.

„Möchtest du erwähnt werden?", fragte Mathilde und hakte sich bei ihrer Haushälterin unter.

„Auf keinen Fall, meine Liebe. Komm, wir gehen, Lotte und die Papageien warten auf uns", antwortete Martha, während sie den Tatort verließen. „Zum Glück ist Abenis Eishockey-Schläger ganz geblieben."

„Wenn das deine einzige Sorge ist", erwiderte Mathilde kopfschüttelnd.

Untergehakt machten sie sich auf den Weg zurück zu ihrer Miniaturwelt.

Bisher erschienen und Vorankündigung

Mathilde Krähenfuß ermittelt weiter...
Ihr nächster Fall „Panik-Gen" wird voraussichtlich Anfang 2019 erscheinen.

Ihr erster Fall „Götterdämmerung" ist seit April 2018 überall im Buchhandel erhältlich.

Danksagung

Ich danke meiner Mutter für das intensive Begleiten meiner Arbeit, für ihren Glauben an mich und für ihre Ideen.

Mein besonderer Dank gilt meinem wunderbaren Lektor Dr. Norbert Brieden und meinen Freunden Marianne und Jürgen Trilling.

Ihr alle habt die Arbeit an diesem Kriminalroman noch beglückender für mich gemacht.

Bei Melanie Bauer und dem Team von BoD bedanke ich mich für Beratung, Konzept und Design.

Das Foto für das Covermotiv wurde von dem Fotostudio Hosenfeldt in Wuppertal hergestellt.

Das Autorenfoto wurde von Manfred Bube, Wuppertaler Rundschau, gemacht. Ihnen gilt ebenfalls mein herzlicher Dank.